ro
ro
ro

Ruth Moschner, Jahrgang 1976, machte nach dem Abitur ein Volontariat in der Nachrichtenredaktion bei TV München. Danach moderierte sie u. a. «Freitag Nacht News» und «Big Brother» und war regelmäßig zu Gast in der Sendung «Blond am Freitag». Dass sie auch eine spitze Feder führt, beweisen ihre wöchentlichen Kolumnen im «Berliner Kurier».

Im Rowohlt Taschenbuch Verlag erschien bereits «Vollblondige Businen» (rororo 24789).

«Ein Spaß- und Gute-Laune-Buch.» (buchjournal)

«Amüsant!» (InTouch)

«Eine große Portion Ironie, gepaart mit jeder Menge Witz und liebevollen Details.» (Bunte)

dicke möpse

Ruth Moschner

Roman

Rowohlt Taschenbuch Verlag

Veröffentlicht im Rowohlt Taschenbuch Verlag,
Reinbek bei Hamburg, Oktober 2010

Umschlaggestaltung any.way, Hamburg, nach
einem Entwurf von PEPPERZAK BRAND
Umschlagabbildung © John Daniels/Ardea/Picture Press
Satz ITC Stone Informal PostScript (InDesign)
bei KCS GmbH, Buchholz bei Hamburg
Druck und Bindung CPI – Clausen & Bosse, Leck
Printed in Germany
ISBN 978 3 499 24951 8

MIX
Papier aus verantwortungsvollen Quellen
FSC® C083411

Das für dieses Buch verwendete FSC®-zertifizierte Papier
Lux Cream liefert Stora Enso, Finnland.

Dicke Möpse

Morgengrauen

«Du hast was??!» Meine Mitbewohnerin Carla zieht ihre linke Augenbraue nach oben und blickt mir streng in die völlig übermüdeten Augen. In diesen Momenten erinnert sie mich immer an meine Mutter. Die beiden sehen sich nicht mal im Ansatz ähnlich. Aber Carla ist zur Hälfte Italienerin, und die haben bekanntermaßen eine mütterliche Ausstrahlung. Insbesondere, wenn man ihnen Grund zur Sorge gegeben hat. «Wo in aller Welt hast du gesteckt? Ich höre seit zwei Stunden den Polizeifunk ab!», ruft sie und wirft dabei dramatisch die Arme in die Höhe. Carla hat aus beruflichen Gründen hervorragende Verbindungen zur Exekutive. Sie sitzt quasi an der Quelle, wenn es um die Einhaltung der Vorschriften und das Verfolgen von Verbrechen jeglicher Art geht.

Das hier ist aber nun wirklich übertrieben. Als Polizistin hat sie keinen Grund, mich zu bestrafen. Als Freundin eventuell. Wobei mir an dieser Stelle einfällt, dass Freundinnen strenger sein können als Mütter und Polizisten zusammen. Insbesondere, wenn die beste Freundin gleichzeitig auch noch die Mitbewohnerin und ganze drei Jahre älter ist! Hier hilft nur dasselbe wie bei Glucken-Müttern, die nicht loslassen können: frühzeitige und entschlossene Emanzipation. Es ist doch so: Freundinnen und Mütter wollen immer nur unser Bestes. Und das ist genau das Problem.

«Carlina, ich bin seit über sechzehn Jahren volljährig, da ist es ja wohl völlig legitim, ausnahmsweise einmal morgens früh um neun nach Hause zu kommen», antworte ich trotzig und will so schnell wie möglich dem Ruf meines Bettchens folgen. Immerhin habe ich durch die vergangene Nacht ein Schlafdefizit auszugleichen.

«Rose-Maria Jakob!» Die linke Augenbraue meiner bezaubernden Aufseherin und Mitbewohnerin hat nun fast ihren dunkelbraunen Haaransatz erreicht.

«Ja, Frau Oberfeldwebel?» Leicht genervt drehe ich mich zu ihr um. Wir teilen uns seit vier Jahren eine wunderbare Altbauwohnung in Berlin-Schöneberg, zweites Obergeschoss, Parkett, Wohnküche und Gästeklo, übrigens ein Muss, wenn drei Frauen auf einem Haufen wohnen. Man bekommt in einer WG ohnehin schon zu viel vom anderen mit. Deswegen wundert mich Carlas Verhör auch etwas. Eigentlich müsste sie doch schon längst wissen, womit ich mir bis vor einer halben Stunde die Zeit vertrieben habe, und ich hoffe inständig, dass sie mich nicht zwingt, ihr alles haarklein zu schildern. Carla wurde aus besagten verwandtschaftlichen Gründen streng katholisch erzogen und hat, was Männergeschichten angeht, ihre genauen Vorstellungen: Zuerst kommt der Traummann, dann die Ehe und dann ganz viele Bambini. Davon können sie selbst ihre 37 Lenze nicht abbringen. Ich bewundere sie dafür. Immerhin hat sie ihren Mann, ihre erste Liebe, nach dreizehn Jahren Beziehung verlassen, weil sie plötzlich merkte, dass sie völlig unterschiedliche Vorstellungen vom Leben hatten. Man stelle sich das einmal vor: dreizehn Jahre und dann von heute auf morgen aus und vorbei. Da muss man erst einmal die Angst wegstecken: Was, wenn da nichts mehr kommt? Carla schafft das und bleibt seitdem ihrer Linie treu. Problemlos. Vielleicht leidet die Gute auch einfach nur an gnädiger Taubheit, was das Ticken ihrer biologischen Uhr angeht.

Apropos Ticken. Gerade sinkt mein Alkoholpegel in einem Affentempo gegen null, was nicht nur unerträgliche Kopfschmerzen auslöst, sondern auch ein klebrig-zähes Gefühl von Peinlichkeit und den bitteren Nachgeschmack hemmungsloser Genüsse hervorbringt. Was für eine Nacht! Was für ein Mann! Was habe ich da bloß getan? Leider kann ich mich an fast jedes noch so winzige schmutzige Detail erinnern, und davon gab es viele. Alkoholgenuss sorgt bei mir nur für den Abbau der Hemmschwelle, aber nicht für Demenz. Ist mir das peinlich! Aber wahrscheinlich ist so eine Reaktion ganz normal bei jemandem wie mir. Wie Muskelkater nach zu viel Fitness, wenn man zuvor nie was getan hat.

Ich bin nicht nur im Sport eine Niete, sondern auch auf dem gewissen anderen Gebiet völlig aus dem Training. Ansonsten bin ich 34 Jahre alt und gehe einem geregelten Job als Tierpflegerin nach.

Normale Menschen meines Alters würden in diesem Fall sicher ihre Freiheit in vollen Zügen genießen. Schließlich kann ich, mal abgesehen von meinem Dienstplan, tun und lassen, was ich will. Ich habe keinerlei Verpflichtungen. Ich könnte splitterfasernackt in einer Diskothek auf den Boxen tanzen oder eine politische Botschaft auf die Mauer gegenüber unserem Kassenhäuschen sprühen. Könnte ich wirklich. Mache ich aber nicht, denn alle Entscheidungen gehen immer zuerst in die Analyseabteilung meines Gehirns. Dort sitzt ein leicht angegrauter Buchhalter mit dicker Hornbrille und rechnet mir bei meinen seltenen übermütigen Gedanken die statistische Wahrscheinlichkeit aus, nach der mein Vorhaben zum Scheitern verurteilt ist. Und er rechnet sehr konservativ.

«Nun setz dich doch, Frollein, und erzähl endlich, was los war!» Carla mustert mich genau. Ihr strafender Blick kann eine gewisse Neugierde nicht verbergen. Sie gießt mir heißen Kaffee ein und bedeutet mir mit einem Wink, mich an unseren großen Küchentisch zu setzen. Dann schiebt sie mir mütterlich und fürsorglich die Tasse hinüber. Das ist dann doch der Vorteil, wenn man mit einer Südländerin befreundet ist. Die Schlechte-Laune-Wolken verziehen sich schneller, als man bis fünf zählen kann. Vielleicht lässt sie ja Gnade vor Recht ergehen, die gute Carla, wenn ich ihr jetzt doch alles erzähle. Ich seufze und fange an: «Ich habe gestern Abend jemanden kennengelernt.» Ich suche noch nach Worten, um den Verlauf der Geschichte in die richtige Reihenfolge zu bringen, da platzt es aus Carla bereits vorwurfsvoll heraus: «Ha! Du hattest Sex! Ich wusste es!»

Woran hat sie das denn jetzt erkannt? Trage ich meine Hose linksherum, oder liegt es an meiner Bettfrisur? Plötzlich fühle ich mich noch unwohler. Ich habe auf dem Gebiet der geschlechtlichen Begegnungen in den letzten Jahren auf angebotsbedingter Sparflamme gelebt. Ärztlich verordnete Massagetermine ausgenommen, hatte ich bis auf viereinhalb verzweifelte Versuche meines Exfreundes Ralph, unsere Beziehung wieder zum Leben zu erwecken, keinerlei Körperkontakt zum anderen Geschlecht. Viereinhalb deshalb, weil wir beim letzten Mal beide stockbesoffen waren, das Vorspiel wegließen und der Akt an sich fast keiner war. Um es konkret zu sagen: Nachdem Ralph zwei Minuten lang auf mir herumgerobbt war, brach er erschöpft zusammen und schlief auf der Stelle ein. Der Vorteil an Sex mit dem Ex ist ja eigentlich, dass man ohne Umschweife und Vorträge über weibliche Anatomie zum Zug kommt. Peinliche Baggersprüche, wie «Dein Vater muss ein Dieb sein, denn er hat die Sterne vom Himmel gestohlen und sie in deine Augen gepflanzt» bleiben einem erspart. Ein weiteres Plus ist, dass man den Partner schon vor Jahren in den eigenen Körper eingewiesen hat. Er weiß, wo sich die wichtigen Stellen befinden. Die Nachteile sind allerdings die Gründe, aus denen man sich bereits vor Jahren in gegenseitigem Einvernehmen getrennt hat. Aber darüber habe ich jene vier Komma fünf Male tolerant hinweggesehen, um dann vor knapp zehn Monaten endgültig ein Ei drüberzuschlagen. Seitdem herrscht bei mir absolute Funkstille zum Planeten Mars. Der Männermarkt ist derzeit aber auch völlig leergefegt. Die meisten sind vergeben und wollen nur ein Abenteuer. Oder sie sind komplett beziehungsunfähig, so wie mein Exfreund eben. Und One-Night-Stands sind eigentlich auch nicht mein Ding. Komischerweise kann man sich die sexuellen Bedürfnisse viel leichter abgewöhnen als Süßigkeiten. Je schlechter das Angebot, desto weniger Lust habe ich auf Sex. Bei Schokolade und Gummibärchen verhält sich das genau andersherum. Meiner Meinung nach müsste es Schokolade sowieso auf Rezept geben.

Aber gestern Abend habe ich doch tatsächlich Sex gehabt. Leider werde ich jetzt immer nüchterner, und desto nüchterner wird auch meine innere Einstellung zu «der Sache». Nicht, dass es schlecht war, aber Sex ohne Gefühl ist so, als würde man die Erdbeeren ohne Sahne essen. Das ist schön, aber nicht so phantastisch, dass man sich in schwachen Momenten gerne zurückerinnert. Dabei hatte der Abend so gut begonnen.

«Du weißt doch, dass ich gestern Abend mit Melanie aus war.» Melanie ist meine andere Mitbewohnerin. Sie wohnt erst seit ein paar Monaten bei uns und ist kesse neunundzwanzig Jahre alt. Als Stewardess ist sie so gut wie immer unterwegs. Das ist auch einer der Gründe, aus denen wir sie unter den Bewerberinnen für das leere Zimmer ausgewählt haben. Zuerst dachten wir ja, sie sei eine von der überheblichen Sorte, denn immerhin sieht sie toll aus, ich würde sagen, glatte 8,5 von 10 Punkten. Mindestens. Dank ihres Aussehens und ihres Jobs als Flugbegleiterin muss sie sich über mangelnde Angebote von adäquaten Zielpersonen keine Sorgen machen. Von Dauerflirterinnen wie Mel kann unsereiner noch etwas lernen, dachte ich also bei mir und zog mit Mel um die Häuser.

«Da ist uns schon zu Beginn ein Typ aufgefallen, der ganz alleine an der Bar saß. Dunkelblonde Haare, strahlende Augen, sportliche Statur: Kurz, nach langer Zeit mal wieder jemand, den ich richtig niedlich fand. Von weitem zumindest.»

«Ja, und dann? Habt ihr ihn angequatscht?» Carla stoppt ihre Tasse kurz vorm Mund und vergisst vor lauter Spannung, einen Schluck zu nehmen. Sie guckt, als sei ich eine fleischgewordene Seifenoper. Ich koste den Spannungsmoment kurz aus und fahre dann fort.

«Wir sitzen also an unserem Tisch und trinken Zombies, da schießt Melanie plötzlich wie von der Tarantel gestochen nach oben und verabschiedet sich. Sie hatte ganz vergessen, dass sie den frühen Charterflug nach Gran Canaria aufgedrückt bekommen hatte. Ich hatte mir aber gerade noch einen Cocktail bestellt und wollte noch nicht nach Hause. Melanie schlug mir vor, ich könne mich doch zu dem Typen an die Bar setzen. Das war ein Scherz, Melanie weiß ja, dass ich keine Typen anquatsche, auch nicht mit Zombies im Bauch.»

Mein Schädel fängt bei dem Wort «Zombie» wieder an zu dröhnen, als ob eine Elefantenherde hindurchmarschiert.

«Jetzt sag bloß? Du hast doch nicht etwa …? Du hast dich getraut, den Typen anzuquatschen!!!?» Carla und ich vertreten im Gegensatz zu Melanie den strikten Glauben an die wahre Liebe und nicht an das schnelle Vergnügen. Immerhin wollen wir beide mal Kinder, und die brauchen eine solide harmonische Basis und keinen Vaterschaftstest bei Olli Geissen. Leider ist Carla mit ihrer Strategie genauso erfolglos wie ich. Sie klammert, lässt keinerlei Freiheiten und ist zu eifersüchtig, heißt es von der gegnerischen Seite. Es ist doch zum Heulen, aber die beste Methode, einen Kerl an sich zu binden, ist immer noch ein Tritt in seinen Allerwertesten. Auf Dauer ist mir das allerdings zu anstrengend.

«Du bist einfach nicht der Typ Frau, die sich die Kerle nimmt, wie sie kommen.»

Automatisch muss ich nicken, Carla hat recht, trotzdem sollten wir zugeben, dass der Erfolg unserer Strategie bisher leider ausgeblieben ist. Gestern Nacht habe ich deshalb meinen Kopf-Diktator ausgetrickst. Nach dem dritten Zombie war er ausgeknockt, und ich verwandelte mich in eine Flirtbiene.

«Ich bin einfach hin und hab ein Gespräch angefangen», sage ich und versuche, das ganz selbstverständlich klingen zu lassen. Was es natürlich nicht war. Um ehrlich zu sein, hatte ich eher Glück im Unglück. Ich hatte zwar tatsächlich vor, mein «Opfer» anzusprechen. Ich wollte mein Leben selbst in die Hand nehmen. Schluss mit der ewigen Passivität! Also stürzte ich den Rest meines Drinks auf Ex hinunter, um mir Mut anzutrinken. Doch leider bekam ich davon einen so fürchterlichen Schluckauf, dass ich mich erst einmal wieder hinsetzen musste. Eine gute Idee, schließlich hatte ich noch immer keinen Schlachtplan.

Ich bestellte noch einen Cocktail, um etwas in der Hand zu halten, dachte an zehn Glatzköpfe, um den Schluckauf loszuwerden, und steuerte dann so zielsicher, wie es mit geschätzten 1,6 Promille eben geht, in Richtung Traummann. Ich war knapp hinter ihm und fixierte gerade seinen extrem niedlichen Haaransatz im Nacken, als er sich plötzlich mit Schwung umdrehte. Vor lauter Schreck goss ich mir den kompletten Inhalt meines Glases übers Kleid. Da stand ich nun, klitschnass und mit einer Cocktailkirsche garniert. In meinem Ausschnitt steckte ein grün-gelbes Papierschirmchen. Nach der ersten Schrecksekunde bekam ich einen minutenlangen Lachanfall, in den er mit einstimmte. Etwa eine Stunde später zeigte mir Andreas die Aussicht auf seine Zimmerdecke.

«Meine Güte, was für eine Nacht. Unglaublich! Sensationell! Mir vibrieren immer noch die Schenkel. Es war einfach nur großartig. Nicht wie die letzten Male mit Ralph, der nachher immer über die Zukunft diskutieren wollte. Carla, ich kann dir sagen: Ich fühle mich, als hätte ich nach monatelanger Diät einen kompletten Karton Vollmilch-Nuss-Schokolade verschlungen. Das Problem ist nur, je mehr Zeit vergeht, desto schlechter fühle ich mich.»

«Siehst du. Das kommt davon, wenn man sich gleich vom Nächstbesten flachlegen lässt. Wolltest du dich nicht eigentlich mal wieder verlieben? Du weißt doch, wie Männer sind. Wenn du ihnen gleich gibst, was sie wollen ...» Carla macht eine eindeutige Geste, denn sie ist eigentlich nicht verklemmt. Aber Derartiges kann sie sich für sich selbst nicht vorstellen.

Doch wenn ihr der Mann ihres Lebens den Antrag so macht, wie sie ihn sich bereits zu Schulzeiten ausgemalt hat, wäre sie sogar bereit, ihren Job aufzugeben. Man muss eben Opfer bringen im Leben.

«... jedenfalls, SO kriegst du nie einen Mann.»

«Ja, ich weiß doch, Carla. Es lag am Alkohol. Wenn ich ehrlich bin, würde ich am liebsten die Zeit zurückdrehen. Der Typ war süß, und ich habe ein schlechtes Gewissen», sage ich kleinlaut. Trotz der sensationellen Nacht: Diese Sache habe ich eindeutig verbockt. So viel ist sicher.

«Na ja, du musst deswegen ja nicht gleich ins Kloster. Eine Dusche und etwas Schlaf werden ausreichen. So schlimm ist es nun auch wieder nicht, es sei denn, du gehst jetzt jedes Wochenende auf Tour.» Carla gießt uns noch etwas Kaffee nach.

«Nein, das ist es nicht. Lass mich mal ausreden. Nach der dritten Nummer, ja, du hast richtig gehört, der Typ hatte echt Stehvermögen, sind wir dann weggedöst. Als ich ein paar Stunden später wieder aufwachte, lagen wir eng aneinandergekuschelt auf seinem Bett, und er streichelte mich im Halbschlaf zärtlich. Zuerst habe ich es genossen, aber dann bekam ich plötzlich Panik. Für so etwas bin ich anfällig.»

«Du hast dich still und heimlich aus dem Staub gemacht!», unterbricht mich Carla.

«Genau! Du hast ja selber gesagt, solchen Typen kann man nicht über den Weg trauen, insbesondere, wenn sie das, was sie wollen, schon bekommen haben», entgegne ich eifrig.

«Hast du ihm denn wenigstens deine Telefonnummer dagelassen?»

«Bist du wahnsinnig? Ich kenne den Typen doch kaum,

wer weiß, vielleicht ist das einer von der nervigen Sorte. Ich sag dir, Carla, das war eine einmalige Erfahrung, und ich werde ihn nie wiedersehen. Ab sofort werde ich mich voll und ganz auf die Jagd nach dem Mann meiner Träume machen. Und zwar ohne Ausrutscher, auch wenn er noch so süße Grübchen überm Po hat!»

«Er hat Grübchen über dem Hintern?» Carla kichert und schaut mich irgendwie anerkennend an. So ganz konsequent ist sie eben auch nicht. Zumindest in der Phantasie gönnt sie sich den ein oder anderen Ausrutscher.

Ich stehe auf und stelle meine Tasse in die Spüle. «Ich muss erst um zwölf im Zoo sein, ich habe Spätdienst», sage ich und will mich gerade in mein Schlafzimmer begeben, als mein Telefon läutet. Ich melde mich mit etwas kratziger Stimme. Ich muss wirklich dringend ins Bett.

«Rosi, wo bleibste denn, es ist schon fast zehn!», quäkt es am anderen Ende der Leitung. Es ist Stefan Mutzenberg, einer meiner Kollegen im Zoo.

«Ich habe heute erst um zwölf Dienst, schau doch mal auf den Plan, bevor du hier einen Zwergenaufstand machst!», entgegne ich wütend. Stefan und ich können uns nicht leiden, weil er ein intriganter hinterhältiger Mistkerl ist. Außerdem näselt er wie Martin Semmelrogge. Ständig versucht er, mich auszubooten. Er hat genau wie ich an der FU Berlin Veterinärmedizin studiert. Wir haben sogar gleichzeitig unser Studium abgebrochen, im letzten Semester. Er, weil er ständig durch die Prüfungen gefallen ist, bei mir waren es finanzielle Gründe: Mein bester Freund Jens, BWLler aus Leidenschaft, rechnete mir damals den Kosten-Nutzen-Faktor einer eigenen Tierarztpraxis vor. Ohne Vitamin B und ein dickes Geldpolster stehen die Chancen dafür nämlich genauso schlecht, wie mit Cellulitecreme seine Orangenhaut loszuwerden: gleich null. Oder man landet in irgendeiner Praxis im tiefsten Brandenburg, wo man tagein, tagaus bis zur Schulter im Hinterteil von gebärenden Kühen steckt. Da man mir zu der Zeit eine Vollzeitstelle als Tierpflegerin im Zoo angeboten hatte, habe ich mich exmatrikuliert und bin seitdem Festangestellte im Willbert-Zoo, der einem privaten Investor aus Holland gehört. Ich liebe diesen Job und bereue meine Entscheidung, dort anzuheuern, keinen Tag. Ich arbeite mit Tieren und darf unserem Doktor zwischendurch assistieren. Nur Kollege Stefan nervt. Ständig versucht er, mich bei Doktor Nachtnebel schlechtzumachen. Wahrscheinlich träumt er immer noch den Traum, Tierdoktor zu werden. Das wird wohl immer ein Traum bleiben, denn die Tiere mögen ihn ebenso wenig wie ich und lassen ihn ungern an sich heran. Es sei denn, sie sind suizidgefährdet. So etwas gibt es nämlich auch bei Tieren.

«Stefan, wo brennt's denn? Wollen die Tiere wieder kein Futter von dir nehmen?», feixe ich in den Telefonhörer.

«Sehr witzisch, Rosi. Ick wollt nur sagen, dett unsa Chef, unsa neua, in zwee Minuten da is und wir alle uns bereits versammelt haben, um ihn zu begrüßen.»

«Oh … so ein Mist! Das habe ich ja komplett vergessen!» Der «Neue» fängt heute bei uns an. Na super, Frau Jakob. Das haben Sie ja mal wieder prima hingekriegt. Gleich zu Beginn einen unzuverlässigen Eindruck hinterlassen. Ganz toll.

«K…k…kannst du mich bitte entschuldigen? Ich bin in zwanzig Minuten da», stammele ich hastig.

«Wieso icke?» Stefan, die Pestbeule, scheint die Situation zu genießen.

«Bitte, lass dir was einfallen. Ich flehe dich an. Ich beeile mich auch!» Während ich noch ins Telefon säusele, flitze ich bereits in mein Zimmer und krame meinen Overall heraus. Beigefarben mit unserem roten Logo auf dem Rücken. «Willbert-Zoo-Personal» steht in großen Lettern darauf. Praktisch, zweckmäßig und unwahrscheinlich kleidsam. Lehnt man sich damit an eine dreckige Hauswand, verschmelzen Anzug, Gesicht und Mauer zu einer einzigen Masse. Als hätte David Copperfield höchstpersönlich unsere Outfits entworfen.

«Und was hab ick davon?», bellt Stefan am Ende der Leitung, während ich meine Arbeitskleidung und frische Socken anziehe.

«Sag einfach, ich stecke im Stau und bin gleich da. Ich miste dafür auch zweimal bei Kurt, Dagmar und Gotthilf für dich aus!» Das wird er sich nicht entgehen lassen. Keiner putzt gerne bei unseren Zwerg-Nilpferden, seit Baby Gotthilf da ist. Unsere pummeligen Flussfreunde sind seitdem hysterisch und betreiben verstärkt Defäkation. Das bedeutet: Sie markieren ihr Revier mit großen Kothaufen, die andere davon abhalten sollen, in ihre Nähe zu kommen. Manchmal werfen sie auch damit. Da wir ein Zoo sind, der sich vorwiegend über die Eintrittsgelder unserer Besucher finanziert, ist das nicht unbedingt gewinnfördernd. Das Leben ist ungerecht. Schließlich habe auch ich mit einem großen Haufen Mist zu kämpfen, und trotzdem lässt man mich deswegen nicht in Ruhe.

«Dreimal, aber ick werd nich für dich lüjen. Ick sach einfach, du verspätest dir. Aber wennse nachfragen, biste jelackmeiert! Denn sach ick die Wahrheit, und zwar, dasste vapennt hast!»

«Wenn du nicht anders kannst, meinetwegen. Ich beeile mich.»

Wütend knalle ich den Hörer auf die Gabel und laufe in Windeseile ins Badezimmer. Fürs Duschen bleibt leider keine Zeit mehr, auch wenn ich den sündigen Geruch der letzten Nacht nur zu gerne abgespült hätte. Ich wasche schnell das Gesicht und fahre mir durch die langen blonden Haare. Mehr Aufwand würde meine Tiere sowieso nur verschrecken. Sie lieben mich so, wie ich bin: natürlich und immer mit einem Leckerbissen in der Tasche.

Fünfzehn Minuten später – absoluter neuer Spitzenrekord! – renne ich in einem Affenzahn den Kiesweg bis zum Verwaltungsgebäude hinunter, das grün und quadratisch am Rande unseres Geländes thront. Mit Schwung stoße ich die Tür zu unserem Konferenzraum auf, und noch im selben Moment pralle ich wie vom Nilpferd getreten zurück. Meine Kollegen sitzen brav in Reih und Glied nebeneinander und starren wie gebannt auf einen hochgewachsenen Mann, Mitte 30, mit dunkelblonden Haaren und strahlend grünen Augen namens Andreas. Andreas Tannenbach, um genau zu sein, aber so genau haben wir es gestern Nacht nicht genommen. Am liebsten würde ich auf dem Absatz kehrtmachen. Da aber alles in meine Richtung starrt, ist es wohl besser, etwas zu sagen. Ich möchte schließlich künftig nicht inkognito durch den Zoo laufen müssen.

«Bitte entschuldigt die Verspätung, das war vielleicht wieder ein Verkehrschaos heute Morgen ...», murmele ich mit gesenktem Haupt und nehme auf einem der freien Stühle Platz.

Andreas lächelt mir zu und streckt mir seine Hand entgegen. Nur ein leichtes Zucken in seinen Mundwinkeln verrät, dass mein Auftritt ihn etwas aus seinem Konzept gebracht hat. Doch Andreas scheint sich schnell wieder zu fangen, denn er fährt mit seinem Vortrag fort.

«Nachdem nun auch Frau Jakob zu uns gefunden hat, fasse ich noch einmal kurz zusammen, was in nächster Zeit auf euch zukommt. Um den Umgang untereinander einfacher zu machen, bitte ich die Kollegen, mich mit du anzusprechen. Das schafft einen persönlicheren Ton, das kommt auch bei den Besuchern gut an. Im Übrigen liegt dem Willbert-Zoo durch meine guten Beziehungen nach China ein Angebot vor, das uns schnell aus unserem aktuellen finanziellen Engpass retten könnte: Die Chinesen haben großes Interesse an unserem Giraffen-Nachwuchs. Die Verträge liegen bereits vor, und ich bitte euch, mich umgehend zu informieren, wenn der Nachwuchs kommt.»

Auch das noch. Die Giraffen sind meine Aufgabe, weil Giraffen-Bulle Eric sein Herz an mich verloren hat. Ich bin die Einzige, von der er seine Karotten aus der Hand frisst. Alle anderen hält er auf Abstand, was bei einer Giraffe von vier Metern Höhe gemeinhin schnell akzeptiert wird. Zwar sind Giraffen recht friedliche Tiere, wer aber schon einmal gesehen hat, wie zwei Männchen aufeinander losgehen, während sie ihre langen Hälse herumschwingen, hält sich lieber ein bisschen fern. Zu mir ist Eric lammfromm, also im übertragenen Sinne natürlich. Schafe haben mit Giraffen etwa so viel gemeinsam wie mein Bankkonto mit dem von Donald Trump. Eric ist übrigens eine Thorncroft-Giraffe, die man in freier Wildbahn nur noch selten zu sehen bekommt, und einer der Gründe, warum ich nicht traurig bin, keine Tierärztin geworden zu sein. Jeder, der schon einmal eine Giraffe dabei erlebt hat, wie sie mit ihrer blauen Zunge behutsam die Möhren aus der Hand greift, weiß, wovon ich rede. Im letzten Jahr kauften uns die Holländer noch ein Weibchen dazu. Das Wunder war perfekt, als Eric und Lucinda, so haben wir die langhalsige Dame genannt, tatsächlich Gefühle füreinander entwickelten und sich schließlich paarten. Jetzt ist Lucinda hochschwanger und erwartet in wenigen Wochen Nachwuchs. Ich bin ja schon so aufgeregt! Natürlich hatte ich gehofft, wir könnten die kleine Giraffe erst einmal bei uns behalten.

«Wir können den Nachwuchs aber nicht gleich von der Mutter trennen. Kind und Mutter müssen mindestens eineinhalb Jahre zusammen verbringen, damit der Nachwuchs überlebensfähig bleibt», bemerke ich deshalb kritisch.

Andreas blickt mich ungläubig an, dann antwortet er mit arroganter Stimme:

«Liebe Rosi, es ist schön, dass du deinen Job ernst nimmst. Offenbar sorgst du dich um das Wohlergehen der Giraffen mehr als um deinen Arbeitsplatz. Nur zu deiner Beruhigung: Wir werden Mutter und Kind natürlich nicht voneinander trennen. Dass das nicht funktioniert, weiß ich auch. Die Chinesen haben sich bereit erklärt, beide Tiere, also Mutter und Kind, zu kaufen!»

«Aha. Das sind ja tolle Neuigkeiten. Und welche Tiere sollen sonst noch verscherbelt werden?», zische ich Erika Sonnebank zu, unserer Buchhalterin. Leider etwas zu laut, denn Andreas hat es offenbar gehört.

«Wenn der Deal glattgeht, wird der Zoo wirtschaftlich wesentlich besser dastehen, sodass ansonsten alles beim Alten bleiben kann. Vorerst», sagt Andreas in meine Richtung. Der Typ hat keinen blassen Schimmer, dass er es hier mit Lebewesen zu tun hat! Ich spüre, wie die Wut in meinem Bauch zu kochen beginnt. Man kann doch Tiere nicht verkaufen wie Pullover oder Apfelsinen!

«War es das?», frage ich ungeduldig, denn ich habe das dringende Bedürfnis, den Raum zu verlassen.

«Nein, wir sind noch nicht fertig. Ich würde gerne noch kurz unter vier Augen mit dir sprechen. Den anderen wünsche ich für die Zukunft eine erfolgreiche Zusammenarbeit. Wenn etwas anliegt, meldet euch bei mir. Ihr wisst ja, wo ich zu finden bin!»

Anerkennendes Klopfen ertönt. Während meine Kollegen, allen voran Stefan, mir vielsagende Blicke zuwerfen, weil sie annehmen, dass ich jetzt noch eine Standpauke wegen Zuspätkommens bekomme, verlassen sie nach und nach unser Besprechungszimmer, bis Andreas und ich allein sind. Er macht einen Schritt auf mich zu und rückt mir damit für meinen Geschmack etwas zu dicht auf die Pelle.

«Na, hat da jemand schlecht geschlafen die letzte Nacht? Um ehrlich zu sein, ich hätte dich ohne die ganze Kriegsbemalung fast nicht erkannt.» Er grinst mich herausfordernd an.

«Sehr witzig. Wenn ich gewusst hätte, welche Art von Typen sich in dieser Bar herumtreiben, wäre ich gar nicht erst reingegangen», entgegne ich trocken.

«Verstehe. Nun, wie ich aus deinem Verhalten unschwer erkennen kann, sind wir uns einig, dass wir den Vorfall von letzter Nacht für uns behalten. Ich werde das Ganze unter der Kategorie ‹nie passiert› in meinem Poesiealbum abheften.» Andreas klopft mir kumpelhaft auf die Schulter. Ich weiche reflexartig einen Schritt zurück.

«Danke, das sehe ich genauso. War es das? Ich hab noch einiges zu tun.»

«Das war es von meiner Seite. Ich hoffe, der kleine Zwischenfall wird unsere künftige Zusammenarbeit nicht unnötig belasten. Aber ich gehe davon aus, dass du das genauso professionell behandeln wirst wie ich», entgegnet er förmlich.

Wovon redet der? Professionell behandeln? Sex hat doch nichts mit Professionalität zu tun. Es sei denn, man geht ins Bordell. Ich hole tief Luft, um ihm erneut meine Meinung zu geigen, schlucke die Bemerkung aber dann doch besser runter. Wahrscheinlich leben wir einfach in zu unterschiedlichen Welten, und er würde meine Empörung sowieso nicht verstehen. Männer wie Andreas, eine Mischung aus gutem Aussehen und Arroganz, reißen sich doch jeden Abend was Neues zum Spielen auf. Frauen wie ich sollten um solche Typen besser einen großen Bogen machen. Sonst endet das Morgengrauen von heute nie. Mein bester Kumpel Jens sagt immer: «Kerle, die dich am ersten Abend ins Bett locken, kannst du getrost aus deiner Telefonliste streichen.» Nicht, dass Andreas mir seine Telefonnummer angeboten hätte, aber ich Idiot hatte doch kurzzeitig darüber nachgedacht, ihm meine zu hinterlassen. Was für ein Glück, dass ich es doch nicht getan habe. Ich nicke Andreas wortlos zu und verschwinde in Richtung Nilpferdgehege, schließlich muss ich vor meiner eigentlichen Arbeit auch noch Stefans Job erledigen.

Ich stapfe mit knirschenden Zähnen den breiten Kiesweg zu unserer Hippo-Familie hinauf und versuche krampfhaft, mich zu beruhigen. Was bildet sich dieser Schnösel eigentlich ein? Gerade angefangen und schon austeilen! Was denkt er eigentlich, wer er ist? Und außerdem, was soll das eigentlich heißen: Er hätte mich ohne die ganze Kriegsbemalung nicht erkannt? Gut, ich sehe heute etwas verschlafen aus, aber ich kann mich auch ungeschminkt durchaus auf die Straße wagen. Amateur. Wahrscheinlich war er völlig schockiert, dass er mal eine Frau außerhalb seines «50-5-null»-Beuteschemas aufgerissen hat: 50 Kilogramm Körpergewicht, fünf Kilo Make-up und null Gehirn. Meinetwegen kann er künftig gerne wieder mit einer dauergewellten Frisöse mit Modelfigur ausgehen, die ihm jeden Abend die Horsd'œuvres auf ihrem nackten Körper serviert, nachdem sie vorher im Lexikon nachgeschlagen hat, was Horsd'œuvre bedeutet. Und den Schampus dazu können die beiden ja aus ihren hohlen Schädeln schlürfen.

Ich muss dringend mit dem Trinken aufhören, sonst falle ich womöglich noch einmal auf so einen aufgeblasenen Schnösel herein. Vielleicht ist er sogar verheiratet und wollte sich einfach mal mit einem wohlgeformten Vollweib vergnügen? Voller Elan schnappe ich mir die Mistgabel und beginne, das schmutzige Stroh aus dem Nilpferdhaus aufzuspießen und gegen frisches auszutauschen. Ein Knochenjob.

Vielleicht sollte ich doch reich heiraten und das Berufsleben an den Nagel hängen. Ich könnte mir meinen persönlichen Privatzoo zu Hause in meiner Villa halten und hätte den ganzen restlichen Tag nichts anderes zu tun, als mich zu hegen und zu pflegen, um meinem etwa 120-jährigen erfolgsverwöhnten und stinkreichen Ehegatten die letzten Lebenstage zu versüßen. Lieber nicht. Allein bei dem Gedanken, sich in eine Garnitur rosa Seide hüllen zu müssen, nur um einen Kerl von meiner perfekten Persönlichkeit zu überzeugen, wird mir übel. Nein, nein, nein! Ich komme auch ohne Mann zurecht. Carla, Melanie und ich sind ein prima

Team. Vielleicht werden wir in unserer WG auch zusammen alt. Kinder können wir schließlich auch ohne Mann zur Welt bringen. Wir suchen uns einfach ein zeugungsfähiges Exemplar aus, prüfen es auf mögliche Erbkrankheiten und dann: Wham-bam-thank-you-man. Anders machen es die Männer doch auch nicht. Nur, dass sie sich aus der Verantwortung herausziehen. Wir kümmern uns immerhin um unsere Nachkommenschaft. Und dann ziehen wir unseren Nachwuchs in unserer Kommune auf. Gemeinsam. Ich werde das heute Abend bei unserem vierzehntäglichen Spaghetti-bolognese-Treffen vortragen. Carla macht nämlich die beste Bolognese der Welt. Deshalb haben wir sie dazu verpflichtet, alle zwei Wochen für uns zu kochen. Den dazugehörigen Rotwein werde ich heute aber stehenlassen, bestimmt. Mir ist nämlich immer noch etwas flau.

Ein erstauntes Knurren reißt mich aus meinen Gedanken, und ich blicke in sechs kugelrunde Nilpferdaugen. In meinem Eifer habe ich die Dicken die ganze Zeit über komplett ignoriert. Sensibel, wie sie sind, haben sie mich ebenfalls in Ruhe gelassen. Wenigstens das klappt heute wie am Schnürchen. Kurt wackelt mit den Ohren und trabt fröhlich in Richtung Wasserbecken, wo Dagmar bereits mit Gotthilf wartet. Heute steht also Schwimmunterricht auf dem Plan. Kurt lässt seinen Astralkörper ins Wasser gleiten und beweist mal wieder, dass man auch mit üppigen Formen über eine exzellente Körperbeherrschung verfügen kann. Er läuft elegant auf dem Boden entlang, während Dagmar mit zärtlichen Nasenstupsern versucht, Gotthilf von den Vorzügen des Badens zu überzeugen. Aber Baby Gotthilf widersteht den Verlockungen, stemmt seine dicken Vorderbeinchen in den Boden und stößt ein röhrendes Quieken aus. Kurt taucht vor ihm aus dem Wasser auf und grunzt seinen Sohn aufmunternd an. Aber Gotthilf kuschelt sich an Muttis warmen runden Leib. Wenn doch alles so einfach wäre wie bei Nilpferds zu Hause! Ich lasse das junge Glück allein und kümmere mich um den vegetarischen Küchendienst. Das bedeutet: tonnenweise Obst und Gemüse schneiden und für die Kollegen in Eimer verteilen. Normalerweise kümmert sich jeder Pfleger selbst um das Futter, aber bei den Pflanzenfressern haben wir festgestellt, dass wir enorm Zeit sparen, wenn das Zeug im Akkord gehobelt wird.

Gegen Nachmittag wird es nochmal unangenehm, denn dann sind unsere Wassertiere dran. Das heißt Fisch, Fisch und nochmals Fisch. Am Abend schmerzt mein Rücken, und am Ende meiner Arbeitsschicht bestraft mich jede Faser meines Körpers für die vergangene Nacht. Außerdem miefe ich mittlerweile wahrscheinlich wie das Seehundhaus. Also springe ich zu Hause erst einmal unter die Dusche.

«Na? Riechst du wieder wie ein Mensch?» Carla stellt einen großen dampfenden Kessel mit roter Fleischsoße auf den Tisch. Dann angelt sie eine Nudel aus dem Wasser und wirft sie an den Küchenschrank, wo sie in ihrer ganzen Pracht kleben bleibt.

«Al dente! Perfekt! Sagst du Mel bitte, sie soll auflegen? Wir essen gleich!» Sie gießt das Nudelwasser ab und füllt die Pasta in eine große Schüssel. Ich kann meine Augen kaum losreißen, so lecker sieht das alles aus. Mein Körper lechzt förmlich nach Kohlehydraten, schließlich leide ich nicht nur unter Schlafmangel und Katerstimmung, ich habe außerdem noch gegen alle Naturgesetze und Menschenrechte hart gearbeitet.

«Mel, Essen ist fertig!», brülle ich in den Flur hinaus, wo unsere Stewardess aus Leidenschaft wahrscheinlich mal wieder mit ihrem Lieblingspiloten telefoniert.

«Tibor, ich muss auflegen ... ja, ich vermisse dich auch ... klar, unser Wochenende ist nicht aufgehoben, nur verschoben ... das verstehe ich doch ... natürlich mag ich dich trotzdem ... Tschüssi!», flötet sie in den Hörer, um kurz danach mit glasigen Augen in unserer Wohnküche zu erscheinen.

«Das ist aber schön, dass Madame doch noch zum Essen erscheinen!» Carla verteilt einen dicken Klacks Soße auf den Spaghetti und reicht sie zu Mel über den Tisch.

«Das war Tibor ...», murmelt Melanie entschuldigend. «Er musste schon wieder unseren Wochenendtrip nach Barcelona verschieben. Irgendwas ist mit den Kindern.»

Melanie hat die Angewohnheit, sich grundsätzlich in Typen zu verlieben, die bereits besetzt sind. Diesmal ist sie aussichtslos in einen ihrer Piloten verknallt. Der hat allerdings aus familiären Gründen keinen Spielraum für Spontaneitäten. Vielleicht hat auch seine Ehefrau etwas dagegen, dass er eine Affäre mit seiner Stewardess hat. Eigentlich bin ich gegen solche Verbindungen. Man sollte nicht die Last einer zerstörten Beziehung tragen müssen. Andererseits: Wo die Liebe hinfällt, kann man nicht selbst bestimmen.

«Mel, ich sag es nicht noch einmal. Schieß den Typen in den Wind. Der wird seine Frau nie für dich verlassen.» Seit Wochen rede ich auf sie ein, aber sie begreift den Ernst der Lage einfach nicht. Heute scheint mein Reden aber endlich zu fruchten.

«Rosi, du hast recht. Ich muss Prioritäten setzen. Der Kerl nutzt mich wahrscheinlich wirklich nur aus.» Sie steht auf, entkorkt eine Flasche Rotwein und verteilt sie in drei Gläser.

«Um ehrlich zu sein, habe ich wirklich die Schnauze voll von solchen Männern. Die wollen doch alle nur ihren Spaß, aber keine Verpflichtung eingehen, während wir allzeit bereit zu Hause hocken und darauf warten, dass sie sich unser entsinnen.»

«Apropos Besinnung: Rosi hatte heute Nacht Sex!», plappert Carla zwischen ihren Spaghetti hervor.

«Echt? Mit dem Schnuckelchen von gestern Abend?» Melanies Stimmung erhellt sich in null Komma nichts.

«Ja», zische ich gequält hervor. Eigentlich wollte ich die Geschichte nicht mit leerem Magen durchkauen. Ich nehme schnell eine große Gabel voll Pasta, um nicht ausführlicher antworten zu müssen.

«Ja – und – was?», bohrt Melanie erbarmungslos weiter.

«Rosi möchte nicht darüber reden. Offenbar war der Typ ein Reinfall. Sie wird ihn nie wiedersehen», antwortet Carla für mich.

«Der Typ …», sage ich und hole noch einmal tief Luft. «Der Typ war eigentlich kein Reinfall. Zumindest was seine Fähigkeiten im Bett angeht. Menschlich betrachtet ist er wie alle anderen auch: indiskutabel. All das wäre ja noch zu ertragen. Schließlich ist ein One-Night-Stand ja ein One-Night-Stand. Aber die Geschichte hatte heute Vormittag ihre Fortsetzung.» Ich leere mein Rotweinglas in einem Zug. Mit dem Alkohol höre ich ab morgen auf.

«Ihr habt euch nochmal getroffen?», fragt Mel verwirrt.

«Nein», antworte ich, seufze und fange dann doch an: «Ich komme heute in den Zoo, und wer steht da vor mir als mein neuer Boss?»

«Nein, doch nicht etwa …?» Carla und Mel starren mich entgeistert an.

«Doch, genau der. Und das ist noch lange nicht alles!» Ich mache eine Kunstpause und beobachte Carla dabei, wie sie mein Glas erneut auffüllt.

«Was denn noch? Ich meine, peinlicher geht es doch nicht mehr. Hat er dich etwa vor den Kollegen bloßgestellt?»

«Nein, das nicht. Vor denen hat er Gott sei Dank dichtgehalten, mich aber nach der Vorstellungsarie zu sich zitiert. Er hat wohl nicht verkraftet, dass ich mich heute Morgen sang- und klanglos aus seiner Wohnung verabschiedet habe, ohne ihm einen Schmachtzettel zu hinterlassen. Und dann hat er noch gesagt, er hätte mich ohne die ganze Schminke im Gesicht gar nicht wiedererkannt. Geht's noch? Der hat sie ja wohl nicht mehr alle!» Ich rede mich langsam in Rage, während Melanie und Carla mir gebannt an den Lippen hängen.

«So ein Mistkerl!», sprudelt es aus Mel heraus. «Ich sage euch, gekränkter Männerstolz … das ist das Schlimmste, die Hölle ist ein Kinderspielplatz dagegen!»

«Gibt es denn gar keine anständigen Kerle mehr auf dieser Erde?» Carla hat die Hoffnung auf einen potenziellen Ehepartner immer noch nicht aufgegeben. Dass sie drei Jahre vor ihrem 40. noch immer nicht Ehefrau und mehrfache Mutter ist, kann eigentlich keiner aus ihrem näheren Umfeld begreifen, allen voran Carla selbst.

«Ich bin rechts von Mitte 30, irgendwann ist es auch zu spät, eine Familie zu gründen!», lamentiert sie vor sich hin.

«Frag mich mal. Ich bin seit über vier Jahren Single. Schwer vermittelbarer Langzeitsingle, um genau zu sein. Weißt du, wie das klingt?»

«Nach Hartz IV für zwischenmenschliche Verhältnisse?» Melanie grinst. Sie hat ja auch gut reden. Immerhin ist sie von der 30 noch meilenweit entfernt.

«Nein, schlimmer noch. Single zu sein zwischen all den glücklichen Paaren und Familien ist menschliches Versagen, oder etwa nicht, Carla?», klage ich.

«Ich springe wenigstens nicht gleich mit jedem in die Kiste! Da kann man sich ja wer weiß was für Haustiere holen!» Carla schüttelt sich angeekelt. Sie kann es immer noch nicht fassen, dass ich, ihre einzige Verbündete in Sachen Anständigkeit, ans sündige Ufer geschwommen bin. So langsam geht mir ihr Gerede auf den Keks.

«Carla … es reicht! Du tust gerade so, als hätte ich mich tief in den Drogen- und Sexsumpf unserer Großstadt verstrickt. Einmal ist keinmal. Außerdem bin ich dafür heute schon genug bestraft worden», sage ich, um dem ganzen Gequatsche ein Ende zu bereiten.

«Ich weiß gar nicht, was ihr habt. Es gibt doch tolle Männer. Vielleicht müsst ihr einfach zielgerichteter suchen!», wendet Mel ein.

«Du meinst, unter den bereits verheirateten Piloten?» Carla zieht ihre berühmte Augenbraue nach oben, während sie Melanie tief in die blauen Augen blickt.

«Ach du … Natürlich nicht. Ich kann doch nichts dafür, dass ich mich immer in die verliebe, die schon vorher ja gesagt haben.»

«Da könnte man ja zur Abwechslung auch mal nein sagen», gebe ich zu bedenken, während ich meinen Teller leerkratze.

«Noch etwas Pasta?» Aufmerksam, wie sie ist, schöpft mir Carla meinen Teller zum zweiten Mal voll. Ab und zu soll man sich schließlich auch etwas gönnen. Nudeln sollen ja bekanntlich glücklich machen.

«Wie kann man etwas finden, wenn man gar nicht weiß,

wonach man genau sucht?» Melanie schaut uns herausfordernd an, als hätte sie gerade eine neue binomische Formel entdeckt. Davon ist sie weit entfernt, keine Frage, aber ein bisschen Wahrheit steckt doch in ihrer Frage. Was will ich eigentlich? Und wie weit bin ich bereit dafür zu gehen?

«Ich möchte heiraten. Und zwar am besten noch bis Ende des Jahres!» Carla hebt herausfordernd ihr Glas. Angesteckt von ihrer Entschlossenheit, erhebe ich ebenfalls meinen Wein.

«Ich möchte bis Ende des Jahres in festen Händen sein, glücklich verliebt natürlich!» Ich nicke den anderen zu und ergänze: «Er sollte groß sein und attraktiv. Konkrete Wünsche habe ich allerdings nicht. Wichtig ist nur, dass er charmant ist und zuvorkommend. Er muss mich mit Respekt behandeln, und wir müssen geistig auf einer Wellenlänge sein. Ihr wisst schon, was ich meine. Nichts Weltbewegendes, einfach einer, der sich um mich kümmert, wenn ich krank bin, und der trotzdem bewundernd zu mir aufblickt, wenn ich an seiner Seite stehe!»

Carla nickt zustimmend. Männer! Es gibt einfach keine beziehungsfähigen akzeptablen Exemplare, mit denen man, ohne nicht gleichzeitig mindestens zwanzig bis hundert Kompromisse eingehen zu müssen, eine erwachsene reife Beziehung führen könnte. Fakt ist nun mal, dass es nicht an mir liegt, dass ich Single bin. Ich würde mich wahnsinnig gerne verlieben. Wirklich! Aber es gibt niemanden in einem Umkreis von mindestens fünf angrenzenden Ländereien, der dafür geeignet wäre. Da zeigt ja die Topfpflanze auf dem Küchentisch mehr soziale Kompetenz.

«Das hast du schön gesagt, Rosi!» Carla schaut mich beeindruckt an.

«Und jetzt du, Mel. Was stellst du dir vor?», frage ich unsere Jüngste. Immerhin hat sie ja den Wünschelreigen in Bewegung gebracht.

«Um ehrlich zu sein, will ich in erster Linie beruflich weiterkommen. Bis Ende des Jahres möchte ich in der Business-Class fliegen. Adieu, Chartermaschine, hallo, Linienflug, das wäre mir wichtig! Einen tollen Mann finde ich dann sicher schneller, als ich denken kann.»

«Gut, dann ist ja alles klar, meine Lieben. Bis Ende des Jahres bin ich unter der Haube, Rosi schwebt im siebten Himmel und Melanie auch, allerdings nur als Stewardess. Darauf trinken wir! Prost, Mädels!»

Wir schauen uns fest in die Augen, und irgendwie glauben wir in diesem Moment wirklich daran, dass unsere Wünsche in Erfüllung gehen werden. Schließlich muss man sich Ziele setzen im Leben. Wer weiß, vielleicht steckt ja auch ein kleines Fünkchen Wahrheit in all diesen übersinnlichen Bestellvorgängen. So ganz bin ich noch nicht überzeugt, deshalb leere ich erneut mein Glas. Auf einen Geist ist schließlich immer Verlass, und das ist der Weingeist, haha. Für alles andere bräuchte ich wenigstens ein klitzekleines Zeichen. Vielleicht sollte ich mehr U-Bahn fahren, da trifft man auch immer neue Leute. Oder ich verbringe künftig meine Mittagspause auf der Bank gegenüber unserem Imbissstand. Allerdings treffe ich dort viel wahrscheinlicher auf zehn gestresste Mütter inklusive Ketchup-verschmierter Kinder als auf einen potenziellen Liebhaber und Partner. Viele Paare haben ihren Partner am Arbeitsplatz kennengelernt. In meinem Fall fällt das ja nun leider flach. Denn außer Andreas sind unsere Männer im Zoo entweder optisch oder altersmäßig inakzeptabel. Aber man darf die Hoffnung nicht aufgeben. Morgen fange ich mit der Suche an. Schließlich soll auf meinem Grabstein nicht stehen: «Rose-Maria Jakob – als Mensch markant, als Frau leider vakant.» Sollte sich meine aktuelle Notlage nicht bald ändern, kann ich nur hoffen, dass bis zu meinem Tod die Preise für Grabsteingravuren ins Unermessliche gestiegen sind und sich keiner den Luxus leisten wird, die Wahrheit auf meine letzte Ruhestätte zu meißeln.

Tausend Mal berührt

«Zwei Wochen ist meine körperliche Auseinandersetzung mit Andreas nun schon her, und meine schlimmsten Befürchtungen seit dem ‹Tag danach› sind wahr geworden.» Energisch beiße ich von meiner Marmeladen-Schrippe ab und fuchtle mit dem armen Brötchen in der Luft herum.

«Du bist schwanger», unkt Carla ohne auch nur einen Hauch von Mitgefühl hinter ihrer Zeitung hervor. Freundinnen …

«Nein! Natürlich nicht. Ich poppe doch nicht ohne Gummi. Es ist viel schlimmer!»

Wieso legt sie nicht mal die Zeitung zur Seite und widmet sich meinem psychischen Leiden? Ich trommle mit den Fingern nervös auf der Tischplatte herum, bis Carla mir endlich die Aufmerksamkeit schenkt, die mir gebührt. Leider untermalt sie diese Bewegung mit einem leicht genervten Stoßseufzer. Ein schlechtes Zeichen. Immerhin ringe ich hier um Verständnis und Mitleid.

«Er ignoriert dich», sagt Carla, immer noch, ohne mit der Wimper zu zucken.

«Genau! Was für eine Frechheit! Kannst du mir mal bitte erklären, wieso Männer so sind? An einem Tag schmiegen sie sich zärtlich zwischen unsere Brüste, und am nächsten Tag schauen sie einen nicht mal mit dem Allerwertesten an.» Ich könnte Andreas erwürgen, natürlich nur im Geiste, im wahren Leben habe ich schon Gewissensbisse, wenn ich unseren Reptilien das Lebendfutter bringen muss. Unsere

Boa verschlingt sogar ganze Löffelzwerge. Bei ihr ist es ein völlig natürliches Verhalten und purer Überlebenswille. Bei Männern ist es, meiner Meinung nach, schiere Bosheit.

«Ich weiß nicht, was du hast. Du hast doch gesagt, du willst nichts von ihm und er solle dich bitte in Ruhe lassen. Wieso regst du dich jetzt darüber auf, dass der Typ genau das tut? Er lässt dich in Ruhe.»

«Ach, Carla, Carlottalita ... nun steh mal nicht so auf der Leitung!» Ich setze mich etwas aufrechter hin.

«Liebe Rosi, natürlich wünschen wir uns alle, dass uns die Männerwelt zu Füßen liegt, selbst wenn wir sie mit denselben getreten haben, aber jetzt mal ehrlich. Ihr hattet Sex, es hat nicht geklappt, und nun geht ihr euch aus dem Weg. Mädel, besser kann es doch nach diesem verkorksten Start gar nicht für dich laufen. Oder willst du, dass er dir hinter dem Elefantenhaus auflauert und dir seinen Rüssel zeigt?»

Carla nimmt die Zeitung wieder zur Hand und versucht erneut, sich über die aktuellen Nachrichten zu informieren. Sie könnte wirklich mehr Geduld für meine gekränkte Eitelkeit aufbringen, selbst wenn wir das Thema schon an zehn von dreizehn langen Abenden durchgekaut haben.

«Aber der Sex war toll, daher hatte ich erwartet, dass er zumindest deswegen noch einen Anlauf startet. Hallo? Das steht bei den Männern doch an erster Stelle!»

Carla blickt erneut hinter ihrer Zeitung hervor.

«Heißt das, du würdest nochmal mit ihm schlafen?»

«Natürlich nicht, ich bin doch kein Flittchen.» Ich schüttele entsetzt den Kopf. Andererseits – wenn Andreas mit mir der einzige Überlebende auf einer einsamen Insel wäre, würde ich mich möglicherweise erneut mit ihm einlassen. Allerdings müsste ich ihm dabei den Mund zuhalten.

«Na also. Dann ist doch alles gut.»

«Nein, nichts ist gut. Carla ... nun leg doch endlich mal das Dingens weg. Lesen kannst du doch auch auf der Wache ...»

«Na, hör mal, Frollein, nicht so frech!», sagt Carla mit gespielter Strenge, legt aber nun doch ihr Nachrichtenblatt zur Seite.

«Was ist denn los, meine Liebe, wo drückt denn der Schuh?»

«Du weißt doch, unser Pakt. Ich möchte mich so gerne verlieben ... ich meine, du suchst doch auch!»

«Nein, mein Liebchen ... ich suche nicht, ich werde finden. Ich glaube fest daran. Irgendwann wird er vor mir stehen, groß, sportlich, wahnsinnig klug und erfolgreich, und es wird einschlagen wie der Blitz!»,

«Deine Zuversicht hätte ich auch gerne. Mir reicht schon einer, der seine Miete regelmäßig bezahlen kann und keinen Bierbauch vor sich herschleppt. Aber woher nehmen, wenn nicht stehlen?»

«Wenn er vor dir steht, wirst du es schon merken.»

Ich stutze, doch als ich merke, dass Carla diesmal keinen ihrer berühmten Scherze gemacht hat, werde ich doch neugierig.

«Du meinst, Liebe auf den ersten Blick?» Ich bin verwirrt, aber auch hoffnungsvoll.

«Klar, das ist doch das einzig Wahre! Nimm uns beide ... bei uns war es Liebe auf den ersten Blick!»

«Carla, das ist doch nun wirklich was völlig anderes! Ich meine, natürlich liebe ich dich, aber wir haben doch keinen Sex miteinander.»

Ich muss kichern. Mit Frauensex habe ich nun wirklich

nichts am Hut, obwohl ich einmal mit dreizehn, soweit ich mich erinnere, ein bisschen in meine Geschichtslehrerin verliebt war. Im Nachhinein betrachtet war es aber wohl vor allem Bewunderung für ihre tolle Schuhauswahl. Andererseits, wenn ich es mir recht überlege: Wäre Carla ein Kerl, wäre sie bzw. er wirklich mein Traummann. Sie hat tolle Rundungen, was bedeutet, dass sie als Mann breitschultrig und groß wäre, außerdem ist sie sensibel, ein absoluter Pluspunkt, und sie ist ehrgeizig, was ihren Job angeht, ebenfalls ein Punkt auf der Habenseite. Leider fehlt ihr ein klitzekleines Detail, bzw. ihr Detail ist einfach zu klitzeklein.

«Rosi? Bist du eingeschlafen?»

«Sorry, ich hab mir nur gerade vorgestellt, wie es wäre, wenn wir beide ein Paar wären, also du der Mann, ich die treusorgende Ehefrau ...», grinse ich.

«Kein schlechter Gedanke, allerdings wäre ich dann die Herrin des Hauses und du ein berühmter Tierarzt mit einem dicken Bankkonto.»

Ich umarme meine Freundin, packe mein Lunchpaket und mache mich auf in den Zoo, wo ich bereits freudig von den Geschwistern Büchsenschütz erwartet werde, die ich heute mal wieder durch unser Tierreich führen darf. Private Einzelführungen sind in unserem Zoo gegen einen geringen Aufpreis möglich. Das Geld können wir momentan gut gebrauchen. Außerdem macht es mir immer wieder Spaß, die beiden älteren Damen herumzuführen.

Ingrid und Pamela Büchsenschütz sind zwei adrette Frauen jenseits der 60. Welche die ältere ist, konnte ich bisher allerdings noch nicht herausfinden. Sie sehen sich einfach ungeheuer ähnlich, obwohl Pamela eine leichte Hormonstörung zu haben scheint, denn auf ihrem Kinn wachsen zwei vereinzelte seidig feine, aber eben auch rabenschwarze Härchen, die mit jeder Bewegung elastisch mitwippen. Sie sind schon recht lang, mindestens zehn Zentimeter, und sie bibbern und zittern immer im Takt, wenn sie mit einem spricht. Ich achte natürlich peinlichst darauf, nicht zu offensichtlich dorthin zu starren. Leider gelingt es mir nicht immer, was mir im Nachhinein auch stets sehr leidtut, schließlich will ich niemanden beleidigen. Ansonsten zeichnen sich beide Schwestern durch ein recht properes und stets gepflegtes Erscheinungsbild aus. Beide hüllen sich nur in feinstes Chanel oder Prada, das Haar ist immer hübsch gesteckt und onduliert, die Wangen mit pastellfarbenem Rouge aufgefrischt. Und immer tragen sie ihre Babys Kate und Moss auf dem Arm. Natürlich sind Kate und Moss nicht ihre biologischen Kinder, es handelt sich dabei vielmehr um zwei Möpse, die runder und knuffiger nicht sein könnten. Ich liebe Möpse. Es sind die einzigen Hunde mit einer eigenen Meinung. Sie haben eine Persönlichkeit, ja, das glaube ich wirklich, und daher auch mal ihre schlechten Tage, an denen sie ein Gesicht wie sieben Tage Regenwetter machen. Jedes Mal, wenn ich einen Mops auf der Straße sehe, muss ich lachen, weil sie so niedlich sind mit ihren kurzen Beinchen und dem wackelnden Popöchen. Kate und Moss haben schwarzes und karamellfarbenes Fell. Leider scheint Karamell auch ihr Hauptnahrungsmittel zu sein, denn sie sind selbst für Möpse ganz schön aus der Form geraten. Kein Wunder, denn auch ihre Frauchen sind den irdischen Genüssen ganz offenbar nicht abgeneigt.

«Ach, wir wären ja so gerne schlanker, aber seit unsere Männer nicht mehr sind, bleibt uns doch außer den Tierchen und den Schokoladentrüffeln nicht mehr viel», seufzen sie.

Pamela und Ingrid waren mit den Brüdern Büchsenschütz aus einer uralten Familiendynastie verheiratet. Gerüchten zufolge hatte Ururuopa Büchsenschütz vor Hunderten von Jahren sein Geld mit Öl gemacht, vielleicht waren es aber auch Konserven oder Textilwaren. So genau weiß das keiner mehr, denn seine Nachfahren mussten im Grunde genommen nur noch die Milliarden verwalten. Und weil es davon reichlich gab, konnten sich alle Familienmitglieder der Büchsenschütz ein sorgenfreies Leben gönnen.

Davon kann ich als Kind einer alleinerziehenden Krankenschwester nur träumen. Aber man kann eben nicht alles haben im Leben. Außerdem hat es auch Vorteile, von Geburt an finanziell extrem bescheiden gelebt zu haben. Sonst müsste ich mir täglich darüber Gedanken machen, dass Haute Couture in Größe 34 einfach besser aussieht als in Größe 44.

«Sagen Sie mal, wann haben Sie die beiden eigentlich zum letzten Mal auf die Waage gestellt?», frage ich jetzt kritisch.

«Waage? Sie sind uns ja eine, Frau Jakob, wir wollen doch keine Essstörung hervorrufen!»

Ingrid Büchsenschütz beugt sich entrüstet zu Kate und Moss hinab und tätschelt synchron die runden Köpfchen.

«Aber Sie wissen doch sicher, dass Sie den beiden keinen Gefallen tun, wenn Sie sie täglich mit Süßkram vollstopfen», wende ich in strengem Tonfall ein. Überfütterung ist schließlich auch eine Form von Tierquälerei, und das macht mich nun mal wütend. Ich bemühe mich dennoch, freundlich zu bleiben, ich mag die Büchsenschützinnen, aber hier ist die Gesundheit der Tiere ernsthaft in Gefahr.

Nun mischt sich Pamela ebenfalls ein. «Sie hat recht,

Ingrid, unsere Kleinen haben wirklich etwas zugenommen. Aber ich finde, es steht ihnen.»

«Wir haben doch selber keine Kinder. Da wollen wir nur, dass die beiden glücklich sind. Sehen Sie doch nur in ihre putzigen Gesichter. Wenn sie vor uns stehen, uns mit ihren immer hungrigen Augen angucken und sich dabei über das Schnäuzchen lecken, können wir einfach nicht widerstehen», jammert Ingrid weiter. Wie auf Kommando leckt Kate sich über die Schnauze und guckt Frauchen bettelnd an.

«Frau Büchsenschütz, ich muss Sie wirklich bitten!», sage ich empört, werde aber mitten im Satz unterbrochen.

«Worum musst du Frau Büchsenschütz bitten?» Andreas hat sich unbemerkt zu uns gesellt und möchte nun aufgeklärt werden, also hole ich kurz Luft. Immerhin geht es um unsere erste Unterhaltung seit dem Tag X.

«Lieber Andreas», beginne ich mit süßlichem Unterton. «Wie du siehst, leiden diese beiden Hunde unter akuter Fettleibigkeit, und wenn unsere lieben Besucherinnen nicht bald einen Diätkursus für ihre beiden Rollmöpse buchen, dann werden die Hunde sterben, und Familie Büchsenschütz ist nur noch zu zweit.»

Eigentlich wollte ich gar nicht so direkt werden, aber Andreas' Anwesenheit hat es mit mir durchgehen lassen, was ich just in dieser Sekunde bereue, denn ich blicke nun nicht nur in vier traurige Mopsaugen, sondern auch noch in die Augen der unglücklichen Schwestern. Die Unterlippe von Ingrid beginnt bedrohlich zu zittern, während Pamela so sehr nach Luft japst, dass ihre Barthärchen vibrieren.

«Wie kannst du es wagen, so mit unseren Stammkundinnen zu sprechen?», poltert Andreas los, bevor auch nur eine der Schwestern ihre Sprache wiederfinden kann.

«Aber ich meine es doch nur gut!», entgegne ich trotzig.

«Sie hat recht, sie meint es wirklich nur gut!», springt mir Ingrid bei. «Immerhin geht es hier um das Leben unserer Kinder! Wir müssten wirklich strenger sein, aber wir schaffen es einfach nicht! Wie können wir Kekse essen und unsere Hunde dabei zusehen lassen!», bekräftigt Pamela.

Ich grinse Andreas selbstsicher an und verschränke meine Arme vor der Brust. Mal sehen, was er nun hervorbringt.

«Dennoch kann ich eine derartige Kritik nicht gutheißen. Wie wäre es mit einem konstruktiven Vorschlag? Du bist doch hier die Tierärztin.» Bei dem Wort Tierärztin rollt Andreas demonstrativ mit den Augen. Offenbar nimmt er meine Kompetenzen auf diesem Gebiet nicht richtig ernst.

«Mach doch ein Abspeckprogramm für die beiden», fährt er fort. «Geh mit den Tieren Gassi. DAS wäre konstruktiv und eigentlich auch selbstverständlich. Schließlich wollen wir doch, dass sich unsere Besucher bei uns wohlfühlen.»

«Du meine Güte, Kindchen!», quietscht es aus Pamela da auch schon heraus. «Das ist ja nun wirklich ein großartiger Vorschlag. Würden Sie das für uns machen, Frau Rosi?» Sie nennt mich immer Frau Rosi, wenn ihr etwas besonders gefällt. Dann greift sie beherzt nach meiner Hand, um zu verhindern, dass ich nein sage. Ich werfe Andreas einen giftigen Blick zu, der jetzt wiederum seine Arme verschränkt und sich ein Grinsen nicht verkneifen kann.

«Na gut, ich mach's. Aber Sie müssen mir versprechen, auch die Bereitschaft aufzubringen, den Möpsen Schokolade und auch noch das winzigste Pastetchen vorzuenthalten!», sage ich mit resoluter Stimme und blicke dabei direkt in die drolligen Glubschaugen meiner beiden neuen Zöglinge. Wie auf Kommando fangen die beiden an zu kläffen und wedeln mit den Schwänzchen, sofern man bei den kleinen Kringeln überhaupt von Wedeln sprechen kann. Immerhin signalisieren sie damit, dass sie noch leben. Das ist schon etwas, wenn man bedenkt, dass sie mit Sicherheit seit Jahren liebevoll zu Tode gemästet wurden.

«Herrlich! Dann sind wir im Geschäft!» Ingrid klatscht begeistert in die Hände und hakt sich bei mir unter. «Dann können wir ja beruhigt unsere Führung starten, nicht wahr?»

«Das ziehe ich dann aber von meinen Arbeitsstunden ab, dass das klar ist!», zische ich Andreas im Vorbeigehen noch zu, bevor ich meine kleine Reise- und Weight-Watchers-Gruppe in Richtung Reptilienhaus schleuse. Danach geht es zu den Orang-Utans und später noch zu unserer schwangeren Giraffenfamilie. Nach zwei Stunden ist die private Führung beendet, und ich mache mit den beiden Damen einen Termin aus, bei dem wir die Operation «Dicke Möpse auf Diät» besprechen wollen. Meine Füße tun weh, langes Laufen in Schuhen, die nicht mit «Turn-» anfangen, bin ich einfach nicht gewohnt. Ich sollte mir Einlagen von meinem Orthopäden verschreiben lassen. Melanie hat so was auch. Allerdings stopft sie sich ihre immer in die High Heels, wenn sie an Bord ihrer Boeing den Leuten Kaffee servieren muss. Beim besten Willen, das kann doch nicht gesund sein!

Carla hat heute Abend ihren monatlichen Stammtisch, den feuchten Traum jedes männlichen Erdbewohners jenseits der vierzig: durchtrainierte Frauen in Uniformen, verbal und körperlich schlagfertig, also eine Art feministischer Treffpunkt für Mädels in adretter Kleidung. Und auch meine andere uniformierte Mitbewohnerin schwebt heute wieder zwischen London, Paris und Mailand hin und her.

Also habe ich mir eine Tüte Chips besorgt und stelle mich auf einen gemütlichen Abend vor der Flimmerkiste ein. Als ich jedoch die Tür aufschließe, schallt mir ein freundliches «Hallo!» entgegen: Carla und Mel sitzen am Küchentisch.

«Und? Wie war dein Tag?», fragt Carla gut gelaunt.

«Ganz nett. Ich arbeite jetzt auch als Hundesitter. Außerdem geht mir Andreas tierisch auf den Keks», fange ich an. Ich ziehe die Schuhe aus und setze mich zu den Mädels.

«Wieso seid ihr eigentlich schon hier? Solltest du nicht irgendwo über Europa herumschwirren?»

«Ja, aber nicht heute Abend, sondern erst morgen früh: Meine Güte, wann lernst du das endlich!» Mel verdreht die Augen, als müsste sie mir zum zwanzigsten Mal das Einmaleins beibringen. Als ob es meine Pflicht wäre, ihren Dienstplan auswendig zu kennen!

«Hallo? Das geht auch in 'nem anderen Ton», fauche ich deshalb gereizt zurück. «Oder weißt du, welches Tier ich morgen zuerst füttern muss?»

«Mädels! Ganz ruhig! Wenn ihr hört, wieso mein Stammtisch frühzeitig geendet hat, wüsstet ihr, was wirkliche Probleme sind.» Harmonie-Göttin Carla richtet sich auf ihrem Küchenstuhl auf und verdreht ihre braunen Rehaugen.

«Ihr wisst ja, dass Männer und Kinder bei unserem Stammtisch tabu sind, aber keiner hat bisher die Regel auf Hunde ausgeweitet. Das war bisher ja auch nie ein Problem. Die Bezirksvorsitzende Reiter hat jedoch heute ihren Pudel mitgebracht, der nicht nur extrem grau und lockig ist und Topmöller heißt, sondern auch noch unter Inkontinenz leidet. Das Viech hat alle halbe Stunde unter den Tisch gepieselt!»

«Aber wieso ist sie denn nicht mal mit ihm vor die Tür?», frage ich voller Entsetzen.

«Sie scheint es völlig normal zu finden, dass der Pudel überallhin strullt. Es wäre wahrscheinlich auch keinem aufgefallen, wenn ich mich nicht auf die Suche nach meinem Lippenstift begeben hätte. In meiner Handtasche, versteht sich. Und die stand natürlich unterm Tisch.» Carla schlägt vor lauter Gram die Hände vors Gesicht.

«Meine Lieblingstasche!»

«Die rote?», frage ich mitfühlend, und Carla nickt betroffen.

«Und dann?» Mel scheint noch nicht ganz zu verstehen, obwohl Handtaschen eigentlich in ihr Fachgebiet fallen.

«Der Hund hat Carlas rote Locklederhandtasche zum Klo umfunktioniert und sie ruiniert», antworte ich an Carlas Stelle, denn die hat gerade vor lauter Frust ihren Kopf in den Händen vergraben.

«Irgendwie läuft gerade alles schief. Wir verdienen zu wenig Geld, die Männer sind alle nicht zu gebrauchen, und jetzt tanzen uns auch noch die Köter auf der Nase herum!» Mel schüttelt das blonde Köpfchen und holt eine Flasche Wodka aus dem Gefrierfach.

«Da hilft nur noch Alkohol in rauen Mengen!», ruft sie und gießt unsere Wassergläser bis obenhin voll.

«Du meinst, in therapeutischen Dosen!», verbessere ich sie schnell. Schließlich möchte ich nicht als Alkoholikerin enden. Ich trinke nur, wenn es wirklich nötig ist. Quasi aus medizinischen Gründen.

Eine halbe Stunde und eine Dreiviertelflasche später breitet sich eine wohlige Wärme in meinem Körper aus. Mel und Carla kichern im wunderbar sanften Schein der Kerzen vor sich hin.

«Mir reicht's!» Carla stellt ihr Glas mit einer solchen

Wucht auf den Tisch, dass Mel vor Schreck fast vom Stuhl fällt. Dann springt sie blitzschnell auf und verlässt wie hypnotisiert die Küche.

«Was 'n los?», fragt Mel ängstlich und schon ein bisschen betrunken.

«Keine Ahnung!», sage ich mit schwerer Zunge und versuche, schnelle Bewegungen zu vermeiden. Lieber nehme ich noch einen Schluck von dem klaren Gesöff, das den Kopf so herrlich vernebeln kann. Ich gieße Mels und Carlas Glas fürsorglich ebenfalls voll und stelle die nun leere Flasche neben die Spüle.

Dann kommt Carla zurück. Sie hat sich in ihren dunkelblauen Trenchcoat gehüllt und trägt eine Holzkiste unterm Arm. Wir hatten darin bisher immer unsere alten Zeitschriften aufbewahrt, Altpapier kann man schließlich immer brauchen, zum Beispiel, wenn man etwas einwickeln möchte.

«Wir nehmn unsre Zukunft jetz selber inie Hand!», lallt Carla uns entschlossen entgegen.

«Okee, da bin ich grundsätzlich deiner Meinung, aber wieso brauchsu dafür 'ne Kiste?», frage ich etwas verwirrt, was eventuell am Wodka liegen könnte, eventuell aber auch an Carla.

Die beginnt, nachdem sie die Kiste auf dem Boden abgestellt hat, so wild in der Küche herumzuwirbeln, dass mir ganz schwindlig wird. Sie legt eine dicke rosafarbene Kerze, Streichhölzer und eine Teepackung in eine Tasche.

«Was 'n los? Worauf wartet ihr noch? Wir gehn jetzt innen Wald. Rosi, du besorgst uns noch 'ne Taschenlampe.»

«Wart ma, Carla. Bevor du uns hier herumscheuchst. Was hast du vor?» Mel und ich starren unsere Mitbewohnerin mit einem derartig riesigen Fragezeichen im Gesicht an, dass die nicht anders kann, als erst einmal laut loszuprusten. Dann setzt sie sich erneut zu uns an den Tisch.

«Mädels, ihr schaut mich an, als wolle ich im Wald ein Verbrechen begehen.» Sie hat ein Stückchen Alufolie abgerissen und knibbelt es zwischen ihren Fingern hin und her.

«Entschuldige bitte, Liebes, aber genau so siehst du auch aus! Also bitte, Carla, was soll das Ganze?», frage ich sie erneut.

«Meine Großmutter Donatella, Gott hab die Gute selig, war in ihrer Jugend auch lange Zeit davon überzeugt, dass sie niemals heiraten würde. Eines Tages traf sie in ihrem Heimatdorf auf eine Frau, die sie dort noch nie gesehen hatte. Für euch ist das nichts Ungewöhnliches, doch Donatella kannte jeden im Dorf. Diese Frau war neu dort und ging direkt auf meine Großmutter zu. Sie sprach: ‹Ich sehe, dass du unglücklich bist, deshalb möchte ich dir helfen. Gehe in den Wald und suche nach drei Tannenbäumen, die im spitzen Winkel zueinander stehen. Dort musst du eine Kiste vergraben. Am besten eine aus Holz. Lege ein Kleidungsstück, ein Symbol deines alten Ichs, und etwas, was für dein neues Leben stehen soll, hinein. Dann zünde diese rosafarbene Kerze an und verstreue getrocknete Blütenblätter in alle Himmelsrichtungen. Du wirst sehen, bald wird sich dein Leben zum Guten verändern!› – Na ja, wenige Wochen später lernte Oma ihren Mann, meinen Großvater Luigi, kennen, und sie liebten sich bis ans Ende ihres Lebens.»

Carla strahlt uns von einem Ohr zum anderen an und nickt erwartungsvoll. Mel findet zuerst ihre Sprache wieder.

«Soll das jetzt heißen, wir gehen in den Wald und vergraben unseren Sperrmüll?»

«Nicht Sperrmüll, irgendwas Altes, Gebrauchtes, Unterwäsche zum Beispiel ...»

«Ach ja, und wenn uns irgendein Perverser folgt und sich an unseren Schlüpfern vergeht?» Entsetzt nimmt Mel einen ordentlichen Schluck Wodka, um den Schreck hinunterzuspülen.

«Ach was, wer soll uns denn verfolgen?», entgegne ich schnell. Mir gefällt die Idee vom Liebeszauber um Mitternacht. «Ich bin dabei!»

«Sehr schön! Und du, Mel? Kommst du mit oder bleibst du hier?» Carla wühlt in unserem Küchenschrank und kramt eine Tüte Potpourri hervor. Irgendein Geschenk von einer Party aus vergangenen Tagen. Begeistert packt sie die getrockneten Duftblätter in die Kiste.

«Na gut, ich komme mit. Aber nur, weil ich nichts Besseres vorhabe. Ausnahmsweise!»,

«Aber überleg doch mal, vielleicht hilft der Zauber dir auch, deine beruflichen Pläne zu realisieren!»

«Natürlich, Carla. Ich werde die linke Bremsklappe vergraben, und schwups! habe ich meinen Pilotenschein in der Tasche.»

«Jede sucht sich jetzt etwas Altes und etwas Neues, und wir treffen uns in fünf Minuten abflugbereit vor der Haustür. Bis gleich», sage ich resolut.

Manchmal muss eine Frau eben tun, was eine Frau tun muss. Zwar bin ich auch etwas skeptisch, was diesen italienischen Großmutterzauber angeht, aber schließlich darf man nichts unversucht lassen, wenn es um die große Liebe geht. Sonst wird das nie was mit der rosaroten Zukunft. Und ich bin so was von bereit dafür! Ich kann richtig spüren, dass der Richtige da draußen irgendwo auf mich wartet. Warum also nicht mit etwas Magie nachhelfen? Ich wühle mich durch meinen Kleiderschrank und werde schnell fündig. Mein hellblauer Blümchen-BH, der erste, den ich mir als Neu-Single vor viereinhalb Jahren zugelegt hatte. Mittlerweile trage ich ihn nicht mehr, er ist total verwaschen und verbogen. Aber er symbolisiert für mich mein Alleinsein perfekt, denn er ist nur praktisch und nicht besonders dekorativ. Schwieriger wird es jedoch mit dem Gegenstand für meine neue Zukunft. Schwarze Spitze? Nein, viel zu teuer, um sie in den feuchten Waldboden zu versenken. Außerdem soll es ja in meiner neuen Beziehung nicht nur um verruchte Bettspielchen gehen. Ich möchte einen Mann für jeden Bereich meines Körpers, und dazu gehört in erster Linie mein Herz. Ich werfe einen Blick in mein Schmuckkästchen und greife nach einem goldenen Anhänger. Ein Geschenk meiner Mutter zur Konfirmation. Nein, das passt nicht. Rosi, denk nach! Die anderen haben sicher schon was gefunden. Ich greife in mein Glas voller Naschsachen und angle mir ein Gummitierchen. Zucker soll ja beim Nachdenken helfen. Lecker. Kirschgeschmack. Das ist es! Begeistert von meiner eigenen Genialität greife ich erneut in meinen Vorratsbehälter und angle nach einem roten Fruchtgummi-Herzchen. Perfekt! Es ist süß, fruchtig erfrischend, flexibel und von einer Firma, die seit Jahrzehnten erfolgreich den Süßigkeitenmarkt anführt. Also, wenn das keine guten Vorzeichen für meine künftige Liebschaft sind! Schnell packe ich meine Sachen zusammen, schnappe mir meine Windjacke und eile zu den beiden Mädels, die schon ungeduldig warten.

Etwa zwanzig Minuten später stapfen wir durch fast völlige Dunkelheit, da ich Volltrottel in der Hektik natürlich die Taschenlampe vergessen habe. Hätten wir die Liebeskerze nicht mit dabei, könnten wir die ganze Aktion mangels Weitblick begraben.

«Autsch!» Mel kreischt laut auf.

«Was ist denn?» Carla, die Kerze in den Händen, dreht sich um.

«Ich bin umgeknickt. Mein Fuß tut weh, und außerdem finde ich die komplette Aktion jetzt noch blöder als vorhin. Mit dem kleinen Unterschied, dass ich da noch im Warmen und Trockenen war», jammert Mel vor sich hin, während sie fröstelnd auf einem Baumstumpf Platz nimmt. Wie immer hat sie auch klamottentechnisch die Betonung der Figur der Zweckmäßigkeit vorgezogen.

«Was ziehst du auch Schuhe mit zehn Zentimetern Absatz an, wenn du genau weißt, dass wir einen Spaziergang durch den Wald machen!», schimpft Carla zurück.

«Wie weit müssen wir denn noch laufen?», frage ich. Mein Wodkarausch ist fast komplett verflogen, und mir zittern nicht nur vor Kälte die Knie. Ich finde es ziemlich unheimlich, nachts durchs Gestrüpp zu streunen. Ob Carla ihre Dienstwaffe bei sich hat? Immer mehr Horrorgeschichten gehen mir durch den Kopf: Entlaufene Axtmörder, Kettensägenmassaker, Werwölfe und Hexen schleichen hinter uns her und lauern nur auf den richtigen Moment, uns anzugreifen.

«Wir sind da!», sagt Carla entschlossen und wirft ihr Gepäck auf den feuchten Boden. Dann beginnt sie mit der mitgebrachten Schaufel ein Loch zu graben.

«Was steht ihr hier so blöd herum? Es geht schneller, wenn

sechs Hände buddeln. Dann sind wir auch schneller wieder zu Hause im Warmen!» Sie ist inzwischen auch genervt. Die perfekte Stimmung für einen romantischen Zauber.

«Mel? Hilfst du auch mit?» Carla schaut zu Melanie hinüber, die sich immer noch das Füßchen reibt.

«Ich kann nicht, ich habe Schmerzen», quengelt diese leise vor sich hin.

Carla und ich buddeln also allein weiter. Wer schon einmal etwas im Wald vergraben hat, weiß, dass das mit einer normalen Schaufel und bloßen Händen so gut wie unmöglich ist. Überall sind Wurzeln, die Erde ist steinhart und lehmhaltig. So brauchen wir sicher Stunden, um ein anständiges Loch zu graben! Unentschlossen kratze ich mit meinen Fingernägeln auf dem Waldboden herum.

«So kommen wir nicht weiter!», stöhnt nun auch Carla und blickt sich suchend um.

«Ich hab's!», ruft sie dann aus, springt auf und geht auf die winselnde Melanie zu.

«Zieh deinen Schuh aus!», sagt sie so bestimmt, dass die verdutzte Mel gar nicht anders kann, als ihr ihren linken Stöckelschuh zu überreichen.

Carla läuft zurück zu unserem Loch und schlägt den provisorischen Haken in den Boden. Der Plan geht auf: Der Absatz durchdringt den harten Boden und lockert die Erde so gut, dass ich sie in null Komma nichts mit der Schaufel abtragen kann.

«So. Fertig!», ruft Carla, klopft Erde und Wurzelreste vom Schuh und gibt ihn Mel wieder zurück. Dann lässt sie die Holzkiste in das Loch sinken und stellt die Kerze vor der kleinen Grube ab. Sie bedeutet mir, mich ebenfalls aufzurichten.

«So, Mel, wenn du uns jetzt bitte Gesellschaft leisten möchtest.»

Mel begutachtet zuerst ihren Schuh, doch als sie keinerlei Schrammen daran entdecken kann, was bei der Dunkelheit auch wirklich schwer wäre, steht sie ebenfalls von ihrem Baumstumpf auf und humpelt zu uns herüber. Wir fassen uns an den Händen, sodass wir einen Kreis um das Erdloch bilden.

«Wir wollen zuerst mit unserer Vergangenheit abschließen», sagt Carla nun mit feierlicher Stimme, und ich wage es kaum, Luft zu holen. Auch Mels Gejammer ist verstummt. Wir schauen ehrfürchtig auf die leere Holzkiste. Carla kramt in ihrem Trenchcoat herum und holt ein Paar alte Socken hervor. «Von meinem Ex!», flüstert sie und wirft die Strümpfe in die Kiste. Also werfe ich mein Stück der Vergangenheit, meinen Blümchen-BH, ebenfalls dazu und blicke erwartungsvoll zu Melanie. Sie hat sich für ein Halstuch ihrer Airline entschieden und lässt es ebenfalls gen Boden flattern.

«Nun sprecht mir nach. Liebes Schicksal, wir bitten dich, die bösen Geister wollen wir nicht. Wir machen den Deckel der Vergangenheit zu und sind offen für die Zukunft im Nu!»

Murmelnd wiederholen wir die Worte, und eine leichte Bö weht durch die Wipfel der Tannen, unter denen wir gerade stehen. In der Ferne heult ein Käuzchen, und ich bilde mir ein, ein leises Wispern zu vernehmen.

«Und nun wollen wir in die Zukunft schauen.» Carla greift erneut nach unseren Händen.

«Mel, du zuerst!», fordert Carla. Melanie kramt nun eine Tüte mit Erdnüssen hervor. «Aus der 1. Klasse!», murmelt sie entschuldigend.

Jetzt bin ich dran, und ich werfe verlegen mein Fruchtgummi-Herz in die Kiste.

«Was Besseres ist euch nicht eingefallen?» Carla schüttelt den Kopf und holt zwei ineinandergeschlungene Ringe aus ihrer Tasche. Vermutlich hat sie sie aus der Alufolie vorhin in der Küche gebastelt. Ich bin beeindruckt. Da scheint jemand seine Sache wirklich ernst zu nehmen.

«Fertig?», fragt Carla.

«Fertig!», antworten Mel und ich.

«Dann sprecht nun laut eure Wünsche aus, bevor wir die Kiste verschließen.»

«Äh, ja, also ... ich wünsche mir, dass ich bis Ende des Jahres in der Business-Class arbeiten werde und da auch einen tollen Mann kennenlerne! Danke!», stottert Mel und macht einen kleinen Knicks.

«Ich wünsche mir die Liebe auf den ersten Blick in diesem Jahr. Ich möchte den Vater meiner Kinder treffen und ihn natürlich heiraten!», sagt Carla feierlich.

Ich hole tief Luft. So einfach ist es gar nicht, seine Wünsche in einen Satz zu verpacken. Was will ich denn eigentlich? Wie soll er sein, mein Traumprinz? Man muss schließlich vorsichtig sein mit den Formulierungen. Heiraten will ich schon, aber vielleicht nicht gerade bis Ende des Jahres. Mit dem Kinderkriegen möchte ich mir auch noch Zeit lassen. Aber ich will mich endlich wieder verlieben, ohne dabei auf die Schnauze zu fallen. Vorsichtig und sanft und auf keinen Fall einseitig!

«Ich wünsche mir einen Mann, der mich in allem unterstützt, mich auf Händen trägt und der mich so liebt, wie ich bin. Und den ich ebenfalls von ganzem Herzen lieben kann.» Ich denke, das war gut. «In guten wie in schlechten

Zeiten!», füge ich noch schnell hinzu, schließlich soll der Typ mich nicht bei der ersten Sommergrippe wieder verlassen.

Wir knien uns vor die Kiste und legen den Deckel darauf. Dann schaufeln wir mit unseren Händen die feuchte Erde auf die Holzlatten, bis man nichts mehr von ihnen sieht. Carla stellt die Kerze auf den kleinen Hügel und reißt die Packung mit den getrockneten Blüten auf. Dann murmelt sie erneut verschwörerisch vor sich hin, während sie von dem Potpourrizeug einen Teil neben die Kerze krümelt.

«Ich rufe den neuen Geliebten, der für mich der Richtige ist, aus dem Osten herbei! Wie der Wind erwachst du, wie ein Wunsch erhebst du dich jetzt! Komm in mein Leben! Rosi, jetzt du!»

Wie in Trance spreche ich ihr nach und greife ebenfalls in die Tüte mit den Blättern, um es ihr gleichzutun. Wir wiederholen den Spruch in abgewandelter Form in jede Himmelsrichtung. Als wir fertig sind, fühle ich mich irgendwie erleichtert.

«Mel, jetzt bist du dran. Du musst die Sprüche natürlich in Bezug auf deinen Job aufsagen!», fordert Carla Melanie auf.

«Ganz ehrlich, mir ist kalt. Und so langsam finde ich das alles affig. Ich will wirklich nach Hause, solange der Docht an der Kerze noch etwas Licht gibt. Meine Karriere kommt sicher nicht in Gang, wenn ich mir hier einen Schnupfen hole oder im Dunkeln den Hals breche.»

«Gut, wie du willst. Dann packen wir unsere Sachen zusammen und hauen ab!» Etwas beleidigt sammelt Carla die Schaufel und den Rest des Potpourris vom Boden auf, schnappt sich die Kerze und stapft von dannen.

«Carla, warte auf uns!», rufe ich und beeile mich, ihr zu

folgen. Ehrlich gesagt, bin ich ziemlich froh über den jähen Abbruch.

Zu Hause angekommen, weicht das beklemmende Gefühl in meiner Brust langsam. Carla begibt sich sofort in die Küche und setzt Wasser auf. Verschwörerisch gibt sie ein paar Kräuter aus einem abgegriffenen braunen Leinensäckchen dazu. «Muskatblüten, Zimtstangen, etwas Kardamom und ein Kraut, das sich meine Großmutter immer aus Südamerika zuschicken ließ. Mittlerweile kann man es aber auch hier bekommen. Es heißt Damiana-Kraut und soll die aphrodisische Wirkung des Zaubers nochmal verstärken.» Carla nimmt uns erneut bei der Hand, während der Tee auf dem Herd vor sich hin sprudelt. «Eines habe ich noch vergessen: Ihr dürft natürlich bis zur Erfüllung eures Wunsches mit niemandem über die Geschichte sprechen, sonst verliert der Zauber seine Macht!» Carla gibt noch etwas Honig in das Gebräu, das seinen betörenden Duft in unserer Küche verströmt.

«Worauf du dich verlassen kannst, Carla.» Melanie lacht laut auf. «So was Peinliches verrate ich doch sonst niemandem. Die denken doch sonst, ich bin völlig plemplem.»

«Alles klar, Carla. Das bleibt unser Geheimnis.» Ich zwinkere Carla verschwörerisch zu. Vorsichtig nippe ich an meinem Tee. Immerhin schmeckt er lecker und wärmt meine erfrorenen Hände wieder auf. So ganz sicher bin ich mir noch nicht, ob ich das Ganze komplett bescheuert finden soll oder lieber feste daran glaube. Glaube versetzt Berge, sagt man. Aber ob mir dadurch die Liebe meines Lebens über den Weg läuft – das werde ich hoffentlich bald herausfinden.

Am nächsten Abend bin ich mit meinem besten Freund Jens verabredet. Seine Schwester feiert demnächst ihren Geburtstag ganz groß, und wir wollen noch besprechen, was wir ihr schenken. Also haben wir es uns mit einer Flasche Rotwein auf der Couch im Wohnzimmer seines Penthouse bequem gemacht. Jens berät Firmen in Finanzdingen. Das scheint ziemlich gut zu laufen, denn die Wohnung ist sein Eigentum, direkt am Potsdamer Platz mit Blick auf das wirtschaftliche Geschehen der Stadt. Die Vorderfront seines Wohnzimmers ist komplett verglast, und seine Küchengeräte sprechen zu ihm, wenn er sie anschaltet. Meine elektrische Zahnbürste zeigt mir immerhin einen Smiley, wenn ich die zwei Minuten Putzzeit erreicht habe, aber damit hört es auch schon auf. Dafür haben wir schönen Stuck an unseren Decken.

Jens hingegen fährt noch dazu einen tollen Schlitten und hat immer ausreichend Kohle, um sich schicke Klamotten zu leisten. Dennoch ist er auf dem Teppich geblieben. Überhaupt ist Jens die beste Erfahrung, die ich aus der Uni mitgenommen habe.

Er ist, trotz seiner Heterosexualität, der perfekte Freund und Ratgeber, was Männerprobleme angeht. Probleme mit Männern, nicht Probleme von Männern, versteht sich. Die meisten Kerle haben nämlich sowieso keine Probleme, außer: Kann ich nun drei oder vier Liter Bier in einer halben Stunde austrinken, ohne danach gleich aufs Klo zu rennen? Jens ist da ganz anders.

«Ich bin aus allen Wolken gefallen, als Andreas plötzlich vor mir stand. So was erlebt man doch sonst nur im Kino!», erzähle ich Jens nun schon zum vierten Mal in Folge, in der Hoffnung, dass sich das unangenehme Gefühl, je öfter ich es ausspreche, irgendwann einmal verziehen möge. Der Vorfall ist immerhin schon vierzehn Nächte her, dennoch verfolgt er mich gnadenlos: Kein Wunder, der Übeltäter tut es tagsüber ja auch.

«Rosi, das hast du wirklich nicht verdient. Meinst du denn, das renkt sich wieder ein? Vielleicht habt ihr beide ja eine Chance und werdet ein Paar!» Jens legt freundschaftlich seinen Arm um mich und drückt mich an seine Schulter.

«Ich? Und Andreas? Nie im Leben! Obwohl ich nicht ausschließen kann, dass er das vielleicht insgeheim hofft. Du weißt ja, was sich liebt, das neckt sich. Und er lässt wirklich keine Gelegenheit aus, mir immer wieder unter die Nase zu reiben, was für eine Nulpe ich doch bin!», schnaube ich. Um ehrlich zu sein, ich übertreibe ein wenig. In der ersten Woche hat er mich komplett ignoriert, und letzte Woche haben wir bis auf heute Morgen mit den Büchsenschützerinnen insgesamt vielleicht fünf Worte miteinander gesprochen. Es ging um Logistik. Um genau zu sein, fragte er mich: «Darf ich mal vorbei?», und ich sagte: «Ja.» Und das war es auch schon. Aber obwohl ich den Typen nicht ausstehen kann, muss ich zugeben, dass er in einem recht hat: Über die Sache muss Gras wachsen, dann werden wir auch wieder ein normales Verhältnis zueinander aufbauen können.

«Wie lange dauert es für gewöhnlich, bis man vergisst, wie der nackte Hintern eines Ex-Liebhabers aussieht?», frage ich Jens nachdenklich.

«Wie kommst du denn jetzt darauf?» Jens ist verwirrt.

«Ich werde erst wieder Ruhe an meinem Arbeitsplatz finden, wenn diese blöde Sex-Sache aus meinem Kopf raus ist. Jetzt hat er mir auch noch einen Zusatzjob aufgebrummt. Ich soll zwei Möpse in Form bringen!», antworte ich voller Empörung.

Jens schüttelt ungläubig den Kopf und lacht. Dann gießt er unsere leeren Gläser wieder voll und reicht mir eines.

«Du sollst was? Deine Möpse in Form bringen?»

«Nein! Die Möpse unserer Stammkundinnen!» Dass Männer aber auch immer nur an das eine denken können.

«Arbeitest du jetzt in einer Schönheitsklinik, oder was?» Jens schaut mir irritiert in den Ausschnitt.

«Nicht Brüste, Hunde! Die Büchsenschütz-Schwestern lieben ihre Schoßhunde mehr, als einem Tierschützer lieb sein kann. Sie haben die beiden komplett überfüttert, was bei Möpsen nicht schwer ist, schließlich haben sie immer Hunger! Da muss man als Besitzer aufpassen und Disziplin beweisen. Leider teilen die beiden Schwestern ihre Pralinen lieber mit ihnen, also muss ich jetzt ran.»

«Na, bravo. Das klingt ja nach einer tollen neuen Herausforderung!» Jens schüttelt den Kopf und nimmt noch einen Schluck Wein.

«Siehst du, wie erbärmlich mein Leben ist? Mein Chef, mit dem ich für eine Nacht Sex hatte, hasst mich, und jetzt muss ich neben meinem Job als Tierpflegerin noch die Weight-Watchers-Beauftragte für übergewichtige Hunde spielen! Demnächst drehen die bei uns noch eine Abspeck-Doku fürs Fernsehen! Jens, ich bin verzweifelt! Mein Leben ist die Hölle!» Ich kuschle mich in seine starken Arme und bringe ein weinerliches Schluchzen zustande.

«Meine Liebe, da gibt es eigentlich nur eine Möglichkeit. Du brauchst dringend Abwechslung. Ein neuer Kerl muss her, einer, der tausend Mal besser ist als dieser Alexander!»

«Andreas», berichtige ich ihn mit kläglicher Stimme.

«Na gut, dann eben Andreas. Wenn erst tausend Schmetterlinge in deinem Magen Karussell fahren, glaub mir, dann denkst du nicht mehr an irgendwelche blassen Pos oder dicken Möpse!»

Er schaut mir tief in die Augen und drückt mich erneut an sich. Ich hebe mein Glas.

«Also gut, auf die Liebe!»

«Auf die Liebe! Auf dass sie uns alle treffen möge wie der Blitz.»

Jens' blaue Augen leuchten bei diesen Worten. Er gehört ebenfalls zur Kategorie Dauer-Single, und das, obwohl er eigentlich perfekt ist. Wieso fallen wir Frauen immer auf die Idioten rein, wenn doch das Gute direkt vor unserer Nase sitzt? Man muss nur die Augen öffnen. Das hat Melanie gesagt. Ich muss ihr recht geben.

Jens ist gerade aufgestanden, um eine weitere Flasche Wein zu entkorken, und mein Blick fällt auf seine sportliche Figur. Er spielt seit zehn Jahren Rugby, das ist auch in seinen weiten Jeans nicht zu übersehen.

«Was guckst du denn so?» Jens hat ein paar Kerzen neben der Weinflasche postiert und zündet sie mit einem silbernen Feuerzeug an.

«Ach, ich dachte nur, dass du eine wirklich gute Figur machst. Als Gastgeber und überhaupt ...» Ich zwinkere ihn leicht beschwipst an und merke erst, als die Worte aus meinem Mund heraus sind, dass ich ihn damit ganz schön in Verlegenheit bringe. Doch anstatt rot anzulaufen, lässt er sich wieder neben mich auf die Couch fallen. Im Fernsehen läuft gerade ein Länderspiel, und wir beobachten ein paar Minuten den Spielverlauf.

«Delling und Netzer sind für mich wie Erdbeeren und Sahne, wie Erdnussbutter mit Nussnougatcreme, die ultimative Verschmelzung von bodenloser Dauernörgelei mit kompetentem Schwiegersohn-Charme.» Ich bin ein großer Gerhard-Delling-Fan. Sollte ich ihn jemals persönlich treffen, werde ich alles daransetzen, dass er mich so schnell nicht wieder vergisst. Allerdings, so wie ich mich kenne, würde unser Zusammentreffen eher in einer hoffnungslosen Stotterei meinerseits enden. Sicher unvergesslich für mich und mein Gegenüber.

«Du hast völlig recht, die beiden sind wirklich der fleischgewordene Fußballkommentar. Robbie Williams geteilt durch zwei im Ersten, wirklich beeindruckend!», fügt Jens begeistert hinzu.

«Genau, sie sind mindestens so unterhaltsam wie das Spiel selbst. Ich freu mich immer auf die finale Spielanalyse. Und dann dieses konsequente ‹Sie› der beiden, einfach entzückend!», schwärme ich. «Gerhard Delling hat auch immer so schicke Anzüge an ... fast wie James Bond.»

«Na, na, na ... das klingt ja fast so, als seiest du verknallt in ihn!»

«Nee, das nicht. Aber gut finde ich ihn schon. Insbesondere, wenn man da an die Konkurrenz denkt», fahre ich fort.

«Du meinst Wurst-Werbegesicht Kerner?», lacht Jens.

«Nein. Ich finde, der sieht für einen naturblonden Nicht-Schweden mittlerweile auch ganz gut aus. Aber ich erinnere mich noch mit Grauen an die EM, als man sich allabendlich mit Trainer Klopp auseinandersetzen musste. Hallo! Der Typ sieht doch immer aus, als lehne er die nächtliche Bettruhe genauso ab wie regelmäßige Körperpflege. Er ist so glaubwürdig wie Werbung für effektive Cellulite-Creme. Seine Spielanalysen auf dem digitalen Klemmbrett, die reinsten Montagsmaler», gebe ich mit dem Brustton der Überzeugung von mir. Klopp ist mir schon lange ein Dorn im Auge. Aber mit meinen Mädels kann ich so etwas ja nicht besprechen. Jens schaut mich voller Bewunderung an.

«Warum haben wir beide es eigentlich nie miteinander versucht?», platzt es plötzlich aus ihm heraus.

Jetzt werde ich verlegen, obwohl ich in dem Augenblick genau dasselbe denke. Ich zucke mit den Schultern.

«Keine Ahnung. Vielleicht haben wir den Augenblick verpasst.»

«Welchen Augenblick?»,

«Na ja, es gibt doch die klassischen Momente beim Zusammentreffen von Mann und Frau, in denen es sich entscheidet, wie man künftig miteinander umgehen wird.»

«Es sei denn, man fällt sofort nackt übereinander her und redet danach kein Wort mehr miteinander!»

«Haha, sehr witzig. Jetzt mal im Ernst: Das mit der Liebe auf den ersten Blick stimmt doch sowieso nicht, oder?» Irgendwie zieht sich das Thema bei mir heute durch den ganzen Tag.

«Doch, natürlich. Ich hab so was schon mal erlebt. Meine erste große Liebe Susanna zum Beispiel, da war sofort klar, dass sie DIE Frau für mich sein würde. Zumindest für die nächsten sechs Tage. Wir waren damals aber auch beide erst sieben», antwortet Jens.

«O. k., aber jetzt mal postpubertär gedacht: Wenn man aus dem Alter der Schwärmereien heraus ist, dann geht man doch erst einmal eine gewisse Checkliste durch!»

«Ihr geht Checklisten durch?» Jens blickt mich entgeistert an.

«Na klar! Alter, Beruf, Lebensperspektive. Schließlich will man keinen depressiven Nassauer zu Hause durchfüttern müssen. Die moderne Frau will sich zu Hause anlehnen und im Beruf entfalten, mit der Option, wegen der Kinder doch noch zu Hause bleiben zu können.»

Ich sollte keinen Wein mehr trinken, ich plappere schon wieder zu viel.

«Wenn du mit mir zusammen wärst, dürftest du auch Kinder kriegen und von mir aus auch zu Hause bleiben.» Jens schaut mir tief in die Augen.

«Wieso hatten wir nochmal unseren Zeitpunkt verpasst?», frage ich ihn. Mir ist ein bisschen schwindlig, dennoch bin ich immer noch Herrin meiner Worte.

«Vergiss einfach den blöden Zeitpunkt und küss mich einfach!», flüstert mir Jens zu, bevor er seinen Kopf zu mir herüberbeugt und seine Lippen auf meinen Mund drückt. Er schmeckt nach Rotwein, und seine Bartstoppeln scheuern ein bisschen. Dafür kann er aber nichts, schließlich wusste er vor unserer Verabredung noch nicht, dass wir knutschen würden. Jetzt müssten wir eigentlich beide Feuerwerk, Bauchkribbeln und andere Gefühle entwickeln, und das zaghafte Geküsse müsste in wildes Geknutsche ausufern. Stattdessen hören wir zeitgleich auf und fahren auseinander. Wir schauen uns an, aber diesmal können wir uns ein Grinsen nicht verkneifen. Jens findet zuerst die Sprache wieder.

«Immerhin haben wir es probiert.»

«Ja, genau. Es hätte ja auch funktionieren können. Ich habe mich das schon lange gefragt», ergänze ich froh. Jens geht es offenbar wie mir.

«Ja, genau. Was glaubst du eigentlich, wie viele meiner Kommilitonen mich gefragt haben, ob du meine Freundin bist und, wenn nein, wieso nicht?»

«Ja! Mel hat mich das auch schon gefragt, und Carla würde das sicher auch fragen, wenn ihr euch kennen würdet! Jetzt wissen wir wenigstens, was wir künftig darauf antworten. Apropos, du musst Carla endlich mal kennenlernen. Es kann nicht angehen, dass sich mein bester Freund und meine Busenfreundin noch nie über den Weg gelaufen sind!»

Ich bin irgendwie erleichtert. Endlich ist die Sache zwischen Jens und mir geklärt, und wir können hemmungslos unsere Freundschaft genießen. Diese «Sache» stand immer irgendwie im Raum.

«Hast du nicht noch irgendwelche attraktiven Freunde, mit denen du mich verkuppeln könntest? Die Mädels und ich haben nämlich beschlossen, bis Ende des Jahres vergeben zu sein. Genauer gesagt, Carla und ich wollen, Mel will nur so halb. Ihr ist der berufliche Aufstieg noch wichtiger. Wahrscheinlich hat sie das realistischste Ziel von uns allen.» Ich verschweige Jens, dass wir unseren Liebesschwur in einer halsbrecherischen Mitternachtsaktion im Wald besiegelt haben. Alles muss er nun auch nicht wissen.

«Ach, das kriegen wir schon hin. Ich schau mich mal um, ob sich da nicht was machen lässt.»

Als ob man so den Traummann findet! Übrigens hätte er das ja auch früher tun können. Zu meiner Studienzeit gehörte Jens eindeutig zu den optischen Ausnahmeerscheinungen. In meiner AG Tierschutz liefen nur Ökos mit Korksohlen an den Schuhen herum, und im Kurs für Virologie waren die Typen alle irgendwie unheimlich. Was ist bloß mit den Kerlen los? Vermutlich bekommen die meisten bei der Geburt irgendetwas injiziert, das sie Frauen-inkompatibel werden lässt. Nach der Pubertät ticken die doch alle nicht mehr richtig.

«Was wäre dir lieber, ein Typ ohne Haare oder ein Typ

ohne Zähne?» Jens und ich haben dieses Spielchen immer betrieben, wenn wir mal eine gemeinsame Freistunde hatten. Wobei man sagen muss, dass er weit mehr Freistunden hatte als ich, BWL-Student eben. Da saßen wir in der Mensa bei einer Schüssel Erbsensuppe und ärgerten uns über das Unvermögen des Kochs, Lebensmittel zu genießbaren Speisen zu verarbeiten. Unsere Laune war im Keller, bis Jens mich fragte, was schlimmer sei, Essen mit zu viel Salz oder Essen mit zu viel Zucker. Seitdem vertreiben wir uns immer wieder gerne die Zeit mit derlei philosophischen Diskussionen, und schon steigt die Laune wieder.

«Ich bin müde, ich hau ab!» Ich umarme meinen Freund Jens nochmal zum Abschied, und er drückt mir ein Küsschen auf die Wange.

«Wir sehen uns dann nächste Woche bei Tatjanas 30. Geburtstag, oder?» Wenn man bedenkt, wie viele Gedanken sich die Frauen früher gemacht haben, wenn sie 30 wurden, bin ich doch froh, im 21. Jahrhundert zu leben. 30 ist doch die heutige 20, also knapp aus dem Pickelalter herausgewachsen. Die Welt liegt einem zu Füßen, und das Leben ist schön. Mit 34 sieht das allerdings schon wieder anders aus, zumindest, wenn man solo ist. Neulich fragte mich eine kleine Zoobesucherin, als sie erfuhr, dass ich weder Mann noch Kind habe, was denn mit mir nicht stimme. Single-Sein ist aber auch eine lästige Krankheit. Aber das will ich ja jetzt ernsthaft ändern. Und da zu Hause herumschmollen definitiv nicht die richtige Methode ist, lasse ich künftig keine Gelegenheit aus, neue Männer kennenzulernen.

Möpse auf Diät

Eigentlich wollte ich mit Kate und Moss heute Morgen eine halbe Stunde joggen gehen, aber schon innerhalb der ersten 30 Sekunden wurde ich eines Besseren belehrt. Möpse joggen nicht, Möpse spazieren eventuell etwas schneller, wenn man ihnen ein leckeres Fresschen in Aussicht stellt. In dieser Hinsicht sind sie sehr menschlich. Auch wir brauchen einen tieferen Sinn, um etwas für unsere Gesundheit zu tun. Da aber leckere Fresschen vom Speiseplan gestrichen sind, habe ich ziemlich schlechte Karten, und die beiden übergewichtigen 14-Kilo-Kurzbeiner trotten im Schneckentempo neben mir her.

«Ich verstehe ja, dass ihr keine Lust habt, aber es ist nur zu eurem Besten!», sage ich und bemühe mich, meiner Stimme einen motivierenden Ton zu verleihen. Hunde können zwar angeblich unsere Worte nicht verstehen, aber den Klang und den Tonfall interpretieren. Das Sporttraining ist noch eine leichte Übung, bald muss ich sie dazu bringen, magere Diätkost zu fressen. Bei den Frauchens gab es Kekse, aber jetzt haben sie ja mich, dem Himmel sei Dank. Auch wenn sie das mit Sicherheit anders sehen. Ihre beleidigten Mienen sprechen jedenfalls Bände. In meiner kompletten Laufbahn als Studentin und Tierpflegerin ist die «Operation Mops-Diät» wirklich die härteste Herausforderung. Außerdem gewinne ich völlig neue wissenschaftliche Erkenntnisse: Möpse sind *wirklich* immer hungrig, auch wenn sie gerade erst gefressen haben. Und wenn man ihnen nichts gibt, glotzen sie einen mit vorwurfsvollen Äuglein an, so als wollten sie sagen, dass man selber auch ein paar Kilos zu viel auf den Rippen habe und eigentlich diejenige sein müsste, die nichts zu essen bekommt. Moss schaut neugierig auf meine Hüften und schüttelt dann behäbig das Köpfchen, sodass mir ein lautes «Ts!» entfährt. Im Grunde genommen mag ich meine Rundungen. Man sieht es mir heute nicht mehr an, aber ich war eigentlich ein Spätentwickler. Während alle anderen in der Klasse die Jungs mit ihren geschwollenen Pullovern verrückt machten, ging ich an der Kinokasse noch für zwölf durch. So konnte ich jede Menge Taschengeld sparen, was von Vorteil ist, wenn die Mutter alleinerziehend und daher knapp bei Kasse ist. Allerdings habe ich mich auch jahrelang für meine Bügelbrett-Silhouette geschämt. Die Pubertät setzte bei mir erst mit knapp vierzehn Jahren ein. Dann allerdings explodierte alles an mir, und innerhalb eines Jahres entwickelte sich mein Körperbau zu einer beachtlichen Ansammlung weiblicher Attribute. Anfangs machte mir die neue Verlagerung meiner Schwerpunkte schon zu schaffen. Aber dann lernte ich Carla kennen. Drei Jahre älter und wesentlich weiser, brachte sie mir folgenden Spruch, überliefert von ihrer italienischen Großmama, nahe: «Wenn der liebe Gott gewollt hätte, dass wir alle aussehen wie Spargelstangen, dann hätte er nicht die Sinnlichkeit erfunden. Das ist es, was uns von den Männern unterscheidet. Und darauf können wir stolz sein.» Was sie damit meinte, begriff ich erst später. Heute bin ich eigentlich ganz froh darüber, dass man bei mir schon von weitem erkennen kann, dass ich ein weibliches Wesen bin. Carla trägt noch zwei Kleidergrößen mehr als ich, und das mit so viel Stolz, dass dabei noch etwas für mich übrig bleibt. Dennoch: So schädlich das ewige Runterhungern ist, zu dick zu sein, ist ebenfalls nicht gesund.

Deshalb bleibe ich bei meinen beiden Möpsen konsequent und einfallsreich.

«Okay, okay ... Wir machen einen Deal!» Das scheint momentan sowieso in Mode zu sein. Da kann man nur hoffen, dass ich bei all den Abmachungen nicht den Überblick verliere.

Kate und Moss blicken mich gebannt an und lecken sich gierig die Schnauzen.

«Nein, ihr bekommt nicht gleich eure Mittagsration, ihr habt doch gerade erst gefrühstückt. Wir ziehen das hier gemeinsam durch, ja? Die nächsten zwei Monate speckt ihr fleißig ab. Drei bis vier Kilo müssen runter. Und ich werde auch wieder öfter zum Sport gehen, ja?»

Als hätten sie mich verstanden, kläffen die zwei wie auf Kommando los. Wie gut, dass die beiden nicht rund um die Uhr bei mir sind. So merken sie nicht, dass ich unsere kleine Senioren-Hunderunde bereits als mein persönliches Bewegungsprogramm definiere. Man muss Hunden ja auch nicht alles verraten.

«Frau Büchsenschütz, ich hole die beiden morgen wieder zum Training ab. Hier ist der Speiseplan für die kommende Woche. Frisches, rohes Fleisch, aber nicht mehr als 120 Gramm pro Person, äh, Tier. Und immer etwas Rohkost druntermischen. Das ist gesund, füllt den Magen und kurbelt den Stoffwechsel an.»

Ich lege Pamela Büchsenschütz die Liste mit den genauen Uhrzeiten und Speisen auf den Küchentisch, und sie blickt erschüttert darauf hinab.

«Ja, werden meine beiden Kindchen auch wirklich keinen Hunger leiden?» Sie klimpert mich verstört an, und ihre langen Barthaare am Kinn flattern verzweifelt hin und her.

«Hören Sie, Frau Büchsenschütz, ihre beiden Lieblinge keuchen jetzt schon wie zwei asthmatische Staubsauger, Sie tun ihnen keinen Gefallen, wenn Sie sie weiter vollstopfen.»

«Aber alle Möpse keuchen. Das liegt an der Anatomie der Schnauzen!» Ingrid Büchsenschütz ist gerade in die Küche gekommen, hält Kate behutsam wie ein kleines Baby auf dem Arm und drückt sie an ihren dicken Busen.

«Aber Sie haben doch beide vor einem Jahr operieren lassen. Daran kann es wirklich nicht liegen. Ach ja, eine Bitte habe ich noch. Ich weiß, das wird nicht leicht ...», beginne ich zögernd.

«Was ist denn noch, Frau Jakob?» Ingrid krault ihr Schoßhündchen bedächtig hinter den kleinen Öhrchen und runzelt die Stirn. Ich seufze und setze zum letzten Schlag an.

«Bitte tragen Sie die beiden so wenig wie möglich auf dem Arm herum. Bewegung ist neben frischer Kost das A und O.» Ich bin so fies. Aber alles nur zum Wohle der Tiere.

«Oh!» Wie ertappt setzt Ingrid Büchsenschütz ihren Möpsling auf den Küchenboden. Der wiederum kläfft kurz auf und tapert dann beleidigt schnüffelnd von dannen.

«Also, ich muss dann mal los. Die Tapire warten bereits auf mich. Bis morgen dann!» Ich drücke den beiden die Hand und schwinge mich in meine alte Rostlaube, um möglichst rasch zum Zoo zu kommen.

Eigentlich müsste ich den Schlitten so schnell wie möglich loswerden. Aber dafür fehlt mir die Zeit. Und so füttere ich mein altes krankes Automobil durch die Berliner Tankstellenszene und gebe fast mein komplettes Gehalt für Sprit aus. Keiner aus meinem Umfeld mag das Gefährt, weil es so stinkt, säuft und laute Geräusche macht. Und einen Ausweis hat es auch nicht mehr, den Fahrzeugschein hab ich beim letzten Umzug irgendwo zwischen LKW und Treppengeländer verloren. Bei solchen Dingen merkt man als Single-Frau erst recht, dass der Mann im Hause fehlt. Der hätte sich schon längst meines Autos erbarmt und es in Rente geschickt. Noch besser, wahrscheinlich hätte er es einem arglosen Führerscheinanfänger aufgeschwatzt und unter Verwendung exotischer Auto-Vokabeln noch einen Tausender dabei herausgeschlagen. Was natürlich völlig überbezahlt wäre, uns aber unseren nächsten Liebesurlaub auf Ibiza finanziert hätte. Männer mögen so etwas. Manches ist wohl doch genetische Veranlagung.

Vielleicht kann Jens sich ja um das Schicksal meiner Karre kümmern, wenn er schon als mein Traummann nicht zündet. Außerdem hat er mir für die Party heute Abend versprochen, mir einen seiner heißen Kollegen vorzustellen. Wäre doch gelacht, wenn wir den Liebeszauber nicht in Gang bekämen!

«Guten Morgen, Rosi, auch schon wach? Deine Tapire warten bereits ungeduldig.»

Es gibt Menschen, die haben einfach kein Gefühl für Timing. Andreas gehört eindeutig dazu. Kaum male ich mir gerade meinen Traummann aus, holt mich der Albtraum unsanft wieder in die Realität zurück.

«Zwar habe ich an der Universität nur Tiermedizin studiert, dennoch weiß ich, dass Alzheimer bei Menschen erst im höheren Alter auftritt. Ich meine, mich dunkel zu erinnern, dass du derjenige warst, der mir eine neue Beschäftigung eingehandelt hat. Falls du es dennoch vergessen hast, hier nochmal zum Mitschreiben für die nächsten Wochen: Ich war beim Mops-Weight-Watchen, und da werde ich auch künftig morgens immer sein. Meinem Chef sei Dank!», zische ich Andreas zu und möchte mich gerade an ihm vorbeidrängeln, als er mich am Arm packt. Meiner Meinung nach überschreitet das die Höflichkeitsgrenzen, die normale Menschen intuitiv einhalten, wenn sie täglich miteinander zu tun haben. Man respektiert sich, schätzt sich, aber man hält eben auch einen gewissen Abstand. Ich frage mich, womit ich das Ganze verdient habe. Ich bin ein anständiger Mensch, putze mir regelmäßig die Zähne und habe noch nie in meinem Leben etwas mitgehen lassen. Gut, das stimmt nicht ganz, aber das ist nun wirklich lange her. Ich war gerade vierzehn Jahre alt, und meine Mutter lernte an dem Tag durch mich den Detektiv eines Kaufhauses kennen. Ich hatte ein Päckchen Kaugummi mitgehen lassen, eine Mutprobe meiner Clique, und war natürlich prompt dabei erwischt worden. In den darauffolgenden zwei Tagen ging die Welt unter, meine und ihre noch dazu. Schließlich hatte meine Mutter schon genug Sorgen. Damals schwor ich, ihr niemals wieder im Leben irgendwelchen Ärger zu bereiten. Das habe ich bis heute im Großen und Ganzen durchgehalten. Und zwar nicht nur Mutti zuliebe. Ich mag es einfach, nett zu sein. Vielleicht nicht gerade zu Andreas, wenn er mich von der Arbeit abhält.

«Tut mir leid, Rosi, das hatte ich wirklich vergessen», entschuldigt er sich prompt. Ich bin überrascht. Ein Mann, aber dennoch lernfähig?

«Gut. Kann ich dann endlich an die Arbeit? Die Tapire warten!», sage ich ungeduldig und schüttle seine Hand von meinem Arm wie ein Insekt. Andreas lacht kurz.

«Alles klar, Fräulein Sonnenschein. Und viel Spaß beim Schaumbaden.»

Den werde ich haben. Tapire sind nämlich ganz großartige Tiere. Wir haben zwei Flachlandtapire aus Südamerika. Normalerweise leben diese Tiere im Regenwald, wo sie mit ihren kleinen Rüsseln das Laub am Boden nach Nahrung durchschnorcheln. Hauptsächlich ernähren sie sich vegetarisch, aber das ein oder andere Insekt und kleine Schnecken sind willkommene Eiweißlieferanten. Von mir bekommen Rocco und Kassandra heute einen großen Eimer voller Äpfel, Rote Bete, Sellerie und ein paar getrocknete Feigen, die sie mir schmatzend aus der Hand fressen. Heute ist Waschtag im Tapirland! Für mich und unsere Besucher ein ganz besonderes Ereignis. Dafür hole ich mir eine Assistentin aus dem Zoopublikum zu Hilfe. Da Tapire freundliche Tiere sind, besteht für Fremde keine Gefahr. Zuerst darf meine Assistentin Rocco und seine Liebste mit dem Schlauch abspritzen. Das mögen sie gerne und versuchen, mit ihren Rüsseln die Wassertropfen einzufangen.

«Sie müssen sie mit etwas hautfreundlichem Shampoo einschäumen. Dann bürsten Sie so lange, bis es richtig schäumt», erkläre ich meiner Helferin, die übrigens Saskia heißt.

Ich spritze etwas von der flüssigen Seife auf Rocco, Saskia überlasse ich Kassandra. Nun reiche ich ihr eine Bürste und beginne bei Rocco mit der Massage.

«Wenn man einem Tapir lange genug das Hinterteil massiert, entspannt er sich derartig, dass er einschläft.» Ich schrubbe über Roccos Po. Schon nach ein paar Bürstenstrichen begibt sich mein Guter in Richtung Boden. Ich schrubbe weiter, und der Tapir liegt mir zu Füßen, die Beine weit von sich gestreckt. Das Publikum quietscht begeistert. Die Nummer ist immer wieder einen Lacher wert, und meine beiden Lieblinge haben ebenfalls etwas davon. Auch Saskia zeigt Talent, denn Kassandra tut es Rocco gleich und liegt jetzt genüsslich im Schlamm.

Saskia darf Rocco und Kassandra nun noch den Schaum abwaschen, und ich kann in meine wohlverdiente Mittagspause.

Am Nachmittag hat Dr. Nachtnebel Visite bei Eric und Lucinda, dem Giraffenpärchen. Ich darf ihm wie immer assistieren. Unser Tierpark-Doktor betreibt noch eine kleine Praxis in Berlin-Grunewald. Da unser Zoo für einen Veterinär überschaubar ist, lässt sich das gut kombinieren, und den Tierpark kommt es so wesentlich günstiger. Eigentlich müsste Dr. Nachtnebel schon längst in Pension sein, doch Tiere sind seine ganze Leidenschaft. Deshalb arbeitet er weiterhin für seine Praxis und für uns. Und er hält große Stücke auf mich. Kleinere Tätigkeiten wie Impfungen darf ich längst selbst vornehmen.

«Wie macht sich unsere schwangere Lady, Rosi?», fragt Dr. Nachtnebel. Ich führe die ganze Zeit über fleißig Protokoll über Fressgewohnheiten und andere Auffälligkeiten, daher kann ich dem Doc ausführlich Bericht erstatten. Sogar den Blutdruck messe ich bei Lucinda regelmäßig. Allerdings sollte ich mir in Zukunft angewöhnen, auch bei Eric zu messen, denn der Gute scheint an der neuen Situation nicht so recht Gefallen zu finden.

«Eric ist etwas eifersüchtig!», berichte ich also. «Seit Lucinda schwanger ist, fürchtet er um meine Aufmerksamkeit, glaube ich.» Ich zucke schuldbewusst mit den Schultern.

«Tja, das ist doch auch völlig normal, liebe Rosi. Zuerst hat er Ihr Herz erobert ...» Dr. Nachtnebel nimmt seine halbe Brille ab, um mir tief in die Augen zu blicken. «Und nun muss er Sie teilen.» Er lächelt breit und setzt sich die Brille wieder auf, um sich in mein Protokoll zu vertiefen.

«Aber Herr Doktor, realistisch betrachtet ist doch er fremdgegangen. Nicht, dass ich ihm die Sache mit Lucinda übelnehmen würde, aber diese Giraffeneifersucht ist doch nun wirklich nicht angebracht», ereifere ich mich zum Scherz.

«Sie wissen ja, dass Männer Recht ganz eigenwillig interpretieren können, wenn es darum geht, ihres zu verteidigen. Halten Sie mal Lucinda fest, ich muss ihr Blut abnehmen.»

Manchmal stelle ich mir vor, wie es wäre, einen Vater wie Dr. Nachtnebel zu haben. Er ist wirklich toll, und ich genieße es, mich mit ihm über tierische Themen auszutauschen. Ich fasse Lucinda um die schmalen Hüften und tätschele ihren Hals. Sie schnaubt sanft durch die Nase und scharrt unruhig mit den Hufen.

«Ganz ruhig, Lucinda, ist gleich vorbei», tröste ich die werdende Mutter. Menschen und Tiere sind sich doch in vielen Punkten ähnlich: Wir haben alle Angst vor dem Ungewissen. Dafür, dass Lucinda ihr erstes Kind erwartet, ist sie ziemlich cool. Ich würde wahrscheinlich schon längst im Karree springen vor lauter Panik.

«So, junge Dame, das war's. Ich gebe die Probe ins Labor, Ende nächster Woche schicke ich die Ergebnisse, aber ich gehe davon aus, dass alles nach Plan verläuft.»

«Vielen Dank! Dann bis nächste Woche! Tschüss, Eric, tschüss, Lucinda.» Ich winke den beiden Langhälsen zum Abschied zu und begleite Dr. Nachtnebel noch bis zum Ausgang, wo mir ein völlig genervter Stefan entgegenkommt.

«Watt fällt dir eijentlich ein, mir nich Bescheid zu jeben?», zetert er schon von weitem.

«Wieso? Was habe ich denn vergessen? Unser Nilpferd-Deal ist doch schon eine Woche abgelaufen.» Ich blicke entgeistert zwischen dem Doc und Stefan hin und her.

«Ick hatte doch anjemeldet, dett ick bei jeda weiteren Arztvisite der Jiraffen dabei sein möschte!», schnaubt Stefan weiter.

«Aber du wusstest doch, wann Dr. Nachtnebel kommen würde. Da hättest du doch einfach vorbeischauen können.» Ich werfe dem Doc einen fragenden Blick zu. Dr. Nachtnebel übergeht Stefans unfreundlichen Ton ganz einfach.

«Sie können ja das nächste Mal mit dabei sein, Herr Mutzenberg. Rosi, vergessen Sie nicht, sich die Laborergebnisse nächste Woche anzusehen, ich möchte Ihre Meinung dazu hören. Wiedersehen!» Eilig verabschiedet sich unser Tierarzt und lässt mich mit einem wütenden Stefan allein am Tor stehen.

«Ach, Frau Möchtejern-Dokta will die Lorbeeren fürn Jiraffennachwuchs alleene ernten, wa?» Stefan schnaubt wütend wie ein Rhinozeros durch die Nüstern.

«So ein Quatsch. Das war doch heute nur eine kleine Routineuntersuchung. Du hast nichts verpasst», lenke ich ein, nehme mir aber fest vor, ihm beim nächsten Mal wieder nicht Bescheid zu sagen.

«Du hättest mir üba Funk benachrichtijen können», flennt Stefan weiter.

«Oh Mann, Stefan, nun mach aber mal halblang. Wir haben hier alle ausreichend zu tun. Wenn du eine Extra-Einladung möchtest, musst du mir schon einen Vordruck liefern», zische ich. «Und jetzt lass mich in Ruhe, ich würde heute auch gerne irgendwann einmal Feierabend machen.»

«Um mit dem neuen Chef auszugehen, wa?», platzt es aus Stefan heraus.

«W… w… wie kommst du denn auf so einen Schwachsinn!?» Mir steigt urplötzlich die Röte in die Wangen, und ich fühle mich ertappt.

«Tja, dett sieht doch jea hier, datt da zwischen euch watt läuft. Versprichste dir wohl irgendwelche Vorteile, wa? Aber ditt kannste verjessen!», labert Stefan weiter und stampft zu jedem seiner Worte mit dem Fuß auf den Boden wie ein Hutzelmännchen.

«Ich gehe nicht mit meinem Chef aus, dass das klar ist. Wir haben nur den Diätplan für die Möpse der Büchsenschütz-Schwestern besprochen, falls du es genau wissen willst. Die Büchsenschützinnen sind wichtige Sponsoren unseres Zoos, sie geben uns regelmäßig Geld, damit dein kleiner Intriganten-Hintern auch morgen noch sein Gehalt bezieht.» Ich hasse es, wenn ich Menschen anlügen muss, auch wenn es Ekelpakete wie Stefan sind. Aber hier handelt es sich nur um eine halbe Lüge, schließlich wusste ich zu dem Zeitpunkt, zu dem ich mit Andreas intim war, ja noch nicht, dass er mein Chef werden würde. Und jetzt, da ich es weiß, ist die Sache sowieso schon erledigt. Meiner Meinung nach bringt die ganze Hochschlaferei sowieso mehr Ärger als Erfolg. Meine aktuelle Lage gibt mir recht.

Ohne Stefans Antwort abzuwarten, mache ich auf dem Absatz kehrt und begebe mich ins Terrarium, um ein paar Heimchen an die Echsen zu verfüttern. Fressen und Gefressenwerden, so ist das nun mal in der Natur. Auch wenn ich Heimchen ziemlich niedlich finde, heute müssen sie den Echsen zuliebe dran glauben. Dann habe ich endlich Feierabend.

«Ist dir eigentlich schon aufgefallen, dass unter uns ein neuer, gutaussehender Jüngling im heiratsfähigen Alter eingezogen ist?», fragt Carla, die neben mir vor dem Badezimmerspiegel steht und sich ihre Lockenpracht toupiert. Wir brezeln uns gerade hingebungsvoll für Tatjanas Party auf in der Hoffnung auf eine erfolgreiche Frischfleischjagd.

«Ich hab ihn heute beim Müllruntertragen ausgequetscht. Er lebt alleine und ist neu in der Stadt. Gerade aus Bielefeld zugezogen und total einsam. Ist das nicht süß? Ich dachte, wir könnten ihn mit zur Party nehmen!» Carlas Haare haben mittlerweile die Ausmaße von Italien und verdecken mir die Sicht in den Spiegel, sodass ich meinen Lidstrich nicht ziehen kann.

«Du hast unseren Nachbarn angebaggert? Und das gleich in der ersten Woche nach seinem Einzug? Da hör ich doch ein lautes Bio-Uhr-Ticken!»

«Ticken ist gar kein Ausdruck! Ein Presslufthammer kommt dem schon eher nahe», feixt Carla und kämmt ihre Haare wieder nach unten. Ich habe wieder freie Sicht und setze meine Schminkaktion fort.

«Man darf die ganze Flirterei nicht so eng sehen. Immerhin sucht der Junge Anschluss, und wir geben ihm welchen. Ob's was wird oder nicht, werden wir erst im Laufe des Abends erfahren.» Carla malt sich gerade ihre Lippen knallrot und zwinkert mir übers Spiegelbild verführerisch zu.

Ich seufze und versuche, all meine Bedenken bezüglich nachbarschaftlicher Flirtversuche zu verdrängen. Leider gelingt es mir nicht.

«Und wenn das Ganze komplett in die Hose geht? Nehmen wir mal an, ihr verliebt euch, du ziehst einen Stock tiefer bei ihm ein, und ein halbes Jahr später entpuppt er sich als Vollarsch, was bei der aktuellen Männerlage durchaus denkbar ist. Ich meine, wieso sollte gerade er derjenige, welcher sein? Was machst du, wenn das Ganze schiefläuft? Ich möcht mir jedenfalls nicht den ganzen Tag das Gejammer anhören, wenn du ihn mal wieder im Treppenhaus mit deiner Nachfolgerin erwischst.»

«Mensch, Rosi, du bist ja schlimmer als ich. Nur mit dem Unterschied, dass ich seit letzter Woche wenigstens versuche, die ganze Situation positiver zu sehen. Nun verkriech dich doch nicht so in dein Schneckenhaus!» Mit «seit letzter Woche» meint Carla unseren kleinen Waldausflug. Bisher hat sich noch nicht viel getan, außer Ärger mit Andreas und einer peinlichen Knutscherei mit Jens. Und jetzt schleppt Carla auch noch den neuen Nachbarn an.

«Also gut, liebe Carla. Ich werde ab sofort offener durchs Leben gehen», sage ich.

«Und du wirst heute Abend auch ein bisschen weiblicher herumlaufen. Immer diese Hosen. Du hast eine tolle Figur. Zeig sie!», spornt mich Carla an.

«Aber ich hab nichts zum Anziehen!»

«Dann leihe ich dir was. Hier …» Sie geht aus dem Bad und kommt nach ein paar Sekunden mit ihrem roten Strickkleid zurück. «Das kannst du anziehen.»

«Aber darin sieht mein Busen so groß aus», beanstande ich unsicher.

«Genau. Deshalb sollst du es ja anziehen. Schließlich wollen wir heute zeigen, was wir haben.» Zur Bekräftigung zupft sich Carla ihr Erlebnis-Dekolleté zurecht und kneift mir aufmunternd in die Taille. Ich schlüpfe, immer noch etwas widerwillig, in ihr Kleid und drehe und wende mich kritisch vor dem Spiegel. Wenn man den ganzen Tag sandfarbene

Overalls trägt, ist ein knallrotes Kleid ein wahres Kontrastprogramm und ziemlich gewöhnungsbedürftig.

«Und jetzt klingelst du bei Roland und sagst ihm, dass wir in zehn Minuten losgehen.»

«Ich? Wieso ich?»

«Weil ich mir noch kurz die Beine rasieren muss und wir sowieso schon spät dran sind. Du willst ja mit mir nicht ins Wachsstudio, weil du Angst vor den Schmerzen hast!», entgegnet Carla in einem Ton, der keinen Widerspruch duldet. Sie schafft es doch immer wieder, Situationen zu ihrem Vorteil umzudrehen. Da kommt wieder die Polizistin in ihr durch. Also mache ich mich auf den Weg nach unten, nicht ohne ihr noch zuzurufen, dass es sich bei Tatjanas Geburtstag um eine Party mit flexibler Anfangszeit handelt und wir mit Sicherheit die Ersten sein werden. Carla hört mich schon nicht mehr.

Ich eile die Stufen zu Rolands Haustür und klingle dort, wo noch kein Namensschild klebt. Ein großgewachsener Typ mit langen dunklen Locken und fast schwarzen Augen steckt seinen Kopf durch den Türrahmen.

«Hi!», sagt er freundlich und grinst mich mit einem 100-Millionen-Dollar-Lächeln an, dass mir ganz schummrig wird.

«Hi, ich bin Rosi, ich soll dir von Carla ausrichten, dass wir uns in zehn Minuten unten treffen, um zur Party zu gehen», trage ich pflichtgemäß vor.

«Na, dann bis gleich.»

Roland zwinkert mir zu, um dann wieder hinter der Tür zu verschwinden. Ein süßer Kerl, wirklich. Schade nur, dass Carla schon ein Auge auf ihn geworfen hat.

«Mel hat angerufen. Offenbar hat sich ihr verheirateter

Pilot nun doch von seiner Frau getrennt, und sie ist deshalb bei ihm. Wir müssen also ohne sie auskommen.»

«Das sind doch mal gute Nachrichten. Da scheint der Liebeszauber doch etwas bewirkt zu haben», schmunzle ich.

«Aber sie hat doch gar nicht richtig mitgemacht», widerspricht mir Carla. Sie trägt ein schwarzes Paillettenoberteil und enge Jeans und sieht umwerfend aus.

«Stimmt eigentlich. Na, Hauptsache, sie ist glücklich. Wünschen wir ihr, dass es diesmal gutgeht.»

Ich werfe noch einen letzten Blick in den Spiegel und seufze.

«Das Kleid ist so eng, dass ich den ganzen Abend den Bauch einziehen muss.» Ich überlege, wann Carla das Outfit zum letzten Mal anhatte, schließlich ist an ihr noch eindeutig mehr dran.

«Dann zieh halt eine dieser Strumpfhosen drunter.»

«Wieso Strumpfhose, was soll denn das bringen?», frage ich ratlos, während ich mich vor dem Spiegel hin und her drehe.

«Kind, an dir ist wirklich ein Junge verlorengegangen. Ein paar Tricks auf der Jagd sind erlaubt, solange sie legal sind, sagt der Förster immer. Hier!» Sie hält mir eine Strumpfhose hin und fordert mich auf, sie anzuziehen. Leider sind die Dinger mindestens zwei Nummern zu klein, denn ich komme kaum mit den Beinen hinein.

«Das gehört so», feuert mich Carla an, während ich keuchend mit der Hose kämpfe. Kein Wunder, dass sie überflüssige Rundungen wegzaubern soll, schließlich schwitzt man sich schon beim Anziehen die Kilos von den Hüften. Das Ergebnis ist aber wirklich sehenswert. Mein Hintern ist stramm, und der Bauch ist weg.

«Jetzt aber los, Roland wartet sicher schon unten!» Carla schiebt mich durch die Tür und flattert förmlich die Treppen hinunter, sofern das in ihrem engen Outfit überhaupt möglich ist. Aber Italienerinnen haben so etwas im Blut.

Sie hakt sich beim wartenden Roland unter und stolziert mit ihrem attraktiven Jüngling die zwei Blocks zu Tatjanas Wohnung entlang, als sei die Straße ihr Catwalk. Ich halte mich ein paar Schritte hinter den beiden. Erstens kann ich auf hohen Hacken nicht allzu gut laufen, weil ich tagsüber im Zoo immer nur dicke Treter trage, und zweitens kann ich so einen ausgiebigen Blick auf Rolands Figur werfen. Es gibt schon ein paar extrem schöne Exemplare der Gattung Mann. Ich hoffe nur, dass mir endlich auch eines davon über den Weg läuft und sich hoffnungslos in mich verliebt.

Leider hat sich offenbar das Prädikat Langzeitsingle so deutlich auf meine Stirn gebrannt, dass ich die erste halbe Stunde allein an meinem Bier nuckeln muss. Carla ist mit Roland in der Küche verschwunden, und Tatjana hat als Gastgeberin sowieso keine Zeit für tiefer gehende Gespräche. Küsschen links, Küsschen rechts: Alle wollen das bezaubernde Geburtstagskind abknutschen, Geschenke überreichen, ihr den Arm tätscheln. Es scheint kein Ende zu nehmen. Durch die Wohnungstür quellen immer mehr Gratulanten, drängen an mir vorbei, ein paar nicken mir kurz zu, aber trotz meines signalroten Kleides bleibt niemand an mir kleben.

Da tippt mir plötzlich jemand von hinten auf die Schulter. Es ist Roland, mein Nachbar. Allerdings ohne Carla. Vielleicht musste die gerade mal für kleine Mädchen.

«Na? So alleine, schöne Frau?», sagt er und nimmt neben mir auf dem Boden Platz.

«Wo ist denn Carla?», entgegne ich möglichst sachlich und versuche, seinen tiefen Schlafzimmerblick zu ignorieren.

«Ach die, die habe ich schon seit einer halben Stunde nicht mehr gesehen. Sie wollte nur kurz in die Küche, etwas holen, hat mich ein paar Leuten vorgestellt, und das war's», sagt Roland cool.

«Tja, so sind sie, die italienischen Prinzessinnen!», sage ich leichthin, und Roland bricht in ein schallendes Gelächter aus, das mir durch Mark und Bein fährt. Wie lacht der denn? Ich werfe schnell einen Blick über meine Schulter, ob uns irgendjemand gehört hat, aber der Flur ist gerade leer. Roland ist einer dieser Rückwärts-Lacher: Menschen, die die Luft erst einmal durch die Kehle ausstoßen und dann aber sofort durch die Nase wieder hineinziehen. Er schnaubt und krächzt wie ein abgestochenes Ferkel und verliert auf der Stelle jegliche Anziehungskraft. Wirklich jegliche.

«Na ja, so witzig war das nun auch wieder nicht», versuche ich ihn zu besänftigen.

«Ahh! ... chr chr chr ... aber Carla in Zusammenhang mit einer Prinzessin, chrr chrr ... das ist schon irre witzig», schnarrt Roland weiter.

«Ja, vielleicht. Ich hole mir noch ein Bier. Willst du auch eins?» Bloß schnell weg hier!

«Neee, danke ... chrr chrr ... ich bin grad wunschlos glücklich!», gluckst Roland. Ich lasse ihn also in seiner Glückseligkeit zurück und flüchte in die Küche, wo ich meine Freundin Carla wiedertreffe. Gerade macht sie sich über den Kartoffelsalat her.

«Hier steckst du also!», rufe ich ihr entgegen.

«Ja. Komm her, nimm dir einen Teller vom Salat, der ist

köstlich!», sagt sie mampfend und strahlt mich an. Da soll nochmal einer behaupten, Italiener äßen nur Pasta.

«Ich komme gerade von Roland», beginne ich.

«Oh Gott, hast du ihn zum Lachen gebracht? Ist das nicht schrecklich?» Carla schaut mir entsetzt ins Gesicht, und im selben Moment prusten wir beide los. Mit einem völlig normalen Lachen, versteht sich.

«Wie ein märkisches Sattelschwein!», quietscht Carla, die Gabel mit Kartoffelsalat noch in der Hand.

«Wie ein abgestochenes märkisches Sattelschwein!», kreische ich zurück. Dann fangen wir uns wieder.

«Wir sind oberflächliche Tussen», sage ich in einer kurzen Atempause.

«Du hast recht. Kein Wunder, dass wir solo sind», bekräftigt Carla und schiebt sich noch eine Gabel Kartoffelsalat in den Mund. Ich häufe mir ebenfalls einen großen Löffel davon auf den Teller.

«Aber wieso muss dieser süße Typ auch rasseln wie ein halbtoter Dieselmotor? Das hält doch kein Mensch aus!», entgegne ich schuldbewusst.

«Chrrr … chrrr … chrrrrr», ahmt Carla ihn nach, und es platzt erneut aus mir heraus. Wir gackern wie ein wildgewordener Hühnerhaufen. Nicht viel besser als Roland wahrscheinlich.

«Na, ihr habt ja Spaß!», ertönt da plötzlich eine dunkle Stimme. Es ist Jens, den ich seit unserem peinlichen Kussexperiment nicht mehr gesehen habe. Allerdings haben wir in der Zwischenzeit etwa fünfmal miteinander telefoniert. Die Sache scheint wirklich für immer erledigt zu sein. Gute Freunde kann eben nichts auf der Welt trennen.

«Jens!», rufe ich, springe auf und umarme ihn stürmisch.

Doch Jens scheint nicht ganz bei der Sache zu sein. Er fixiert einen Punkt hinter mir, während ich ihm einen feuchten Kuss auf die Wange drücke.

«Hi!» Jens löst sich aus meiner Umarmung und macht ein paar Schritte auf Carla zu, die mit noch immer geöffnetem Mund dasteht.

«Hi!», entgegnet sie verwirrt, und ich finde die Situation langsam merkwürdig. «Hallo? Alles klar bei euch? Darf ich vorstellen: Jens, mein bester Freund – Carla, beste Freundin und Mitbewohnerin. Carla – Jens! Jens – Carla ...» Ich schaue nervös zwischen den beiden hin und her, aber sie nehmen mich gar nicht wahr. Jetzt streckt Jens Carla seine Hand entgegen. Ich bin, was Liebesdinge angeht, eigentlich ein ziemlicher Ignorant. Man könnte neben mir reihenweise Kinder zeugen, und ich würde es nicht einmal merken. Aber zwischen den beiden funkt es gerade so gewaltig, dass es wahrscheinlich bis nach Peking zu sehen ist. Also mache ich den polnischen Abgang und verziehe mich wortlos ins Wohnzimmer, wo sich die anderen Partygäste amüsieren. Dass sich die beiden gefallen könnten, daran hätte ich im Traum nicht gedacht. Carla steht eigentlich mehr auf den südländischen Typ, also eher auf Männer der Sorte Roland, wenn sie nicht gerade wie ein Rasenmäher lachen. Was lernen wir daraus? Man darf wirklich nichts unversucht lassen. Ich grinse in mich hinein. Hoffentlich ist das nicht bloß ein Strohfeuer. Es wäre so schön, wenn aus den beiden ein Paar würde. Schließlich sind die beiden meine Lieblingsmenschen, neben meiner Mutti natürlich, und ich gönne es ihnen von ganzem Herzen, glücklich zu sein. Schade nur, dass bei mir mal wieder absolute Flaute herrscht. Vielleicht habe ich bei unserer magischen Session im Wald etwas falsch gemacht.

War das Fruchtgummi-Herz zu unpersönlich? Immerhin ist Mel glücklich bei ihrem Hannes oder wie er hieß, und Carla ist auf dem besten Weg, sich ebenfalls zu verlieben. In ein extrem empfehlenswertes Exemplar.

Vielleicht sollte ich was an meiner Frisur ändern. Seit Jahren laufe ich mit meinen straßenköterblonden Haaren herum. Um ehrlich zu sein, war ich schon seit ewigen Zeiten nicht mehr beim Friseur. Vielleicht sollte ich mir mal eine Rundum-Erneuerung gönnen, um eine andere Sorte Mann anzuziehen. Nicht nur irgendwelche Schnösel, deren Namen ich gar nicht mehr erwähnen möchte. Zumindest nicht freiwillig in meiner Freizeit.

«Rosi! Mich hat's total erwischt!» Carla hat sich vor mir materialisiert. Ihre Wangen sind gerötet, und sie strahlt übers ganze Gesicht, als wolle sie damit ganz Berlin erleuchten. «Wieso hast du mir diesen Traummann bisher vorenthalten? Ich kann es gar nicht fassen, so toll ist er. Das ist ja fast zu schön, um wahr zu sein!», schwärmt Carla, drückt mir einen Kuss auf die Stirn und schwebt auf ihrer Wolke wieder von dannen. Ich freue mich für meine beste Freundin. Sie hat es wirklich verdient, endlich mal an einen tollen Kerl zu geraten.

Da sitzen die beiden händchenhaltend in der Couchecke und können die Augen gar nicht voneinander lassen. Vielleicht sollte ich meine Freunde für mich suchen lassen. Rosi sucht den Super-Mann. In der Jury sitzen die Menschen, die mich am besten kennen. Wenn ich selbst schon nicht in der Lage bin, den Richtigen zu finden, vielleicht schaffen es dann die, die mich so lieben, wie ich bin?

Ich gehe auf die beiden zu und beuge mich zu Jens und Carla hinunter.

«So, ihr beiden Turteltäubchen. Ich will nach Hause. Also, macht es gut, ihr zwei!»

«Mach's gut, meine Liebe, komm gut nach Hause und lass dich nicht anquatschen», zwinkert Jens mir übermütig zu. So strahlend habe ich meinen Kumpel noch nie erlebt. Ich schnappe mir meine Jacke und verabschiede mich noch schnell von Tatjana. Wenigstens bleibt mir Roland erspart. Ich sehe im Augenwinkel, wie er gerade mit einer Blondine flirtet.

«Mädel, mach bloß keinen Witz!», denke ich noch, dann verlasse ich die Party und laufe durch die kühle Abendluft nach Hause. Ganz allein. Zu Hause angekommen, werfe ich meine Jacke in die Ecke und höre den Anrufbeantworter ab. «Sie haben – keine – neuen Nachrichten.» Klasse. Ich bin ein Ladenhüter. Keiner liebt mich.

Zu viele Schmetterlinge verderben den Brei

«Du bist ja so süß, wenn du so dasitzt, mein Schnurzelschnäuzchen …»

«Und du erst, mein Honigtöpfchen …»

«Ich liebe es, wenn du mich Honigtöpfchen nennst!»

«Und ich liebe dich, weil du mein Honigtöpfchen bist!»

«Und ich würde es ehrlich gesagt begrüßen, wenn mir Honigtöpfchen mal zwei Blatt Küchenkrepp abreißen könnte, ich habe Fischfinger!», grummle ich etwas genervt, während ich einem Baby-Tintenfisch die Eingeweide aus dem Körper reiße. Das klingt schlimmer, als es ist. Man muss der kleinen weißen Tube einfach nur seitlich das Rückgrat herausziehen und dann mit zwei Fingern den Rest des schleimigen Inhalts herauszupfen. Sieht aus wie Sperma, fällt mir gerade auf. Ich hacke dem Calamar die Beinchen samt Kopf ab, dann wird der harte Schnabel aus dem Maul entfernt. Für mich eine irgendwie entspannende Arbeit, die ich fast tagtäglich auch an meinem Arbeitsplatz zu erledigen habe, schließlich bekommen unsere Aquarienbewohner ebenfalls nur das Beste vom Besten.

Meine Mitbewohnerin hat sich auch einen Leckerbissen aus dem Meer der Singlemänner herausgeangelt. Purzelchen hier, Schnäuzelchen da. So geht das nun schon drei Wochen lang. Carla und Jens sind seit Tatjanas Party nicht mehr voneinander loszukriegen. Sie fummeln und knutschen bei jeder Gelegenheit, sie kleben förmlich aneinander, als ginge es um Leben und Tod. Verliebte sind schon merkwürdig. Um ehrlich zu sein, so erwischt wie diese beiden hier hat es mich noch nie. Jetzt küssen sie sich schon wieder! Wahrscheinlich haben sie seit drei Wochen weder Nahrung noch Sauerstoff zu sich genommen. «Woran merkt man, dass die beste Freundin glücklich ist?», fragte ich neulich noch Mel und antwortete dann gleich selbst: «Daran, dass man sie nicht mehr zu Gesicht bekommt!» Mel hat nur gelacht und ist dann wie immer in irgendein Flugzeug verschwunden. Wir verlieren uns noch alle aus den Augen! Deshalb hatte ich Carla um ein Essen heute Abend gebeten. Schließlich passiert es nicht alle Tage, dass der beste Freund und die beste Freundin … Allerdings, wenn die beiden so weitermachen, bleibe ich auf meinen Tintenfischen sitzen, und es gibt Sushi, nur ohne Reis.

«Carla, wolltest du nicht die Kräuter für die Füllung schneiden?», versuche ich vorsichtig die Knutscherei zu unterbrechen. Das mit dem Essen war wohl doch keine so gute Idee. Leider bin ich kulinarisch komplett auf Carla angewiesen. Ich kann nur Hähnchenschnitzel braten, und das mag man auch nicht jeden Tag essen.

Zumindest einen Vorteil genieße ich, seit sich Jens und Carla im Liebesrausch befinden: Ich habe schon zwei Kilo abgenommen, weil mich keiner mehr abends bekocht.

Vielleicht liegt es auch an meinem täglichen Gang mit den Möpsen. Mittlerweile sind Kate und Moss schon richtig sportlich. Für ihre Verhältnisse zumindest. Und ein halbes Kilo pro Hund ist auch schon weggeschmolzen.

«Carla! Meine Tintenfische erreichen gleich ihr Verfallsdatum!», meckere ich nun etwas lauter.

«Ich mach ja schon, Süße!», flötet Carla und nimmt ein Messer in die eine Hand, ohne mit der anderen Jens loszulassen. Das kann ja heiter werden. Sosehr ich mich auch für die beiden freue, irgendwie gehen sie mir doch langsam ein bisschen auf den Zeiger, und ich bin kurz davor, einen Eimer mit eiskaltem Wasser über die Zweisamkeit zu gießen. Jetzt hat Jens Carlas Hand tatsächlich losgelassen. Er steht sogar auf und entfernt sich aus der Küche. Wird wohl die Blase sein.

«Wir sind ganz schön schlimm, oder?», strahlt mir Carla entgegen, während sie Chili, Basilikum und allerlei andere Kräuter zerhackt und die Masse in die leeren Tintenfisch-Tuben füllt. Geschickt verschließt sie sie dann mit einem Zahnstocher.

«Na ja. Ihr beide lebt auf einem anderen Stern, seit ihr euch getroffen habt», beginne ich vorsichtig, «andererseits freue ich mich natürlich auch für euch. Ihr seid die wichtigsten Menschen in meinem Leben. Aber gerade deshalb fehlt ihr mir eben auch. Weil ihr ja jetzt euch habt und mich nicht mehr braucht.» Meine Augen werden etwas feucht, und ich klimpere die Träne weg.

«Du hast ja recht, Rosi. Ich werde künftig wieder etwas mehr Zeit für dich haben. Versprochen.» Carla legt die Meeresfrüchte in eine spezielle Soße, die sie nebenbei gezaubert hat, und setzt den Topf auf den Herd. Schnell beginnt der Sud zu köcheln. Da kehrt auch schon Jens zurück.

«Was gibt es denn hier zu tuscheln? Geht es um mich?», fragt er neugierig und gibt uns beiden einen Klaps auf den Hintern.

«Du fühlst dich von uns vernachlässigt, stimmt's?», spricht er weiter. Jens kann nämlich Gedanken lesen.

Carla und ich nicken synchron, und ich will gerade ansetzen, um mein Verhalten zu rechtfertigen, doch Jens unterbricht mich.

«Rosi, du hast recht. Und ich gelobe Besserung. Aber ich liebe diese Frau einfach.»

Wir schließen uns alle drei gemeinsam in die Arme, und ich atme einmal tief durch. So ganz glaube ich zwar nicht, dass meine Freunde plötzlich wieder Zeit für mich haben werden, aber immerhin sind sie schon wieder so weit auf der Erde gelandet, dass sie ihre Umwelt wahrnehmen.

Während Carla Nudelwasser aufsetzt, räuspert sich Jens feierlich.

«Was hältst du davon, wenn wir dir einen Typen suchen?»

«Das fragst du noch? Wie oft habe ich dich darum gebeten, mir endlich deinen geheimen Superfreund vorzustellen!», rufe ich begeistert aus. Immerhin hatte ich das ja wirklich schon öfters angeregt. Da Mel mir letzte Woche ebenfalls ein Blind Date mit einem ihrer Piloten versprochen hatte, passt das jetzt ganz gut. Dann setze ich nicht all meine Hoffnung in eine Einzel-Verabredung.

Unsere Buchhalterin Erika Sonnebank sagt immer: «Bei Voabredungen musste immö schön diefstapöln. Dann is die Endäuschung nie so größ, wenn's schiefgeht.» Erika kommt aus Dresden, ist zweiundfünfzig Jahre alt und die Hälfte ihres Lebens mit einem Industriellen verheiratet. Sie sieht für ihr Alter wirklich knackig aus, und das nutzt sie schamlos zu ihrem Vorteil. Erika gönnt sich mehrmals im Monat Sex mit jungen Liebhabern. «Wieso söll isch misch mit eim Mann züfriedn gebm, wenn ich állö Mönade was Fröschesches haben gann. Mein Güstav gann mia einfach nie imma gebn, was ich bräuch», sagt sie.

Mit Stefan hatte Erika angeblich auch einmal ein Techtelmechtel, aber es war wohl aufgrund Stefans durchschnittlicher Anatomie nicht ganz so befriedigend für Frau Sonnebank. Da musste sie sich am selben Abend noch einen anderen Jüngling zu Gemüte führen, zumindest hat sie es mir so gesteckt. Vielleicht liegt es ja an der offenen Erziehung im Osten, dass dort so gerne rumgesexelt wird, aber ich könnte so was nicht. Egal, wie ausgefallen der Sex auch sein mag, den Erika da jedes Mal von ihren Lovern bekommt, eines teilen die beiden sicher nicht miteinander, und das ist Intimität.

«Ach, Rosi, du weißt doch, dass ich keinen geheimen Superfreund habe. Aber vielleicht kann Carla mir ja bei der Suche etwas helfen. Vielleicht fehlte mir vorher einfach der weibliche Input!»

Jens nimmt Carla in den Arm und drückt ihr einen dicken Kuss auf die Wange.

«Ja, Rosi, das machen wir. Wir suchen dir einen potenziellen Traummann. Versprochen! Das könnte Spaß machen, meinst du nicht auch, Schatz?», sagt Carla begeistert.

«Was willst du mir damit sagen? Dass du immer noch gern anderen Männern hinterherschaust?», fragt Jens kokett und kneift Carla frech in die Hüften. Die quietscht auf und schüttelt sich vor Lachen, und mir nichts, dir nichts ist in unserer Küche ein kleiner Geschlechterkampf entbrannt, der allerdings abrupt vom überkochenden Nudelwasser unterbrochen wird.

«Alles unter Kontrolle!», ruft Carla und gießt schnell die

Pasta ab, um sie kurz danach mit der Meeresfrüchte-Soße zu servieren. Schade nur, dass sie die vorher nicht gekostet hat, denn …

«Igitt, ist das salzig!», kreischen wir alle gleichzeitig auf.

«Tja, da ist wohl jemand verliebt!», lacht Jens seine Freundin glücklich an und schaufelt sich todesmutig einen weiteren Bissen in den Mund.

«Och Mensch, das ist mir aber wirklich peinlich. So was ist mir noch nie passiert!», entschuldigt sich Carla und beginnt, eine rohe Kartoffel in den Topf zu reiben.

«So, ich hoffe, es schmeckt jetzt etwas besser!», seufzt sie nach ein paar Minuten und stellt den Topf erneut auf den Tisch.

«Guter Trick, es schmeckt hervorragend!», lobe ich schmatzend und nehme mir gleich noch eine große Kelle von der Soße. Nach dem Essen lasse ich die Turteltäubchen rücksichtsvoll allein, schließlich mussten sie schon lange genug meine störende Anwesenheit ertragen. Ja, irgendwie fühle ich mich schon wie ein Störenfried, und das in der eigenen Wohnung. Mel hat gesagt, dass ihr das Geturtel gar nichts ausmache und sie froh sei, nicht mehr die einzige Frau mit Männerkontakt im Haus zu sein. Manchmal ist sie wirklich eine doofe Pute. Aber das kann sie ja bei ihrer Rendezvous-Vermittlung wiedergutmachen. Dabei fällt mir ein, das Date ist ja schon morgen! Ich muss dringend ins Bett, sonst schlafe ich schon über der Vorsuppe ein. Wir wollen essen gehen. Momentan unvorstellbar. Zu viele Nudeln mit Tintenfisch.

Wen die beiden wohl für mich auswählen? Mels Kandidat ist Pilot, nicht besonders verlockend, wenn ich ehrlich bin. Schließlich ist diese Berufsgruppe ebenso wie die Architekten für ihre Unbeständigkeit in Frauenangelegenheiten bekannt. Davon kann Mel ein Liedchen trällern oder auch zwei oder drei. Noch dazu haben Flugkapitäne angeblich stets einen gewissen Promillepegel, selbst wenn sie am Steuer ihrer Maschine sitzen. Gut, auf diesem Gebiet bin ich auch nicht gerade eine Klosterschülerin, auch ich zwitschere mir hin und wieder gerne mal einen, aber ich fliege ja auch nicht Hunderte von Leuten durch die Gegend. Ein Arzt wäre toll. Immerhin wäre ich ja fast Tierärztin geworden. Da könnten wir uns intellektuell prima austauschen. Andererseits, wenn er nach Feierabend nicht abschalten kann und mir routinemäßig beim Knutschen die Mandeln untersucht? Noch unangenehmer wäre ein plastischer Chirurg, der sofort den Filzstift zückt, nachdem er mit mir im Bett war. Können solche Menschen überhaupt noch normalen Sex haben? Dann lieber jemanden mit einem bodenständigen Beruf. Ein Handwerker oder vielleicht ein Bäcker. Die können zupacken und sind noch dazu kreativ. Aber die frühen Arbeitszeiten! Nein, auch das wäre nichts für mich. Anwälte verdrehen einem das Wort im Munde, da hat man sowieso keine Chance, und ein Banker ist sicher stinklangweilig, weil er sich den ganzen Tag nur mit Zahlen beschäftigt und sicher mitleidig auf meinen Kontostand herabschauen würde.

Ich habe heute den ganzen Nachmittag frei, um mir Gedanken über meine abendliche Verabredung machen zu können. Wir treffen uns in Kreuzberg. Er wollte mich nicht abholen – schon mal ein Minuspunkt. Dank Alice Schwarzer und Co. wissen die Herren der Schöpfung heutzutage nicht mehr, was gutes Benehmen ist.

Die Outfitfrage ist bereits geklärt, denn Mel hat darauf

bestanden, meine Klamotten auszusuchen. «Trag deine dunkelblauen Jeans und die ausgeschnittene Bluse!», hat sie mir geraten. «Dazu hohe Schuhe.» Er scheint also groß zu sein. Zum Glück. Nicht, dass ich etwas gegen kleine Männer hätte, aber irgendwie scheint bei den meisten der Schmerz über ihre Körpergröße doch so tief zu sitzen, dass sie sich trotz steiler Karriere immer noch minderwertig fühlen müssen.

Mein Handy klingelt. Hoffentlich sagt er nicht ab!

«Hi Röschen!» Es ist Jens. Er nennt mich immer Röschen, wenn er gut gelaunt ist.

«Ja?»

«Ich habe ihn gefunden!»

«Schön für dich, ähem, wen hast du gefunden?», frage ich neugierig nach, während ich versuche, meine Fußnägel zu lackieren. Das ist gar nicht so einfach, wenn man das Handy zwischen Ohr und Schulter eingeklemmt hat und die Füße schon lange keine Pediküre mehr hatten. Um ehrlich zu sein, habe ich mir meine Fußnägel zuletzt an meinem sechzehnten Geburtstag lackiert. In Pink. Und Armin, in den ich zu dem damaligen Zeitpunkt unsterblich verliebt war trotz seiner Zahnspange und seiner Pickel, wie ich später auf den Klassenfotos feststellen musste, was wiederum der Beweis dafür ist, dass Liebe wirklich blind macht – jedenfalls lachte dieser Armin, als er meine verzierten Füßchen sah, schallend los und sagte, als er wieder Luft bekam, dass ich aussähe wie ein Barbiepüppchen. Was natürlich als total miese Beleidigung gemeint war. Also hatte ich seitdem lackfreie Nägel. Bis mich vor etwa drei Stunden meine Mitbewohnerin Mel davon überzeugte, dass lackierte Fußnägel extrem aphrodisierend auf Männer wirken. Zumindest wenn sie von Beruf Pilot sind. Und da kennt Mel sich aus.

«Ich habe ein Date für dich! Der absolute Traumprinz! Ich versprech's dir!», redet Jens weiter.

«Das klingt ja klasse, erzähl!» Gerade lackiere ich den kleinen Zeh rechts, was sich besonders schwierig gestaltet, weil der Zehennagel extrem klein geraten ist. Ich will mich diesbezüglich nicht beschweren, schließlich gibt es Menschen, die haben an der Stelle fast gar keinen Nagel.

«Nun, er ist Anwalt und hat eine eigene Kanzlei. Er ist aber schon etwas älter. 46 – dafür aber geschieden, also vollkommen solo. Und er freut sich, dich heute Abend kennenzulernen.»

«Heute? Das geht nicht!» Vor lauter Schreck vermale ich mich, und der rote Lack irrt etwas verloren auf meinem Fußrücken herum.

«Wieso denn nicht? Ausreden zählen nicht. Außerdem fährt Marlon morgen für zwei Monate auf Geschäftsreise, wer weiß, wen er da so alles trifft!»

«Ein Grund mehr, ihn nicht zu daten!», entgegne ich trotzig und versuche, mit einem Taschentuch die Lackspuren vom Fuß zu entfernen.

«So war das nicht gemeint, der Typ ist echt super. Wirklich richtig nett, obwohl er Anwalt ist», lacht Jens. «Carla hat mich auf die Idee gebracht. Wir haben ihn beim Lunch getroffen, da saß er am Nebentisch. Er sieht ziemlich gut aus.»

«Jens, ich kann nicht, denn ich habe heute bereits eine Verabredung! Zum Essen, was bedeutet, dass der ganze Abend verplant ist!», sage ich entschlossen.

«Rosi, wirklich, du solltest dir die Chance nicht entgehen lassen. Du wirst es sonst bereuen. Dann triff dich doch einfach um elf Uhr auf einen Drink mit ihm. Was hältst du davon?» Jens ist schon total begeistert von seiner Idee mit dem Doppeldate.

«Ist das nicht ein bisschen fies, zwei Typen an einem Abend zu treffen?», frage ich unsicher, während ich nun meinen anderen Fuß mit Lack bepinsle. Ich muss urplötzlich an Erika denken. Ob ich dieselben Klamotten anziehen kann, oder sollte ich was zum Wechseln mitnehmen? Das könnte Harald aber auch falsch verstehen. Auf was für Outfits stehen Anwälte überhaupt? Sicher nicht auf Jeans.

Es kostet Jens noch ein paar Minuten Überredung, dann bin ich davon überzeugt, dass es heutzutage als verzweifelte Langzeit-Singlefrau völlig legitim ist, sich mit zwei Männern zu verabreden, wenn sie denn mal zur Verfügung stehen.

Nun sitze ich hier schon seit geschlagenen 20 Minuten allein am Tisch und bohre Löcher ins Kerzenwachs. Von meiner ersten Chance noch keine Spur. Da soll nochmal einer sagen, nur die Bahn käme immer zu spät. Fluggesellschaften offenbar genauso oft, insbesondere deren Piloten.

«Kann ich Ihnen nicht doch etwas zu trinken bringen?», fragt mich die Kellnerin nun schon zum dritten Mal. Sie mustert mich mit einem Blick, als verstünde sie, dass mein Date mich versetzt. Verzweifelt wähle ich Mels Nummer. Besetzt. Wahrscheinlich telefoniert sie mal wieder mit ihrem Piloten, weil der jetzt doch wieder bei seiner Frau hockt und nicht wegdarf. Warum erniedrigen wir Frauen uns eigentlich immer? Wir sagen zu allem ja und amen, akzeptieren es sogar, wenn er uns die Tür vor der Nase zuschlägt, tolerieren seine Flirtereien, verzeihen ihm, wenn er fremdgeht, verzichten auf den Unterhalt, damit das gemeinsame Kind auch ja nicht merkt, was Papi doch für ein Rindviech ist ...

nur um nicht am Samstagabend allein im Restaurant sitzen und auf die eigenen frisch lackierten Fußnägel starren zu müssen. Leider starrt mich auch die Hälfte des Lokals an, genau wie die Kellnerin. Kein normaler Mensch geht an einem Samstagabend allein in ein romantisches Lokal, es sei denn, er möchte sich nach einer halben Stunde auf der schäbigen Toilette erhängen. Die Situation ist einfach zu blöde. Mittlerweile habe ich den ganzen Brotkorb leergefuttert, bei meinem Glück bekomme ich pünktlich zu meinem zweiten kläglichen Versuch, wieder Teil der schillernden Pärchenwelt zu werden, schreckliche Blähungen und blase ihn in die Flucht, bevor er auch nur einen Hauch Gefallen an mir finden kann.

Endlich, ein Freizeichen. «Mel! Was telefonierst du denn so lange?», sage ich genervt ins Mikrophon.

«Rosi!», ruft Mel begeistert, als habe sie mich seit Jahren aus den Augen verloren und nun endlich wiedergefunden.

«Was ist denn los?», plappert sie weiter. «Ich hatte gerade Harald in der Leitung. Er wartet seit einer halben Stunde auf dich!»

«Sehr witzig, ich auch!», zische ich vorwurfsvoll. «Wo soll er denn sitzen? Hier um mich herum sitzen nur Pärchen, und ich fühle mich so richtig großartig!»

«Das Gleiche hat mir Harald auch erzählt. Er ist ziemlich sauer. Dabei hatte er sich doch so gefreut.»

«Weißt du was, Mel, ich glaube dir kein Wort. Wahrscheinlich sitzt dein Harald mit irgendeiner Stewardess auf dem Schoß bei einem Campari Soda zu Hause, und die beiden lachen über mich.»

«Nein, glaub mir doch, Harald sitzt seit einer halben Stunde im Abendmahl und erwartet dich sehnsüchtig!»

«Warte mal, im Abendmahl? Ich sitze hier in der Bar Centrale und habe bereits einen ganzen Brotkorb geleert, weil mir mein Magen bis in die Knie hing!» In dem Moment fällt mir ein, dass ich ja erst später in der Bar Centrale verabredet bin. Ich raffe meine Siebensachen zusammen, lege fünf Euro fürs Brot auf den Tisch und renne beim Verlassen des Restaurants fast die Kellnerin um, deren Tablett mit einem Riesengeschepper zu Boden geht.

«'tschuldigung!» Selber schuld. Das ist die Strafe, wenn man sich über Gäste lustig macht. Hoffentlich hat sie gleich Schichtwechsel oder leidet an Gesichteralzheimer. Denn gegen 23 Uhr muss ich ja nochmal hier erscheinen. Jetzt werde ich aber erst mal freudig erwartet. Harald hat ganz rote Wangen, wie nach einem Halbmarathon. Den hat er ja scheinbar auch hinter sich, wenn auch nur im Dauerwarten auf sein dusseliges Blind Date. Ansonsten wirkt er recht passabel, etwas schmal für einen Piloten, die ich mir in meiner Phantasie immer groß und stattlich vorstelle. Außerdem benutzt er eindeutig zu viel Parfum. Aber das kann man ihm ja später noch abgewöhnen. Hauptsache, die inneren Werte stimmen. Wenn er nicht lacht wie eine Ziege, so wie unser neuer Nachbar, dann bin ich eigentlich schon ganz zufrieden. Außerdem habe ich ja noch ein Ass im Ärmel. Ich fühle mich wieder raffiniert und gerissen und ein bisschen verrucht. Männerwelt, nimm dich in Acht, hier kommt Rosi The Maneater!

«Du arbeitest im Zoo, hat mir Mel erzählt. Was machst du denn da so genau?», fragt Harald im Ton, in dem man kleine Kinder befragt, die gerade eingeschult werden. Enttäuscht zieht sich meine Maneaterin zurück. Na, das kann ja ein heiterer Abend werden.

«Wir sind ein kleiner Privatzoo, der Willbert-Zoo, falls du

davon schon mal gehört hast. Normalerweise ist man ja als Tierpfleger immer nur einem Bereich zugeteilt, aber bei uns macht jeder alles, was meinen Job extrem abwechslungsreich gestaltet.»

«Dann lag ich ja mit meiner Restaurantwahl goldrichtig! Hier gibt es nur Vegetarisches! Ich habe mir erlaubt, schon mal für uns zu bestellen. Ich bin erst seit kurzem Vegetarier, hab also bitte ein wenig Nachsicht mit mir. Gemüse soll gut für die Potenz sein, nicht dass ich das nötig hätte ...», schmunzelt Harald vergnügt.

«Äh ja, d...danke», sage ich überrascht. Das ist mir eigentlich schon ein bisschen zu viel Information für den Anfang. Wie aufs Stichwort bekomme ich plötzlich einen Riesenappetit auf Steak. Stattdessen wird mir geräucherter Tofu an Weizengrasgelee serviert. Es schmeckt überraschend gut, meinem Gegenüber leider zu gut, denn Harald schmatzt laut drauflos. Das Geräusch erinnert mich an unsere Fischotter, wenn wir sie füttern. Sie sehen dabei aber wesentlich niedlicher aus. Harald hingegen bohrt ziemlich hemmungslos in seinen Zähnen herum, hält sich aber dennoch für den absoluten Schlüpferstürmer. Immer wieder zwinkert er mir verschwörerisch zu und prostet mit Unmengen von Champagner gegen meine Hemmschwelle an.

«Was fliegst du denn für eine Maschine?», frage ich, um das peinliche Schweigen zwischen den Gängen zu brechen.

«Ach, ich bin schon so gut wie alles geflogen. Ich darf bei uns sogar den A380 fliegen, du weißt schon, das ist das ganz große Kaliber. Die Maschine braucht so einen Kerl wie mich, der ihr sagt, wo's langgeht. Ist wie bei den Frauen.» Harald grinst hämisch und freut sich selbst ungeheuer über seinen Scherz.

«Schön, dass du deinen Beruf magst!» Ich ignoriere seinen sexistischen Unterton und untersuche vorsichtig mein Essen. Bei Bio-Restaurants habe ich immer Angst, Ungeziefer im Salat zu finden.

«Privat fliege ich auch gerne. Ich fahre einen Ferrari. Wenn du magst, fliege ich dich damit eine Runde um den Block. Und wenn du ganz brav bist, darfst du auch an meinen Schaltknüppel!» Harald zuckt verschwörerisch mit seinen Augenbrauen, wobei mir auffällt, dass die gefärbt sein müssen. So ein aufgeblasener Gockel. Ich beuge mich über meinen Teller, um mein Gesicht zu verbergen. Das spricht mittlerweile garantiert Bände.

«Du erinnerst mich an meine erste große Liebe, Rosi. Damals war ich ja noch so unschuldig! Und sie hat mir das Herz gebrochen!», flüstert er mir zu.

«Aha. Ja, wie alt warst du denn damals?», frage ich nach und versuche, nicht allzu desinteressiert zu wirken. Das Essen ist wirklich köstlich. Auch wenn ich nichts gegen ein Steak zum Nachtisch hätte.

«Wir gingen beide in die erste Klasse. Ich war eben ein frühreifes Bürschchen. Man kann ja nicht genug lernen über euch herrliche Zauberwesen.»

Ich nehme einen großen Schluck Champagner, um diesen Unsinn zu verdauen, und versuche, in der Bewegung unauffällig auf meine Uhr zu schielen. Noch eineinhalb Stunden. Wie soll ich das bloß aushalten, ohne ihm weh zu tun? Der Typ ist der absolute Reinfall und macht mich langsam aggressiv. Gerade betrachtet er sein Antlitz in der Spiegelung seines Messers.

«Frollein? Können wir noch eine Flasche Schampus bekommen? Und die Dessertkarte!» Jetzt zwinkert er ihr auch noch zu. Mir soll's recht sein. Jemand, der so dermaßen in sich selbst verliebt ist, braucht sowieso keine Konkurrenz. Für einen Vegetarier erinnert der Typ mich erschreckend an Rinderwahnsinn, und zwar an das Vollbild. Mel muss mich wirklich hassen, dass sie mir dieses Verkehrsunglück als Date angedreht hat. Vielleicht kannte sie ihn vorher auch nicht richtig. Im Privaten geben sich die meisten Menschen anders als am Arbeitsplatz. Ich bin im Job auch viel seriöser als zu Hause.

Noch eine Dreiviertelstunde. Dann treffe ich mich mit Blind Date Nummer zwei, das Jens und Carla für mich ausgesucht haben. Die kennen mich ja wohl besser. Dies hier werde ich einfach als «Trainingslager» verbuchen. Dennoch ist Mel mir nach dem Desaster was schuldig. Dieser Harald ist doch ein Bruchpilot! Dafür schmeckt die Mousse au Chocolat ganz hervorragend. Für Süßes könnte ich wirklich sterben. Oder mich zumindest hineinsetzen.

«Schmeckt's?», fragt Harald interessiert und weckt mich aus meiner Dessert-Versunkenheit.

«Phantastisch!», lobe ich den Koch.

«Ich mag Frauen, die nicht auf ihre Linie achten! Es ist schön, wenn man was zum Anpacken hat!»

So. Jetzt reicht es wirklich. Dieser Typ hat sie doch wirklich nicht mehr alle. Ich bin zwar kein magersüchtiges Frettchen, aber auch nicht dick oder übergewichtig. Und solange mein Hausarzt mir nicht zu einer Diät rät, werde ich auch schön so weitermachen wie bisher. Vollidiot!

«Harald, so gerne ich noch hier mit dir plaudern würde, ich muss morgen ganz früh raus! Frühdienst! Kennst du ja sicher. Also, sei mir nicht böse, aber ich muss los!» Ich lege bestimmt den Löffel beiseite und winke die Bedienung an unseren Tisch.

«Wir möchten gerne zahlen!», sage ich.

«Zusammen oder getrennt?», fragt sie. Wie ich solche Situationen hasse. Eigentlich möchte ich Harald nach dem Horrorabend nichts schuldig bleiben, sonst denkt er noch, er habe einen gut bei mir. Andererseits finde ich, dass beim ersten Date der Mann bezahlen sollte. Ebenso beim letzten. Und da dies sowohl das erste als auch das letzte Date zwischen Harald und mir sein wird, wären das schon zwei Gründe, warum wir nicht getrennt bezahlen sollten. Dennoch krame ich pflichtbewusst nach meinem Geldbeutel. Ich bin einfach zu gut für diese Welt. Ich schaffe es ja nicht mal, einem absolut miesen Kellner das Trinkgeld zu streichen. Stattdessen finde ich noch eine Ausrede, weshalb er gerade heute und nur bei mir einen so schlechten Tag hatte. Man weiß ja nie, ob vielleicht gerade seine Mutter gestorben ist oder der Wellensittich.

«Lass mal, ich zahl das schon. Ich kann mir das schon leisten!» Harald legt drei dicke Geldscheine auf den Tisch. «Stimmt so, Frolleinchen. Kaufen Sie sich was Schönes vom Rest.»

Die Bedienung nickt höflich und lächelt mich mitleidig an. Ich runzle die Stirn und verdrehe die Augen. Nicht dass sie denkt, ich gehe mit dem Kerl jetzt noch in die Heia! Ich hätte ja gerne diese «Ist-mir-egal»-Haltung von gewissen Politikern. Egal, was sie verbrechen, sie finden immer wieder eine Erklärung, warum sie eigentlich alles richtig gemacht haben.

«Danke für die Einladung!», sage ich artig und greife nach meiner Jacke. Zur Bar Centrale kann ich zu Fuß laufen, dann komme ich pünktlich zu Marlon. Klingt ganz gut, der Name. Marlon. Wie Brando.

«Soll ich dich noch wohin bringen?», fragt Harald und hakt sich bei mir unter.

«Nein, nein, ich laufe», beeile ich mich ihn loszuwerden.

«Aber du wohnst doch ganz woanders», hakt Harald verwirrt nach.

«Ja, aber ich wollte noch etwas frische Luft schnappen.»

«Das kannst du doch auch bei euch im Bezirk!» Harald lässt einfach nicht locker.

«Nein danke!», sage ich deshalb bestimmt und lasse ihn einfach auf offener Straße stehen. Soll er doch denken, was er will, ich hab einfach schon viel zu viel ertragen müssen heute Abend. Eine Diskussion in seinem Ferrari inklusive verzweifelter Fummelversuche halte ich nicht aus. Plötzlich hupt es hinter mir wie wild, und ich erschrecke mich fast zu Tode.

Ein knallroter Ferrari vom Typ «Minderwertigkeitskomplex» rast an mir vorbei. Am Steuer sitzt natürlich Harald, mein vegetarischer Held. Wie sagt man so schön? Je größer das Auto, desto kleiner die Salatgurke. Ich bekomme eine Gänsehaut, und das, obwohl es eigentlich schon recht mild ist.

Wenige Minuten später komme ich in der Bar Centrale an, wo ich offenbar bereits erwartet werde. Ein großgewachsener dunkelhaariger Mann in Jeans und Hemd kommt mir entgegen.

«Hi, du musst Rosi sein! Ich bin Marlon!»

Und wie ich Rosi bin. Alle Strapazen des Abends sind quasi wie im Flug vergessen. Der ist ja superschnucklig! Danke, Jens! Danke, Carla! Sage ich in Gedanken auf.

«Wieso stehst du denn hier draußen?», frage ich, nachdem ich mich von meiner ersten Begeisterung erholt habe.

«Drinnen ist es so voll und laut. Was hältst du davon, wenn wir in die Spätvorstellung von ‹Die Träumer› von Bernardo Bertolucci gehen? Läuft hier um die Ecke. Wir holen uns zwei große Colas und einen Jumboeimer mit Popcorn und machen es uns gemütlich. Und danach können wir immer noch einen Drink nehmen!»

Er ist perfekt. Wenn er jetzt noch salziges Popcorn bestellt, bin ich bereit, alle Vorurteile gegenüber Anwälten über Bord zu werfen.

Kino beim ersten Date ist so gut wie das Beste, was einem passieren kann. Man ist sowieso viel zu nervös zum Quatschen, und so hat man ein Thema, über das man sich später austauschen kann. Außerdem weiß man schon in etwa, welchen Geschmack das Gegenüber hat. Und bei gruseligen Stellen kann man sich wunderbar an seine Verabredung kuscheln. Aus Versehen, versteht sich.

«Ich finde die Idee großartig! ‹Die Träumer› wollte ich damals schon so gerne sehen, aber keiner wollte mit mir reingehen. Also, los geht's!»

«Da bin ich aber erleichtert, ich habe die Karten nämlich bereits gekauft!», lacht Marlon und zeigt mir die beiden Tickets. Wir nehmen ein Kurzstreckentaxi, eine tolle Erfindung, die es nur in Berlin gibt. Hier darf man ein Taxi für zwei Kilometer nutzen und muss nur drei Euro fünfzig bezahlen. Sehr praktisch, insbesondere, wenn man wie ich selten hohe Schuhe trägt und sich inzwischen eine Blase gelaufen hat.

«Möchtest du süßes oder salziges?», fragt mich Marlon, als er vor dem Popcornverkäufer steht.

«Entscheide du!», sage ich erwartungsvoll.

«Na ja, ich würde gerne salziges nehmen, da aber die meisten eher süßes wollen, gebe ich mich gerne geschlagen, wenn du …»

«Nein, nein, ich hätte auch gerne salziges.» Danke, Jens, danke! Denke ich erneut.

Wir nehmen in dem kleinen Vorführraum Platz. Außer uns sind noch drei andere Pärchen auf die Idee gekommen, ansonsten bleiben die Reihen leer. Der Film ist toll. Es geht um ein Geschwisterpärchen und deren Freund im Paris von 1968. Tolle Bilder, schöne Menschen, alles sehr erotisch. Das aber ist genau das Problem. Wie verhält man sich, wenn man sich mit jemandem, den man gerade mal dreißig Minuten kennt, erotische Filmszenen ansieht? Mir ist so was peinlich. Ich kann mir mit Carla Pornos ansehen und mich vor lauter Lachen durch die Wohnung kugeln, und auch mit Jens habe ich da kein Problem, wenn bei Filmen geküsst, geschmust oder gevögelt wird. Aber Marlon finde ich toll, und das schüchtert mich selbstverständlich ein. So wird das nie was. Er denkt jetzt sicher, dass ich eine verklemmte Tussi bin. Bin ich aber gar nicht. Ich brauche nur ein bisschen Zeit zum Warmwerden. Gerade liegt Eva Green auf ihrem Küchenboden, splitterfasernackt, und ich laufe knallrot an. Gut, dass es hier dunkel ist.

Ich greife in den Popcorneimer, und … wie durch Zufall berühren sich unsere Hände. Ich zucke kurz zusammen und schaue erschrocken zur Seite. Marlon scheint ebenfalls überrascht zu sein und lacht erleichtert auf, als er merkt, dass es mir genauso geht.

«Toller Film, oder? Nur vielleicht etwas zu erotisch fürs erste Date», flüstert er mir zu.

Ich grinse ihn dankbar an. Der Mann versteht ja alles!

Etwas später landen wir dann noch im Einstein, wo wir uns eine Flasche Rotwein teilen.

«Ich finde es immer traurig, wenn Freundschaften zerreißen!», beginnt Marlon, und ich genieße den Blick in seine klugen Augen.

«Mir ist Freundschaft auch sehr wichtig, aber die drei waren ja noch verdammt jung.»

«Du meinst, tiefe Freundschaft kann man erst später entwickeln?»

«Das vielleicht nicht, aber sie bekommt einen anderen Stellenwert. Hier endet sie wegen politischer Differenzen. Das hätte man auch schon vorher feststellen können.»

«Stimmt. Aber da standen wohl eher die Hormone im Vordergrund.»

Ich liebe es, wenn man mit einem Mann reden kann. Und noch besser ist es, wenn man auch noch einer Meinung ist. Sosehr ich auch suche, ich finde an Marlon einfach keinen Fehler. Nicht, dass ich unbedingt einen Fehler finden wollte, aber ich möchte sichergehen, schließlich habe ich mir fest vorgenommen, endlich etwas gegen mein Singletum zu tun. Und von nichts kommt eben nichts. Schuhe probiert man schließlich auch an, bevor man sie kauft, und die nimmt man im Normalfall noch nicht mal mit ins Bett. Bei Marlon könnte ich schon schwach werden. Nicht gleich heute Abend, aber vielleicht bei der nächsten Verabredung.

«Ich finde, das ist ein richtig schöner Abend!», sage ich, um einen Schritt auf ihn zu zu machen.

«Da hast du nicht ganz unrecht. Ein toller Film, eine Flasche guter Rotwein und eine schöne Frau ...» Hach ... charmant ist er auch noch! Er prostet mir zu und nimmt einen Schluck aus seinem Weinkelch. Ich lehne mich entspannt in meinem Stuhl zurück. Ein Mann, eine Frau und eine Flasche Cabernet Sauvignon. Das Leben kann wirklich schön sein.

«Rosi …», beginnt er nach einer kurzen Pause. «Du bist wirklich eine großartige Frau, Jens hat mir nicht zu viel versprochen. Deshalb möchte ich völlig ehrlich zu dir sein.»

Oh nein! Erfolgreiche Liebesgeschichten haben noch niemals mit dem Satz «Ich möchte ehrlich zu dir sein» begonnen! Eigentlich enden sie mit diesem Satz. Mir wird übel. Das könnte auch an dem halben Eimer Popcorn liegen, aber das ist mir jetzt auch egal.

«Jens hat dir sicher erzählt, dass ich für zwei Monate ins Ausland muss. Geschäftlich», fährt Marlon ernst fort.

«Ja?», antworte ich heiser. Vielleicht endet diese Geschichte ja doch noch gut.

«Er hat dir auch erzählt, warum ich mich für diesen Aufenthalt entschieden habe. Dass ich mich gerade von meiner Frau getrennt habe und die Sache mir wirklich an die Nieren gegangen ist.»

«Nun, ganz so hat es Jens nicht formuliert», erwidere ich. Schließlich wollte Jens mir seinen Freund Marlon ja auch schmackhaft machen. «Heißt das, du hängst noch an deiner Exfrau?», frage ich vorsichtig.

«Du meinst, ob ich sie noch liebe? Nein. Das ist ein für alle Mal vorbei. Allerdings ist die Trennung noch recht frisch, und ich dachte, ein bisschen Abwechslung könnte mir guttun.» Super. Ich bin also die Abwechslung. Die Übergangsfrau, um die alte zu vergessen.

«Abwechslung …», seufze ich laut vor mich hin, und Marlon greift beschwichtigend nach meiner Hand.

«Nein, so war das nicht gemeint. Deswegen sage ich dir das jetzt auch so offen und ehrlich. Du bist ein toller Mensch, klug, gutaussehend, aber für eine Affäre bist du mir zu schade.»

Und deswegen wirfst du einfach mal von Beginn an die Flinte ins Korn, statt das Risiko anzugehen, möchte ich am liebsten sagen, halte aber lieber den Mund.

«Ich möchte nicht, dass hier irgendjemand verletzt wird, und ich möchte auch nicht, dass wir zwei Monate lang krampfhaft versuchen, etwas per Telefon in Gang zu setzen, ohne zu wissen, ob es funktionieren kann.»

«Na ja, die Garantie hat man ja auch nicht, wenn man nebeneinander wohnt», flachse ich. Langsam finde ich meinen Humor wieder.

Ich leere mein Weinglas und entschließe mich, den schönen Abend nicht in trostloser Stimmung enden zu lassen.

«Marlon, ich finde auch, dass du ein toller Mann bist. Leider fehlt dir der Sinn für Romantik. Vielen Dank fürs Kino! Und vielleicht sieht man sich ja in zwei Monaten doch nochmal. Viel Spaß im Ausland!», sage ich, um nicht meine Würde zu verlieren. Richtig abserviert hat er mich ja nicht. Doch kaum ein Mann hat heutzutage noch den Mumm, um eine Frau zu kämpfen. Aber aufgeben werde ich nicht. Der Richtige kommt bestimmt. Irgendwann.

Unter Feinden

Unter Feinden

«Um ehrlich zu sein, hatte ich eine Wette verloren, und Harald hatte einen gut bei mir!», gesteht mir Mel, als ich sie eine Woche später nach ihrer Italientour abfange.

«Eine Wette?», rufe ich entsetzt. Ihr Glück, dass sie als Stewardess so viel unterwegs ist und wir uns so selten über den Weg laufen. Mittlerweile habe ich mich zwar von dem Blind-Date-Trauma erholt, dennoch kann ich es nicht fassen. «Der Typ hatte doch einen Sockenschuss! Rinderwahnsinn ist ein Spaziergang gegen das, was den tagtäglich zwischen den Brauen juckt!», tobe ich weiter.

«Sieh es doch einfach so, je mehr Männer du triffst, desto mehr Routine bekommst du. Das hilft, wenn erst einmal der Richtige vor dir steht. Außerdem solltest du nicht ganz so wählerisch sein», fügt sie hinzu und schaut mich von oben bis unten an, als würde sie mich scannen.

«Wie soll ich das denn verstehen?», frage ich vorsichtig. Ich bin mir darüber im Klaren, dass ich nicht gerade aussehe wie eine Zehn, aber ich kann mich immer noch unter die Leute wagen.

«Na ja, ich finde, du könntest etwas mehr für dein Aussehen tun», sagt Mel zögernd. Dabei hat sie gut reden. Sie ist nämlich eine Sitzschönheit und wirkt nur bis zum Bauchnabel schlank. Untenrum hat sie eine ziemlich breite Kiste. Eine Mehlsackfigur, die sie mit windigen Chiffonblüschen kaschiert. Mel glaubt nämlich, wenn man sich immer sommerlich kleidet, verbrennt man durch das permanente Frösteln Kalorien. Leider holt man sich dabei auch ziemlich oft einen Schnupfen. Aber Mel glaubt, das käme nur vom ständigen Passagierkontakt in der Holzklasse. Als ob reiche Leute nie krank wären! Arme Mel, aber sie ist einfach noch zu jung, um das alles zu verstehen, und schlägt sicher nur um sich, weil niemand sie von Herzen liebt. Hatte ich erwähnt, dass ich manchmal zu gut für diese Welt bin?

«Im Grunde wäre der Abend gar nicht so schlimm gewesen, denn das zweite Date war anfangs richtig toll. Marlon ist ein absoluter Traumtyp. Ein Anwalt, ziemlich gut aussehend ...»

«Du meinst doch nicht etwa Marlon Kose?», unterbricht mich Mel.

«Ja, so heißt er. Marlon Kose! Wieso?», frage ich irritiert.

«Dann verstehe ich, wieso der Abend so ein böses Ende nehmen musste. Warst du mit ihm im Bett?»

«Nein, nein, das waren wir nicht. Er sagte mir, dass er noch zu sehr unter seiner Scheidung leidet und die Sache erst einmal abschließen will, bis er sich mit jemand Neuem einlässt», erkläre ich. «Woher kennst du denn Marlon?»

«Ach, ich brauchte vor etwa einem Jahr einmal eine Rechtsberatung, und wir hatten dann auch was am Laufen. Aber das hat sich ziemlich schnell erledigt. Er ist eine ziemliche Niete im Bett. Kein Wunder, dass seine Frau die Scheidung wollte. Er bringt's einfach nicht», sagt Melanie betont kühl.

Ich bin geschockt. Das hätte ich nun wirklich nicht erwartet. Und es scheint ihr nicht einmal etwas auszumachen. Scheinbar spornt es sie sogar noch an, wenn ein Mann verheiratet ist. Wer solche Freunde hat, braucht wirklich keine Feinde mehr. Aber was weiß sie schon von wahrer Liebe?

Schließlich hüpft sie doch sowieso mit jedem Nächstbesten in die Kiste, von dem sie sich irgendwelche Vorteile erhofft. Ich bin eine anständige Frau und möchte auch als solche behandelt werden. Mit Respekt, wenn ich bitten darf! Je näher ich Mel kennenlerne, desto fremder wird sie mir. Wenigstens merkt sie noch, wann sie aufstehen muss. Sie tut es nämlich in diesem Moment und geht zurück in ihr Zimmer.

«Und räum gefälligst deine Schmutzwäsche aus dem Bad!», rufe ich ihr gereizt hinterher.

Normalerweise würde ich in so einer Situation wie jetzt mit Carla eine Runde Frauentratsch betreiben. Doch Miss Wolke sieben ist mit meinem Freund Jens abgedüst. Als ob sie nicht sowieso schon seit Wochen in anderen Sphären schwebten. Nein, er hat sie jetzt zu einem Romantik-Trip entführt.

«Pack deine Koffer voll mit Sommersachen, wir fahren zum Flughafen. Ich hab eine Überraschung für dich!», hat er ihr so strahlend verkündet, dass ich mir am liebsten gleich zwei Sonnenbrillen übereinander auf die Nase gesetzt hätte.

Ich gestehe, ich bin neidisch. Wieso entführt mich keiner in den Süden? Stattdessen sitze ich morgens um fünf vor meinem Milchkaffee und versuche, mir meinen Frühdienst schönzudenken, was mir nicht gelingt, denn Melanie quatscht mir ständig in meine positiven Gedanken. Am liebsten würde ich Carla anrufen, aber die hat ihr Handy nicht mitgenommen in den Liebesurlaub. Nun sind meine beiden besten Freunde spurlos verschwunden. Ich frage mich, wie man ohne Mobilfunktelefon in den Urlaub fahren kann. Was ist, wenn etwas passiert und keiner weiß, wo die beiden stecken? Was ist, wenn das nächste Lebenszeichen der beiden ein Schwarzweißvideo mit hochgehaltener Tageszeitung ist? Ich bin wirklich keine Frühaufsteherin.

«Mel, schon gut! Ich muss jetzt los. Eric wartet», unterbreche ich Mel etwas rüde, die mir gerade ihren neuesten Kollegentratsch erzählen möchte. Das kann ich momentan nicht ertragen.

«Eric? Ist das ein Neuer? Ich muss euch sowieso mal besuchen, ich bin ja auch so eine Tierfreundin!»

«DU?» Du bist doch allerhöchstens gut zu Vögeln! Aber das verkneife ich mir gerade noch.

«Ja, natürlich! Ich hatte sogar eine kleine Feldmaus als Haustier, als ich noch ein kleines Mädchen war!», entgegnet mir Mel vergnügt.

«Na, dann bist du ja bestens auf den Zoo vorbereitet. Übrigens ist Eric knapp fünf Meter groß und braucht meine volle Aufmerksamkeit!» Ohne die Entgegnung abzuwarten, schnappe ich mir meine Jacke und düse zu meinem Giraffenbullen, der mich schon sehnsüchtig erwartet. Wenigstens ein männliches Wesen, das meine Anwesenheit erfreut! Übermütig kommt er angetrabt, und mir wird ganz warm ums Herz. Die Freude eines Tieres mitzubekommen ist für mich einfach das Schönste auf der ganzen Welt. Da sind die versauten Dates der letzten Wochen schnell vergessen. Selbst der Ärger über Andreas verpufft, als Eric mir mit weichen Lippen die Mohrrüben aus der Hand klaubt.

«Weißt du eigentlich, dass du bald Papa wirst?»

Eric schaut mich mit seinen großen klugen Augen an und angelt sich mit seiner langen blauen Zunge eine weitere Karotte. Ich bin mir fast sicher, dass er es weiß. Vielleicht ist er aber auch froh, dass er meine Aufmerksamkeit im Stall nicht mehr teilen muss.

Lucinda wurde nämlich vor ein paar Tagen aus seinem Gehege in ein anderes verlegt, damit alles für die Geburt vorbereitet werden kann. Zwar soll es erst in zwei Wochen losgehen, aber beim Kinderkriegen kann man sich, genau wie beim Menschen, nie auf den errechneten Termin verlassen. Eric schnaubt mir durch seine weichen Nüstern vorsichtig über die Schulter.

«Noch mehr Karotten? Oder lieber 'ne Banane?» Ich halte ihm beides hin. Eric beugt sich zu mir hinunter und wirft mir durch seine langen Wimpern einen liebevollen Blick zu, bevor er sich für die süße Variante entscheidet.

«Ich würde alles drum geben, bei der Geburt dabei zu sein. Das muss der absolute Wahnsinn sein!», erzähle ich Eric. Seit Andreas Chef im Willbert-Zoo ist, hat man mir nach und nach sämtliche Pflichten als ärztliche Assistentin entzogen. Zwar darf ich immer noch dabei sein, wenn Dr. Nachtnebel vor Ort ist, aber selbständige Handlungen wie das Abhören der Herztöne sind allein Stefan vorbehalten. Stefan hat jetzt sogar die komplette Aufsicht über Lucinda zugeteilt bekommen, darf ihre körperlichen Veränderungen dokumentieren und sie mit Dr. Nachtnebel abstimmen. Aus versicherungstechnischen Gründen, hat Andreas argumentiert. Blöde Ausrede. Dabei hat Stefan sich auf der Uni allerhöchstens mit dem Paarungsverhalten der Bonobo-Äffchen beschäftigt. Das ist die Sorte Affen, die in Konfliktsituationen anfangen, miteinander zu poppen. Als er Andreas das erzählte, ist der schier ausgeflippt vor lauter Lachen. «Das Leben könnte so einfach sein!», haben sich die beiden zwischen den Lachsalven immer wieder zugerufen. Stefans Stein in Andreas' Brett sitzt seitdem tief und fest. Die zwei Männer gehen sogar regelmäßig zusammen Bier trinken und

Fußball gucken. Sie haben mich kein einziges Mal gebeten mitzukommen. Klar, dann müssten sie ja auch auf ihre sexistischen Witzchen verzichten. Ob der rege Austausch mit Typen wie Andreas Stefan bei seinem mäßigen Fachwissen weiterhilft, bezweifle ich allerdings ernsthaft. Ich tätschele Erics langen Hals und schmiege mich an ihn. Zum Dank knabbert Eric an meinem Overall und schnuppert an meinen Haaren. Dann käut er wieder friedlich wieder. Kaugeräusche sind die einzigen Laute, die Giraffen von sich geben, ansonsten sind sie ziemlich leise und verständigen sich über Infraschall. Der ist kilometerweit zu vernehmen, aber nur für andere Giraffen. Wir Menschen hören ihn nicht. Ob sich Eric mit Lucinda auch über Infraschall unterhält, um nach der Bauchlage zu fragen?

«Du bist sicher auch traurig, dass du nicht bei deiner Frau sein darfst! Und ich muss auch schon wieder los, Kleiner! Mach's gut, bis morgen!»

Ich drehe mich um und will gerade den Stall verlassen, als ich fast in Andreas hineinlaufe, der blitzschnell zu Eric und mir schlüpft. Ich bin erstaunt über seinen Todesmut. Dass der Giraffenbulle keine anderen Menschen außer mir in seinem Revier duldet, ist eigentlich allgemein bekannt.

«Na, wir sind aber heute stürmisch!», ruft er mir gut gelaunt entgegen.

«Im Gegensatz zu dir habe ich ja auch noch jede Menge zu tun!», entgegne ich mürrisch und wundere mich, dass Eric so ruhig bleibt. Normalerweise erkennt er einen Vollidioten bereits von weitem.

«Meine Güte, da ist aber jemand mal wieder gut gelaunt. Bevor du deinen Dienstplan weiter abarbeitest, habe ich eine Bitte an dich.»

Andreas macht, trotz meiner Zickereien, weiterhin ein freundliches Gesicht. Vielleicht will er ja doch noch einmal mit mir ausgehen. Nicht, dass ich das wollte, aber es wäre zumindest Balsam für meine geschundene Seele, wenn ICH zur Abwechslung mal einen Kerl abblitzen lassen könnte. Und gegen eine kleine Schmachterei am Arbeitsplatz hätte ich auch nichts einzuwenden.

«Es geht um Stefan!», beginnt Andreas zögerlich.

«Stefan, kenne ich, was soll mit ihm sein? Hast du dich neuerdings in deinen Busenfreund verknallt und möchtest von mir Flirttipps?», entgegne ich cool.

«Sehr witzig, Rosi. Dann würde ich mich sicher nicht an dich wenden. Nein, es geht um etwas anderes. Du weißt doch, dass er mit der Betreuung von Lucinda beauftragt wurde. Ich möchte aber, dass du ebenfalls einen Blick darauf wirfst. Diese ganze Geschichte ist enorm wichtig für uns. Wenn der Deal mit den Chinesen aus irgendeinem Grund nicht klappt, weil das Giraffenkind plötzlich zwei Hälse hat oder ein Bein zu wenig, sind wir geliefert.» Andreas scheint es wirklich ernst zu meinen. Dass es unserem kleinen Unternehmen nicht wirklich gutgeht, war mir schon länger klar. Aber dass es so schlimm um uns steht, wusste ich nicht. Das klingt ja schon wie Insolvenzverschleppung, wenn man sich das so anhört. Nicht, dass ich da in etwas verwickelt werde, ohne es zu merken.

«O. k., Andreas, ich helfe natürlich gerne mit, wenn es um Lucindas Nachwuchs geht. Alleine schon wegen meines Kumpels Eric. Weiß Stefan denn Bescheid?» Ich jubiliere bereits innerlich. Aus dem Augenwinkel beobachte ich, wie sich die Giraffe langsam und vorsichtig von hinten an Andreas heranpirscht.

«Nein, Stefan soll nichts davon wissen. Ich möchte keinesfalls, dass er das Gefühl bekommt, ich wolle ihn kontrollieren!»

«Aber seien wir mal ehrlich, das tust du doch!», entgegne ich betont schnippisch. Eric ist nun direkt hinter Andreas angekommen und überragt ihn meterhoch. Ich versuche, möglichst neutral zu schauen.

«Nein, tue ich nicht. Zumindest nicht direkt. Ich will einfach nur ... ich meine ... vier Augen sehen mehr als zwei, und es geht ja auch nur um die letzten Tage vor der Geburt. Tu mir doch den Gefallen. Von mir aus auch Eric zuliebe.»

Mit diesen Worten dreht sich Andreas um und rennt direkt gegen Erics Beine. Eric, als hätte er gerade verstanden, was Andreas gesagt hat, schüttelt erst seinen langen Hals und beugt sich dann zum verdutzten Andreas hinunter, um ihm einen feuchten Kuss auf sein Gesicht zu schmatzen.

«Iiiiargh!», stöhnt Andreas, der so viel Giraffenliebe scheinbar gar nicht zu schätzen weiß.

«Kann es sein, dass du Bananen zum Frühstück hattest?», pruste ich los.

«Woher weißt du das?», sagt Andreas, während er nach einem Taschentuch sucht.

«Ist Erics Leibspeise. Er hat dich heute zum Fressen gerne», lache ich.

«Dann sag ihm, dass er das lassen soll. Ich schmecke nicht!», ruft Andreas beleidigt und stolpert ein paar Schritte in Richtung Ausgang.

«Meine Güte, für einen Zoodirektor bist du aber ziemlich hysterisch. Warte, ich komme mit.»

Ich mache schnell das Tor nach draußen auf und schiebe Andreas hinaus ins Freie.

«Hier hast du ein Taschentuch», sage ich und reiche ihm versöhnlich gleich die ganze Packung.

«Ein Schnaps wäre mir nach der ganzen Aufregung lieber!», seufzt Andreas. «Also, kann ich mit deiner Unterstützung rechnen? So viel körperlicher Einsatz muss doch belohnt werden.» Andreas scheint seinen Charme wiedergefunden zu haben und lächelt mir zu. Versteckt sich da etwa eine gewisse Doppeldeutigkeit im Satz?

«Also gut. Ich mach's», sage ich zögerlich, obwohl ich innerlich bereits in die Luft springe vor Freude. Immerhin habe ich jetzt die offizielle Erlaubnis von höchster Stelle, das Kind zu schaukeln. Stefans kleine Fehlerchen kriege ich schon in den Griff. Wenn ich meinen Job hier richtig gut mache, überträgt mir Andreas sicher auch wieder größere Aufgaben. Und wenn er merkt, wie viel Geld wir damit sparen, wird er begeistert sein. Er wird schon noch dahinterkommen, dass er wirklich auf mich zählen kann. Ich werde es ihm beweisen. Aber zuerst sind meine Möpse dran, schließlich müssen Kate und Moss noch ein paar Gramm abspecken, damit sie ihren Frauchen noch lange Freude bereiten. Wenn sie mich nur nicht immer mit ihren vorwurfsvollen Blicken ansehen würden. Ich fühle mich ja schon wie Dirk Bach, der seinen Dschungelcamp-Bewohnern nur Reis und Bohnen gibt, während er in Schokolade badet.

Gleich ist meine Schicht zu Ende, aber ich lasse es mir nicht nehmen, zum Abschluss bei Lucinda vorbeizuschauen. Immerhin habe ich nun den Auftrag von Andreas, ihre Schwangerschaft zu überwachen.

«Watt machst dudn hier?», fragt mich Stefan überrascht, als ich meinen Kopf zur Tür hereinstecke. Er ist gerade dabei, die Herztöne von Lucinda abzuhören, und macht sich Notizen auf seinem Klemmbrett. Mister Superwichtig hält jedoch das Messgerät an die komplett falsche Stelle und hört wahrscheinlich nur die rauschende Leere zwischen seinen beiden abstehenden Ohren. Ich seufze kurz auf. Das wird doch nicht so einfach, wie ich mir gedacht habe. Merkwürdig, dass Doktor Nachtnebel bis heute noch nichts aufgefallen ist. Aber wahrscheinlich war er bisher immer dabei.

«Ich wollte nur nochmal nach euch zwei Hübschen sehen, bevor ich mich vom Acker mache. Was sagt denn Dr. Nachtnebel, wann es losgehen soll?» Ich bemühe mich, Stefan den Wind mit Freundlichkeit aus den Segeln zu nehmen. Dennoch scheint er sich ein wenig ertappt zu fühlen. Kein Wunder.

«Ick stimme mir mit ihm in alln wichtign Dingn ab, keene Sorje. Da brauchste mir janich so auffe Finger kiekn», giftet er.

«Aber es interessiert mich einfach. Ich habe noch keine Giraffengeburt miterlebt.» Vielleicht erbarmt er sich, wenn ich die Wissbegierige mime. Männer mögen es ja, wenn sie uns Frauen neue Horizonte eröffnen können. Ganz davon abgesehen stimmt es ja auch, dass das Ganze für mich hier Neuland ist. Für Stefan allerdings auch. Selbst wenn er so tut, als hätte er in der afrikanischen Steppe jahrelang Giraffen am Fließband entbunden. Tatsächlich funktioniert mein Trick mit dem unwissenden Weiblein, denn Stefans Gesicht nimmt gönnerhafte Züge an.

«Na jut, komm rinn. Siehste, ditt Herz schlächt nach wie vor janz normal.» Stefan stellt sich gewichtig vor Lucinda, was jedoch kaum möglich ist, denn die schwangere Giraffe trippelt nervös auf und ab. Vielleicht kommt das Baby doch schon früher als erwartet. Giraffe ist von dem arabischen

Wort «Serafe» abgeleitet und bedeutet so viel wie lieblich. Im Moment ist davon jedoch nicht viel zu merken. Lucinda schnaubt und wirft ihren Hals rauf und runter.

«Du machst sie janz nervös mit deene janzen Fragerei», wettert Stefan los und schaut mich hilflos an. Ich nehme Stefan wortlos das Stethoskop aus der Hand und schiebe es an die richtige Stelle. Bammbamm, bammbamm, schlägt Lucindas Herz, ungewöhnlich schnell für den jetzigen Zeitpunkt ihrer Schwangerschaft.

«Vielleicht haben ja auch ihre Wehen eingesetzt?», frage ich. Für mich ist die Situation eindeutig.

«Aber der Decktermin war doch ...», kontert Stefan und glotzt auf sein Klemmbrett, als würde dort die Antwort auf all seine Fragen stehen.

«Vielleicht hat Eric ja schon vorher getroffen, was denkst du?» Ich gehe langsam auf Lucinda zu, die sich mittlerweile in eine entfernte Ecke des Stalls verzogen hat. Vorsichtig umrunde ich das stattliche Tier mit dem prallen Bauch.

«Also, wenn das nicht die Wehen sind, dann weiß ich auch nicht!», sage ich. Ich versuche, ganz ruhig zu bleiben, in meinem Inneren brodelt aber schon die Nervosität.

«Wir brauchen Stroh, ganz viel Stroh. Das Baby kann innerhalb der nächsten halben Stunde auf den Boden plumpsen, wenn alles gutgeht.» Nun bin ich wirklich aufgeregt.

«Aber hier liecht doch jenug Stroh rum!», entgegnet Stefan und schaut wieder wie hypnotisiert auf sein Brettchen.

«Himmel, dann hol ich es halt selber. Meine Güte. Der ganze Stall muss mit einem Riesenpolster ausstaffiert werden. Oder wie soll das Baby sonst den Sturz aus zwei Metern Höhe unbeschadet überleben?»

«Aber in freier Wildbahn schaffen se ditt doch och ohne,

und unser Zoo rühmt sich jenau dafür. Für den realen Lebensraum, watt wir den Tierchen schaffen, och wenn se hinter Gittern stehn müssen», kontert Stefan.

«Herr Mutzenberg!», sage ich streng.

«Okidoki. Ick halt ja schon de Klappe. Aber wenn de sowieso allet bessa weißt, denn hol dir det Stroh doch och selba. Ick möchte zur Sicherheit nur eens klarstellen: Andy möchte, datt ick hier die Kopfarbeit leiste. Du kannst jerne den Dreck wegräumen oder reinräumen, wenn de denkst, ditt macht Sinn. Ick bleibe derweil hier bei Luci, det is mir wichtija.» Stefan schreibt irgendetwas auf sein Brettchen und starrt abwechselnd zur Giraffe und zu mir.

Ich stürze also nach draußen, um Stroh zu sammeln. In Windeseile staple ich die Ballen auf eine Schubkarre und will damit los. Aber natürlich habe ich den Wagen in der Hast viel zu sehr überladen, und er kippt mir mit einem lauten Krach zu Boden. Erneut staple ich das Stroh auf die Schubkarre, diesmal aber nur die halbe Menge, und rase damit in Richtung Stall. Dort lade ich alles ab, um dann die andere Hälfte zu holen. Ich schwitze und fühle mich, als wäre ich selbst in den Wehen.

«Hast du Dr. Nachtnebel angerufen?», frage ich keuchend, während ich mit einer großen Mistgabel den Stall in einen Monster-Airbag verwandele. Das Kleine soll fallen, als sei es im siebten Himmel. Schön kuschlig, weich und sanft. Die große kalte brutale Welt lernt es noch früh genug kennen.

«Logen! Eben als de draußen warst. Er meint, wir schaffen ditt schon alleene. Er hat nämlisch jrade 'ne wichtije OP.»

«Ach, echt?» Ungläubig halte ich kurz inne, um Luft zu holen und mir den Schweiß von der Stirn zu wischen. Normalerweise lässt Dr. Nachtnebel für unseren Zoo sofort alles stehen und liegen. Muss ein sehr wichtiger Termin sein, der ihn davon abhält. «Aber wenn das Kleine da ist, sollen wir uns doch melden oder etwa nicht?»

«Hatta jetz nich jesagt, aber ditt machen wa natürlich. Watt meinste, wie lange ditt hier noch dauern wird, bis dett Kleene jeschlüpft is?» Stefan blickt fragend auf seine Armbanduhr und dann etwas vorwurfsvoll zu Lucinda, als könne er dadurch den Geburtsvorgang beschleunigen.

«Keine Ahnung, es ist Lucindas erste Schwangerschaft. Wenn sie Glück hat, ist es in dreißig Minuten vorbei, allerdings kann das ganze Spektakel auch vier, fünf Stunden dauern. Vielleicht müssen wir auch mit anpacken, wenn das Kleine nicht gleich rauswill. Die beiden sind enorm wichtig für unseren Zoo, da darf nichts schiefgehen.» Meine Nerven haben sich mittlerweile wieder etwas beruhigt, und ich rufe mein gelerntes Wissen ab. Wenn ich nur immer alles so souverän meistern könnte wie tiermedizinisches Know-how. Stefan schaut mich völlig konsterniert an. «Vier Stunden?»

«Wird es schon nicht!», antworte ich ihm. So ganz kann ich seine Reaktion nicht verstehen. Wenn es nach mir ginge, ich würde hier auch die nächsten Tage Wache schieben, damit die beiden das Ganze wohlbehalten überstehen.

«Ditt Timing is denkbar schlecht. Ick hab gerade heute Abend ne janz wichtige Familienanjelegenheit. Is schon seit Wochen jeplant. Dett kann ick jetze nich so einfach absajen.»

«Tja, dann musst du eben Lucinda davon überzeugen, dass sie schneller machen soll!», feixe ich.

«Ach watt, jeht dett denn?», fragt Stefan interessiert.

«Nein, natürlich nicht!» Entsetzt über so viel Unwissen schüttle ich den Kopf. «Vielleicht freuen sich deine geplagten Familienmitglieder aber auch, dass sie wenigstens einen Abend lang deine Visage nicht ertragen müssen.» Am liebsten würde ich Stefan an den Eiern packen und aus dem Stall schmeißen. Aber ich reiße mich zusammen. Frei nach dem Motto: Humor ist, wenn man trotzdem lacht, blecke ich ihm die Zunge entgegen und grinse ihn provokativ an.

«Sehr witzig. Nur weil du keene Familie hast, heißt ditt noch lange nich, ditt andere och keene haben», entgegnet mir Stefan beleidigt. Das saß.

«Erstens habe ich eine großartige Mutter, die alles für mich tun würde, und zweitens gehst du doch nur zu deinen Treffen, damit du nicht enterbt wirst.»

«Wenigstens jibt ett bei uns watt zu erben.» Mittlerweile ist unser Ton etwas lauter geworden, und wir hätten fast vergessen, wieso wir eigentlich in einem Haufen voller Stroh herumstehen. Es ist 19 Uhr, und ich bin wirklich hundemüde, immerhin bin ich schon seit vierzehn Stunden auf den Beinen. Wir warten. Und warten. Und warten.

Da, endlich! Lucinda knickt die Hinterbeine etwas ein. Nach drei Stunden Wehen und einer schier endlosen Warterei erscheint nun zuerst ein winziger Kopf und dann ein Paar Beine.

«Es jeht los!», ruft Stefan begeistert aus. Scheinbar hat er doch so etwas wie ein Herz in seinem Brustkorb. Lucinda beginnt zu pressen. Doch irgendetwas stimmt da nicht.

«Wir müssen ihr helfen, sonst dauert es zu lange.» Ich laufe erneut nach draußen, um ein paar Seile zu holen. Stefan hat bereits einen kleinen Podest aufgestellt und bindet nun die Seile um die kleinen Hufe des Babys.

«Jetzt, zieh!», rufen wir im Chor. Hoffentlich machen wir nichts falsch. Wo nur Dr. Nachtnebel bleibt?

«Zieh … nochmal, zieh …!» Nach weiteren zwanzig Minuten ist es dann endlich so weit. Die letzten Zentimeter schafft Lucinda von ganz allein, und wir können gerade noch rechtzeitig zur Seite springen, als die kleine Babygiraffe mit einem Plumps das Licht der Welt und zwei sehr stolze Tierpfleger erblickt.

«Wie schön!», rufe ich aus. Ich will auch irgendwann einmal Kinder, natürlich nicht in dieser Größe und Form. Lucinda säubert das kleine Giräffchen fürsorglich, indem sie es liebevoll ableckt. Stolz blickt die frischgebackene Mami auf ihr Kleines, das versucht, auf seinen staksigen Beinen zu stehen, und ich verdrücke heimlich eine Träne der Rührung, die ich schnell an meinem Ärmel abwische. Versunken beobachte ich das friedliche Bild, bis mich Stefan wieder zurück ins wahre Leben holt.

«Du, ist dett o. k., wenn ick jetze abhaue? Wenn ick nämlich jetze losfahre, denn schaff ick's noch rechtzeitich zum Zwischengang.»

Ich wundere mich über so viel geballtes Desinteresse auf einem Häufchen Mensch, bin aber zu erschöpft, um Stefan etwas entgegenzusetzen. Angestiftet von der friedlichen Stimmung kurz nach einer Geburt, gebe ich klein bei.

«Klar, geh ruhig, aber tu mir einen Gefallen. Ruf nochmal Dr. Nachtnebel an und sag ihm, er soll sofort hierherkommen. Das Baby ist ziemlich klein, und die ersten 14 Tage sind einfach zu kritisch. Ich möchte wirklich kein Risiko eingehen. Ich bin erst sicher, dass alles in Ordnung ist, wenn er mir das bestätigt!»

«Jaja, jeht klar. Danke, Rosi, hast watt jut bei mir!» Stefan tätschelt mir unbeholfen den Arm und macht dann in null Komma nichts die Fliege.

Allein im Stall, lasse ich meiner Neugier freien Lauf. Ich nähere mich den beiden Giraffen. Schließlich möchte ich wissen, ob wir eine Sie oder einen Er zur Welt gebracht haben.

«Es ist ein Mädchen!», rufe ich begeistert aus. Aber Stefan ist schon außer Hörweite. Nicht mal das hat ihn interessiert. Dann wird er auch sicher kein Interesse an der Namensgebung haben. Ich suche mir eine ruhige Ecke im Stall und sinke langsam zu Boden. Wie eine kleine Giraffenprinzessin sieht sie aus. Ich werde sie Cinderella nennen. Das passt perfekt. Da können sich die Chinesen noch so querstellen.

«Wahrscheinlich wirst du später eine Hsiao oder eine Mei-Mei werden, aber für mich bist und bleibst du Cinderella!» Ich drücke der Kleinen einen Kuss auf den schlanken Hals, und erneut laufen mir die Tränen über die Wangen. Wie gut, dass Stefan mich nicht so sieht. Der fände das sicher extrem übertrieben. Soll er doch mit seiner buckligen Verwandtschaft Eierlikör saufen! Für mich gibt es gerade keinen schöneren Platz, an dem ich sein möchte.

So langsam kommt die Anstrengung in mir hoch, und ich merke, wie müde ich eigentlich bin. Im Fünf-Minuten-Takt fallen mir die Augen zu, und ich schrecke immer wieder hoch. Im Gegensatz zum Menschen schlafen Giraffen nicht besonders viel. Aber dafür sieht das dann sehr hübsch aus, denn sie legen dabei ihren langen Hals elegant um den sitzenden Körper. Auch Lucinda tut das jetzt, und Baby Cinderella schmiegt sich eng an sie heran. Ich habe mir eine Pause verdient. Für ein paar Minuten will ich die Augen zumachen. Dr. Nachtnebel wird mich schon wecken, wenn er hier ankommt.

Ein paar Stunden später schlage ich erschrocken die Augen auf. Lucinda steht direkt vor mir und schnuppert an ihrem Baby. Die kleine Cinderella liegt vor ihr im Stroh. Schnell rapple ich mich auf und klopfe mir ein paar Halme von den Klamotten. Dr. Nachtnebel ist offenbar immer noch nicht aufgetaucht. Ein Blick auf die Uhr sagt mir, dass ich etwa sechs Stunden seelenruhig im Giraffenstall geschlummert habe. Baby Cinderella wird schon längst ihre ersten Gehversuche gemacht haben und scheint sich gerade von den Anstrengungen zu erholen. Wie friedlich sie daliegt! Noch etwas schlaftrunken greife ich zu meinem Handy und wähle die Nummer unseres Zooarztes. Ich werde ihm einfach eine Nachricht auf seiner Mailbox hinterlassen, damit er von unserem Zuwachs erfährt. Stefan hat das wohl gestern in seiner Eile verbummelt. Ärgerlich, wirklich ärgerlich, zumal man in solchen Situationen wirklich nicht leichtsinnig handeln sollte. Ich mache ein paar Schritte auf Cindy zu, während mein Telefon tutet.

«Nachtnebel?», ertönt es etwas krächzig am anderen Ende der Leitung.

«Oh, guten Tag, guten Morgen, Herr Dr. Nachtnebel. Rosi Jakob hier. Ich wollte Sie gar nicht wecken», stottere ich los, während ich vorsichtig über Cinderellas Fell streichle.

«Kein Problem, ich stehe immer um fünf Uhr auf, dann hat man mehr vom Tag», sagt er gnädig.

«Ich wollte nur mal nachfragen. Hat Stefan sich gestern Abend noch bei Ihnen gemeldet?»

«Nein, wieso?»

«Weil Lucinda gekalbt hat! Wir sind Mama von einem bezaubernden Giraffenmädchen!», juchze ich in den Hörer und kraule dabei dem frischgeschlüpften Nachwuchs den

Hals. Das Babyfell fühlt sich weich an. Weich und kalt. Erschrocken taste ich weiter nach unten. Ein Schauer durchfährt mich.

«Ja, aber … das ist aber eine Überraschung …», ertönt es begeistert aus dem Apparat.

«Dr. Nachtnebel!», unterbreche ich ihn abrupt. «Ich … irgendetwas stimmt nicht mit Cinderella.» Hektisch drücke ich mein Ohr auf den Giraffenkörper und bete innerlich, dass ich mich bitte irren möge. Ich drohe an dem dicken Kloß, der von Sekunde zu Sekunde in meinem Hals wächst, fast zu ersticken.

«Was ist denn los?», ruft es mir aus dem Handy entgegen. Ich setze mich nun kerzengerade auf.

«Herr Dr. Nachtnebel. Ich denke, Cinderella ist nicht mehr am Leben», hauche ich.

Kaum habe ich den Satz ausgesprochen, beginne ich auch schon loszuschluchzen. Ich schalte mein Mobilfunktelefon aus und werfe mich auf den strohbedeckten Boden. Dort findet mich auch Dr. Nachtnebel, der eine knappe halbe Stunde später bei mir im Stall steht und bestätigt, was ich bereits diagnostiziert habe: Cinderella ist tot. Vermutliche Todesursache: ein Kreislaufkollaps. «So etwas ist bei Zoogeburten nicht unüblich. Auch in freier Wildbahn ist so eine Geburt immer wieder ein Risiko. Wieso habt ihr mich denn nicht verständigt, als die Wehen losgingen? Ich war gestern bis zehn in der Praxis und hatte auch danach mein Handy immer bei mir. Das wissen Sie doch!»

Ich wische mir die Tränen aus dem geschwollenen Gesicht und schnäuze mir die Nase. «Stefan … », beginne ich, beiße mir aber sofort auf die Zunge. Alle Ausreden zählen nichts, wenn die eigene Fahrlässigkeit ein Leben verlöschen lässt.

Ich hätte mich einfach nicht auf Stefan verlassen dürfen, schließlich weiß ich, wie er arbeitet. Ich hätte den Doc sofort selbst informieren müssen. Bei wichtigen Dingen kann man sich eben nicht auf Kollege Mutzenberg verlassen. Das ist nichts Neues für mich.

«Hatte nicht Herr Mutzenberg die Aufsicht über Lucindas Schwangerschaft? Zumindest hatte er zuletzt immer die Daten geschickt, wenn es darum ging, die Praxis auf den aktuellen Stand der Dinge zu bringen», fragt Dr. Nachtnebel prompt.

«Ja, sicher, aber Andreas hatte mich gestern gebeten, ihn dabei zu unterstützen», schniefe ich schuldbewusst, und eine Träne kullert mir über die salzigen Wangen.

«Frau Jakob, ich weiß, Sie wollen Ihren Kollegen hier nicht anschwärzen, aber so ganz koscher kommt mir die Sache nicht vor. Ich meine, Sie als sehr zuverlässige Person zu kennen. Einen solchen Fauxpas würden Sie sich doch nicht leisten.»

Ich schweige ihn an. Sowenig ich Stefan auch leiden mag, einen Kollegen zu verpfeifen geht definitiv gegen meine Ehrvorstellungen. Dr. Nachtnebel und ich protokollieren noch Körpergröße und Gewicht der kleinen Cinderella. Einen Meter fünfzig, 40 Kilogramm, weit unter dem Durchschnitt. Sie war tatsächlich viel zu klein für ein Neugeborenes, das am Anfang knapp 180 Zentimeter groß sein sollte.

«Wahrscheinlich hätte ich auch nicht viel ausrichten können», versucht mich der Doc zu trösten und legt mir väterlich den Arm auf die Schulter. Dann bestellt er einen Transporter, der das Tier entsorgen soll, und ich muss erneut schlucken. Die Realität ist oft härter, als man ertragen kann.

«Gehen Sie nach Hause, Frau Jakob, Sie müssen sich das

nicht weiter ansehen. Gehen Sie ruhig.» Als könne er meine Gedanken lesen, entlässt mich unser Arzt aus dem heutigen Dienst. Und um ehrlich zu sein, bin ich dafür richtig dankbar.

Zu Hause lasse ich mir erst einmal ein Bad mit Lavendelöl ein. Das soll die Nerven beruhigen, sagt Carla immer. Ich steige in das warme Wasser und lasse mich auf den Boden der Wanne gleiten. Wie dunkle Wolken ziehen die Ereignisse der letzten Nacht an mir vorbei. Habe ich Cinderella tatsächlich im Stich gelassen? Habe ich ihren Tod auf dem Gewissen? Wieso hat Stefan den Doc nicht informiert? Ich hatte ihn doch mindestens zweimal darum gebeten. Wieso hat Andreas mir gerade heute die Verantwortung übertragen? Hat er irgendetwas geahnt? Ich habe ihn und den ganzen Zoo enttäuscht. Am meisten aber mich selbst. Ganz zu schweigen von Eric und Lucinda. Die arme Lucinda. Sicherlich wird sie schrecklich trauern. Giraffen sind so sensible Tiere. Sie hat das nicht verdient. Ich habe völlig versagt.

Der Tod ist schon eine merkwürdige Sache. Plötzlich ist das Leben weg. Ich habe noch nie jemanden aus meinem nahen Umfeld verloren. Mein Vater ist der Einzige, der mir fehlt, aber aus anderen Gründen, schließlich hat er sich verkrümelt. Aber da ich ihn nicht kennengelernt habe, weiß ich auch nicht, wieso und wofür ich ihn vermissen sollte.

Ich bleibe so lange in der Badewanne liegen, bis das Wasser ganz kalt ist und meine Hände völlig verschrumpelt. Vielleicht hole ich mir ja eine Erkältung. Das wäre zumindest eine kleine Strafe. Mein Herz tut mir weh vor lauter Kummer über den Giraffentod. Doch mir bleibt wenig Zeit, meinem Kummer nachzuhängen, denn das Telefon stört meine Grübelei. Andreas ist am Apparat. Doch anstatt mir Trost zu spenden, zitiert er mich mit scharfem Ton in den Zoo, wo ich dann auch in null Komma nichts wieder erscheine.

«Was hast du dir eigentlich dabei gedacht?», fragt er mich und blickt zwischen mir und Stefan hin und her.

«Entschuldige bitte, Andreas, aber Dr. Nachtnebel ...», versuche ich zu erklären, in der Hoffnung, Stefan hätte Andreas bereits ins Bild gesetzt.

«Fräulein Jakob ...», unterbricht mich Andreas unsanft. «Ich bin bereits von Stefan unterrichtet worden, dass du die Nachtwache bei den Giraffen übernommen hast. Er sagte mir auch, dass er sich darauf verlassen hatte, dass du den Arzt anrufst.»

«Ick war immerhin die janze Zeit beschäftigt, die Jeburt zu überwachen. Wann hätte ick denn da 'n Telefon zur Hand nehmen sollen?», beeilt sich Stefan hinzuzufügen. Ich traue meinen Ohren nicht. Entweder bin ich mittlerweile schizophren, leide an einer Bewusstseinsstörung, oder der Typ versucht gerade, die Tatsachen zu verdrehen.

«Aber Stefan, du solltest doch ... ich hatte dich doch gebeten ...» Ich beginne zu stottern, wie immer, wenn ich in Situationen gerate, die so dermaßen absurd sind, dass ich sie selbst nicht glauben kann. Ich bin fassungslos, dass Andreas, jener Andreas, der mich noch am selbigen Tag um Unterstützung gebeten hatte, sich nun auf die Seite von Stefan schlägt. Wie soll ich denn dagegen ankommen, ohne mein Gesicht zu verlieren? Jede Erklärung ist hier fehl am Platze. Wenn Andreas die Wahrheit nicht sehen will, dann wird er sie erst recht nicht von mir hören. Selbstgefällig grinst Stefan vor sich hin.

«Andy, ick finde, du solltest et dabei belassen. Wir sind

alle von den Vorfällen sehr jetroffen», säuselt Stefan scheinheilig. Entgeistert schaue ich ihn an.

«Stefan, das ist sehr nett, wie du dich für deine Kollegin einsetzt, aber für uns stand so viel auf dem Spiel. Hier geht es ja nicht nur um grobe Fahrlässigkeit. Durch den Tod des Giraffennachwuchses ist bei uns die große Chance, in naher Zukunft aus den roten Zahlen herauszukommen, auf null geschrumpft. Das bedeutet, die Zukunft des Zoos ist mehr als ungewiss.»

Jetzt wird mir nicht nur vorgeworfen, eine Giraffe auf dem Gewissen zu haben, sondern gleich den ganzen Zoo. Am liebsten würde ich ihm die Wahrheit erzählen, ihm sagen, was Stefan für ein Stümper, Blender und Betrüger ist und schon immer war. Aber die Worte bleiben mir im Halse stecken, wie immer, wenn es darum geht, für mich selbst Partei zu ergreifen.

«Bin ich gefeuert?», falle ich deshalb gleich mit der Tür ins Haus.

«Nein, natürlich nicht. Immerhin weiß ich deinen Einsatz, was die Hunde der Büchsenschütz angeht, durchaus zu schätzen. Und auch sonst hast du bisher eigentlich einen sehr zuverlässigen Eindruck auf mich gemacht. Aber vielleicht habe ich deine Fähigkeiten überschätzt. Vor allem bin ich aber von mir enttäuscht, dass ich dir zu viel zugemutet habe.»

«Zu viel was?», frage ich fassungslos. Für wen hält der mich? Für eine Komplett-Versagerin?

«Ich hatte dir wieder mehr Verantwortung zukommen lassen wollen. Das war wohl ein Fehler», fährt Andreas in ernstem Tonfall fort, «mein Fehler. Als Chef sollte ich das besser beurteilen können. Deshalb kommst du für heute mit einer

Abmahnung davon. Aber so leid es mir tut, dass ich dir das heute sagen muss: Einen weiteren Fehler darfst du dir nicht erlauben. Das wäre all den anderen gegenüber, die hier täglich ihren Job gewissenhaft und gut erledigen, nicht fair.»

«O. k.», sage ich mit belegter Stimme. Ich würde am liebsten vor Wut heulen. Nicht wegen Stefans fieser Taktik oder Andreas' Rüge, sondern meinetwegen. Weil ich es offenbar nie schaffe, für mich einzustehen. Bei anderen fällt mir das nicht schwer. Wenn es um mich selbst geht, halte ich lieber die Klappe und kassiere ungerechte Schelte.

«Kann ich dann für heute gehen?», frage ich.

«Ja, natürlich», antwortet Andreas kurz. «Ich vertraue darauf, dass du mich in Zukunft nicht wieder enttäuschst.»

Auch das noch. Jetzt macht er auch noch einen auf persönlich betroffen. Als ob ihn der Gemütszustand der Tiere überhaupt interessieren würde. Für ihn sind das doch alles nur rote oder schwarze Zahlen.

Ich vermisse Jens, meinen besten Freund. Er würde in diesem Augenblick die richtigen Worte finden. Wie auf Kommando klingelt mein Telefon.

«Hi Rosi! Wir sind's!», schallt es mir fröhlich entgegen. Wunder der Technik! Jens und Carla klingen so, als säßen sie direkt neben mir auf der Wohnzimmercouch.

«Hi», antworte ich bedrückt.

«Rate mal, wo wir gelandet sind!» Nun spricht Jens allein. «Wir sind in Viva … Las Vegas! Baby, was soll ich sagen, die Stadt ist magisch!!! Die Wüste lebt, die Casinos sind der absolute Hammer, und das Beste: Meine Traumfrau, die Liebe meines Lebens, ist stets an meiner Seite. Eigentlich fehlst nur du, liebste Freundin!»

«Ja, du fehlst uns!», ruft Carla aufgedreht aus dem Hintergrund in den Hörer. «Rosi, wir haben was gemacht!», fährt sie dann leiser fort.

«Ach ja?», hauche ich kraftlos in den Hörer. Ich bin nicht ganz bei der Sache. Die gute Laune der beiden überfordert mich komplett.

«Wir haben geheiratet!», hallt es im Chor aus meinem Handylautsprecher. «Geheiratet!»

«Jawoll, geheiratet! Wir sind jetzt Mann und Frau.» – «Ist das nicht toll? Und du findest auch noch den Richtigen!» – «Versprochen. Wir holen die Feier natürlich so schnell wie möglich nach!» – «Und dann fängst du den Brautstrauß!», sprudelt es mir entgegen, sodass ich für einen kurzen Moment den Hörer vom Ohr nehmen muss.

«Hallo? Bist du noch dran?» Es ist Carla, die nach den Hochzeitsgesängen wieder direkt das Wort an mich richtet.

«Jaja, klar ... Ich freue mich für euch ...», beginne ich zögernd. Soll ich ihnen die Laune verderben und ihnen von Cinderella erzählen? Die beiden scheinen so weit weg zu sein, eigentlich würde ich sie am liebsten damit verschonen.

«Alles o. k. bei dir? Du klingst so, als hättest du geweint. Ist irgendwas?», fragt Jens besorgt nach. Er spürt doch alles.

«Wir hatten leider einen weniger erfreulichen Zwischenfall im Zoo, aber das erzähle ich euch, wenn ihr wieder hier seid», sage ich in möglichst sachlichem Ton. Jens und Carla fragen nicht weiter nach.

«Wir sind in drei Tagen wieder da, dann besprechen wir alles Weitere. Wir haben dich lieb!», jauchzen sie mir zum Abschied durch die Leitung entgegen und verziehen sich erneut auf ihre Wolke sieben, während ich weiter auf dem knallharten Boden der Tatsachen hocke.

Seitenwechsel

«Seit wir deinen Liebesreigen im Wald getanzt haben, ist mein Leben völlig durcheinander. Gibt es denn auf der Welt wirklich keinen normalen Typen für mich?» Ich sitze mit Carla zusammen beim Frühstück und schaue sie vorwurfsvoll an. In Sachen Partnerschaftswahl hat sich bei mir in letzter Zeit wirklich gar nichts getan. Vielleicht sollte ich mich mal bei den Frauen umschauen, wenn es mit den Männern nicht klappt.

Mein bisher intimstes Verhältnis mit einer Frau hatte ich, wie könnte es auch anders sein, mit Carla. Es ist etwa drei Jahre her, wir waren mal wieder von einer absoluten Rendezvous-Pleite zurückgekehrt und hatten es uns in unserer Wohnküche bei einer Flasche Grappa gemütlich gemacht.

«Wer brauchschon Männa ... daswas die könn, könn wia schlange!», nuschelte Carla vor sich hin. Ihr Kerl hatte ihr bereits nach zehn Minuten ödester Konversation an den Busen gegrapscht, während meiner volle zwei Stunden gar keinen Ton herausbrachte und sich darauf beschränkte, dämlich vor sich hin zu glucksen.

«Aba im Schtehn pinkln, das könnse», gab ich neidisch zu bedenken.

«Ah! Papperlapapp!», schnodderte Carla und bewegte sich schwankend in Richtung Klo. Dann drehte sie sich mitten im Türrahmen um und blickte mich auffordernd an.

«Na komm. Was die könn, das schaffn wir auch!», sagte

sie entschlossen und schlurfte unseren Flur entlang bis zum Badezimmer, wo sie sich mit hinuntergelassenen Hosen vor der Badewanne aufbaute. Ich schwankte neugierig hinterher und ließ, meinem alkoholisierten Zustand sei Dank, ebenfalls völlig hemmungslos die Hosen fallen.

Carla beugte daraufhin die Knie und schob ihr Becken leicht nach vorn. Ihr Körper kippte bedrohlich weit nach hinten. Ich sah sie schon mit dem Hinterkopf aufs Waschbecken knallen, aber Kinder und Betrunkene haben ja bekanntlich einen Schutzengel und, wie ich in dieser Nacht feststellen konnte, auch einen viel ungehemmteren Harnfluss als nüchterne Menschen. So plätscherte Carla munter vor sich hin. Und zwar in einem gekonnten Bogen direkt in die Wanne. Sie kicherte überrascht, wahrscheinlich hatte sie selbst nicht mit dem Erfolg ihres Experiments gerechnet. Ich klopfte ihr anerkennend auf die Schulter und versuchte, es ihr gleichzutun. Was soll ich sagen? Es klappte prima. In dieser Nacht versuchten wir uns noch an vier weiteren Varianten. Manneken Pis: mit durchgedrückten Knien und zusammengepressten Pobacken; sehr männlich: mit Fest- und Hochhalten des Genitals und später, mit derselben Methode, sogar zielgerichtet über der Kloschüssel, was dann leider doch danebenging. Am erfolgreichsten funktionierte die Variante des «Sich-breitbeinig-über-die-Schüssel-Stellens».

«Schtell dia ma vor, du brings deim Kerl jahrelang bei, sich beim Pingln hinsusetzn, und dann komm der ins Bad, und du schtehs da!» Wir brachen in hysterisches Gelächter aus. Dann begann sich jedoch die Wohnung um mich herum zu drehen, und mir wurde so übel, dass ich mich übergeben musste. Das kam zwar wohl eher vom Grappagenuss, aber trotzdem habe ich mich seitdem wieder aufs Sitzpinkeln beschränkt. Ich denke, auch Carla orientiert sich wieder an der Norm und tut das, was die Gesellschaft und der gesunde Menschenverstand einer Frau beim kleinen Geschäft nun mal vorschreiben.

Apropos Gesellschaft: In meiner ganz persönlichen herrscht Chaos. Meine beste Freundin heiratet meinen besten Freund in Las Vegas, ohne mir Bescheid zu sagen, bei der Arbeit muss ich seit dem Desaster im Giraffenstall die Füße still halten, und Melanie mutiert immer mehr zur Oberzicke. Nicht nur, dass sie ständig mit neuen Affären auftrumpft, nein, sie hat auch an jedem und allem etwas herumzumäkeln. Seit neuestem intrigiert sie auch noch. Fast hätte sie es neulich geschafft, Carla und mich gegeneinander aufzubringen.

«Stimmt es, dass du dir wünschst, Jens und ich hätten uns nie kennengelernt?» Carla war schon die ganze Zeit über etwas merkwürdig zu mir gewesen, aber ich hatte das auf ihre Verliebtheit geschoben.

«Wie kommst du denn darauf?», frage ich daher völlig überrascht.

«Mel hat so etwas gesagt», antwortet Carla daraufhin unsicher. «Zuerst habe ich das ja auch nicht für möglich gehalten, aber andererseits ...»

«Carla, Liebste! Wie kannst du nur so etwas denken? Ich gönne euch beiden euer Glück von Herzen.»

«Du hast also nichts dergleichen gesagt?» Carla schiebt schmollend ihre Unterlippe wie eine Schippe nach vorn.

«Na ja, natürlich fühle ich mich etwas vernachlässigt von euch. Vielleicht hat das Mel in den falschen Hals bekommen», gebe ich zu bedenken.

«Hm. Da hast du ja auch recht», lenkt Carla ein, «ich vermisse meine beste Freundin ja auch! Es tut mir leid, dass ich dich bei der Sache mit Lucinda nicht unterstützen konnte.»

«Ja, da hast du mir wirklich gefehlt, aber inzwischen hat sogar Lucinda das Drama überstanden.» Erleichtert lachen wir uns an. So schnell bringt uns doch niemand auseinander.

«Bevor noch weitere Gerüchte in Umlauf geraten: Ich hätte da noch eine Frage!» Das Thema brennt mir schon seit langem unter den Nägeln.

«Was ist denn?»

«Wann ziehst du eigentlich mit Jens zusammen?», platzt es einfach so aus mir heraus.

«Irgendwann werden wir sicher zusammenziehen, aber wir wollen uns damit noch etwas Zeit lassen. Mach dir keine Sorgen. Wir kündigen das schon rechtzeitig an!»

«So rechtzeitig wie eure Hochzeit?» Diese Bemerkung kann ich mir nicht verkneifen.

«Rosi, das Thema haben wir doch nun schon oft genug diskutiert. Die Hochzeit war eine spontane Idee von Jens und mir. Trotzdem wird sich erst einmal nichts ändern. Und die richtige Feier holen wir nach, versprochen. In Vegas sind die Formalitäten einfach viel leichter zu regeln als hier in Berlin.»

Seit Jens und Carla zusammen sind, herrscht so eine Art «Schöner wohnen»-Atmosphäre. Gegen den männlichen Zwang, ständig Dinge zu reparieren, hat unser weiblicher Nestbautrieb eher Playmobilniveau. Alles wird neuerdings generalüberholt. Und wenn es nichts mehr gibt, was man optimieren könnte, dann werden einfach neue Dinge angeschafft, um die man sich kümmern kann. Gerade versucht sich Jens an unserem DVD-Recorder, der seit unserem großen Frühjahrsputz vor vier Monaten den Geist aufgegeben hat.

«Und das Ding steht nun seit zwölf Wochen herum und staubt ein?», fragt Jens ungläubig, bevor er für mehrere Stunden in die fabelhafte Welt der Kabel abtaucht. Um ehrlich zu sein: Natürlich können wir Frauen Birnchen anschrauben, Regale aufbauen und im Notfall auch das ein oder andere technische Gerät zum Laufen bringen. Aber es ist viel schöner und unterhaltsamer, wenn man einen Mann kennt, der das für einen erledigt. Also lassen wir den Herrn des Hauses seines Amtes walten. Das soll sich ja auch positiv auf den Testosteronspiegel auswirken. Wobei sich Carla in dieser Hinsicht nun wirklich nicht beschweren kann, was ich nicht nur an ihren rosigen Wangen, sondern auch an den akustischen Signalen erkenne, die des Nachts durch die Wand zu mir dringen. In seinem Kampf gegen die Macken des DVD-Gerätes scheint Jens ziemlich erfolglos zu sein, sodass wir trotz Chips und Sektchen irgendwann die Lust am Zusehen verlieren und uns anderen Themen widmen. Dem Sex mit Verflossenen zum Beispiel.

Als wir gerade über einen besonders unangenehmen Vorfall in einer Umkleidekabine diskutieren, entdecke ich etwas, was mich wirklich peinlich berührt. Neben dem DVD-Player liegt, etwas versteckt hinter dem Schränkchen, der Stecker, den ich beim Großreinemachen für den Staubsauger ausgestöpselt habe. Ich fuchtele wie wild in Jens' Richtung. Mit zwei Fingern meiner rechten Hand forme ich einen Stecker und umschließe ihn mit Daumen und Zeigefinger der anderen Hand, um Carla in Zeichensprache zu erklären, was ich gerade entdeckt habe. Carla schaut mich erschüttert an.

«Du hattest Sex? Mit ihm? Wann?», flüstert sie, damit Jens nichts mitbekommt. «Ich dachte, ihr hättet euch nur einmal geküsst!» Irritiert blickt sie zu ihrem Liebsten und stopft sich besorgt eine Handvoll Chips auf einmal in den Mund. Ich muss kichern. Von Stromkabeln auf Sex zu schließen, das muss uns auch erst einmal jemand nachmachen.

«Neeiiin!», wispere ich zurück und deute auf das Kabel, das unschuldig neben der Dose liegt. «Das Kabel! Der Rekorder hat keinen Strom!» Jetzt begreift auch Carla und prustet los.

«Wollen wir es ihm sagen?», frage ich pflichtbewusst. Immerhin ist Jens mein bester Freund und ihr Liebhaber. Wir schauen erst zu Jens, dann wieder einander an und schütteln den Kopf. «Nein, ein bisschen darf er es noch selbst versuchen!» Also lehnen wir uns entspannt zurück, um den Anblick noch eine halbe Stunde zu genießen. Dann stehe ich auf, greife das Kabel und stecke es kommentarlos in die Steckdose. Jens blickt mich verdutzt an, bis sich auch bei ihm endlich wieder die Stromzufuhr einstellt und ihm ein Licht aufgeht: «Ihr Weiber seid mir schon eine Nummer … Ich hoffe, ihr habt euch gut amüsiert.»

Gut gelaunt legt er den Arm um meine Schultern. «Euch beiden kann man einfach nicht böse sein. Rosi, Rosi … dich kriegen wir auch noch unter die Haube!», sagt er jovial und zwinkert mir verschwörerisch zu.

«Du willst mich doch nicht schon wieder mit irgend so einem Psychopathen verkuppeln?», entgegne ich entsetzt.

Aber Jens lässt sich nicht beirren. «Heute Abend ist doch das alljährliche Abitreffen in deiner alten Schule. Und rate mal, wer sich für dieses Jahr angekündigt hat.» Er strahlt über beide Backen, holt tief Luft und verkündet wie bei der

Oscarverleihung: «Bruno! Bruno Wollstein. Na, hab ich zu viel versprochen? Ich finde, du solltest diesmal wirklich hingehen.» Er schaut mich prüfend an. Ich kenne diesen Blick. Er bedeutet, dass jeder Widerstand zwecklos ist.

«Du meinst, DER Bruno Wollstein, in den ich jahrelang unsterblich verliebt war und den anzusprechen ich mich nie getraut habe? Warum sollte der mich überhaupt bemerken, wo er mich doch schon früher nicht mal mit dem Hinterteil angesehen hat?»

«Rosi, egal, wie schüchtern du einmal warst ...»

«Und immer noch bin!»

«Gut, egal wie schüchtern du immer noch bist, du siehst prima aus, hast einen tollen Job ...»

«... der mich vorzeitig ergrauen lässt ...»

«O. k., aber die grauen Haare stehen dir gut!»

«Bestimmt ist Bruno längst verheiratet und hat fünf Kinder von sechs verschiedenen Frauen.»

«Du bist ein Riesenschuss, Rosi! Wenn du dir Mühe gibst, kannst du richtig hinreißend sein!», sagt Jens, offenbar ohne nachzudenken.

«Schönen Dank auch, und wenn ich mir keine Mühe gebe?», grummele ich prompt beleidigt.

«Na ja, manchmal wirkst du vielleicht etwas burschikos.» Jens bewegt sich strategisch in Richtung Hausflur, um seine Flucht vorzubereiten. «Mädels, ich muss los, hab heute noch den späten Termin mit einem Kunden. Ihr kommt ja auch ohne mich zurecht!», ruft er munter.

«Klar, mein Schatz, alles bestens.» Carla küsste Jens innig. Bei solchen Gelegenheiten werde ich grundsätzlich verlegen, es ist immer merkwürdig, so nah am körperlichen Geschehen zu sein. Bin ich eigentlich verklemmt, weil es mich stört, wenn zwei Menschen so dicht neben mir Körperflüssigkeiten austauschen? Ich habe einmal vor Jahren mit meinem damaligen Freund eine Live-Sex-Show in Amsterdam besucht. Wir hatten uns prickelnde Erotik erhofft. Bekommen haben wir eine äußerst skurrile Darbietung akrobatischer Vögelei von durchweg unästhetischen Menschen. Eigentlich hätten wir das Geld zurückverlangen sollen, aber das war uns dann doch zu peinlich. Interessanterweise war es uns viel peinlicher als denjenigen, die sich eigentlich dafür schämen müssten. Wir wollten schließlich einfach nur gute Unterhaltung.

Auch Carla und ich greifen nach unseren Jacken. Wir haben den Besuch im Schönheitssalon schon länger geplant. Bisher ist das Thema allerdings immer an meiner Schmerzempfindlichkeit gescheitert. Und ich lasse schließlich nicht jede Wildfremde an meine Zonen unterhalb der Gürtellinie.

Körperhaare wurden bei mir bisher mit dem Einwegrasierer entfernt. Zugegebenermaßen nicht besonders regelmäßig – bei mir sieht das ja sowieso keiner –, aber immer dann, wenn es unabdingbar war. Carla muss sich dagegen neuerdings ständig mit dem Thema herumschlagen. Vielleicht hat sie mir deshalb diesen Gutschein für den gemeinsamen Besuch im Beautycenter überreicht. Jeder ist käuflich, das weiß meine Lieblingspolizistin natürlich ganz genau.

«Kind, es wird Zeit, dass du dich optisch von den Braunbären an deinem Arbeitsplatz unterscheidest.» Das sitzt. Zumal ich eigentlich ein großer Körperpflege-Fan bin. Allerdings habe ich noch nie einen Schönheitssalon, geschweige denn ein Wachsstudio von innen gesehen.

Das wollen wir an diesem Nachmittag ändern und uns einer Heißwachsbehandlung unterziehen.

«Ist es nicht wahnsinnig peinlich, sich vor jemandem untenrum frei zu machen, den man kaum kennt? Selbst bevor ich zum Gynäkologen gehe, mache ich doch immer extra klar Schiff.» Ich fuchtle vor meinem Schoß herum, um zu betonen, dass ich für jede Ausrede offen wäre, das Thema erneut zu umgehen.

«Die fangen mit den Beinen an, da hat man noch ausreichend Zeit, Vertrauen aufzubauen», sagte Carla ganz cool und gibt sich den Anschein, als wäre sie auf dem Gebiet bereits ein alter Hase. Südländer scheinen wohl unterhalb der Gürtellinie doch unempfindlicher zu sein, was die etwas derberen Behandlungen angeht.

«Angeblich hat man danach wohl auch mehr Spaß beim Sex», schwärmt sie.

«Schön für euch, und mit wem soll ich dann meine neue Sinnlichkeit teilen?» Ich bin wirklich tierisch nervös vor diesem Termin. Immerhin lenkt mich das ein bisschen von der Aufregung vor dem Bruno-Abend ab.

«In der Bikinizone wird es anfangs ein bisschen weh tun. Dafür haben Sie dann die nächsten vier Wochen Ruhe!» Da ist sie wieder, die Formulierung, die das Wort «weh tun» so wunderbar unauffällig wirken lässt. Die Kosmetikerin Frau Asebahn sieht genauso aus, wie man sich eine Kosmetikerin vorstellt. Zierlich, brünett mit hellblonden Strähnchen und dem klitzekleinen Hauch zu viel Make-up im Gesicht.

«Keine Sorge, ich mache so was mindestens fünf Mal am Tag. Sie sind hier in guten Händen.» Also doch wie beim Frauenarzt, nur mit dem Unterschied, dass die Behandlung dort bei weitem nicht so schmerzhaft ist. Wieso haben wir trotz Evolution und Erfindung des Dreiphasendeodorants immer noch Haare an Stellen, wo sie definitiv nicht mehr benötigt werden?

«Wir waren die Heißwachs-Pionierinnen in Berlin», sagt Frau Asebahn mit stolzgeschwellter Brust, bevor sie loslegt. Langsam streicht sie mir das warme, honiggelbe Wachs auf meine Unterschenkel. Dann legt sie einen länglichen Papierstreifen darüber und – rrratsch! Ein kurzer Schmerz durchzuckt mein Bein. «Hey, das hat gar nicht so weh getan!», rufe ich voller Erleichterung. In null Komma nichts sind meine Beine spiegelglatt, und ich blicke bewundernd von einem zum anderen.

«So, nun kommen wir zum schmerzhafteren Teil unseres Termins. Wenn Sie sich dann bitte untenrum frei machen könnten», fordert mich Frau Asebahn sachlich auf.

Da mein Vertrauen in ihre Fähigkeiten zu diesem Zeitpunkt noch recht groß ist, schlüpfe ich schnell aus meiner Unterhose und schwinge mich auf die Liege.

«Winkeln Sie das Bein ein wenig an. Ja, so, genau!» Sie streicht warmes Wachs auf meine sensible Bikinizone, legt den Papierstreifen darüber und – rrratsch! Ohhh. Mein Innenschenkel fühlt sich an, als hätte sie mir neben den lästigen Härchen auch gleich die Haut vom Leib gerissen. So muss sich Kinderkriegen anfühlen.

«Ha...ha...halt! Stopp!» Worauf habe ich mich hier nur eingelassen?

«Na ja, ein bisschen müssen Sie schon noch durchhalten. Wir haben ja noch gar nicht richtig angefangen!» Unbeeindruckt verteilt sie das Wachs auf einer neuen Stelle meiner zarten Mitte und – rratsch!

«Ohhhhh. Entschuldigung. Aber das geht so nicht. Könnte ich vielleicht eine Vollnarkose bekommen?», frage ich.

Humor ist jetzt noch meine einzige Waffe. Frau Asebahn lacht passenderweise auch gleich laut auf. Dennoch hat sie kein Erbarmen mit mir. «Nein, so etwas dürfen wir nicht. Aber so schlimm kann es doch gar nicht sein. Denken Sie an das tolle Ergebnis danach. Und Sie werden es nicht glauben wollen, der Sex danach ist wesentlich intensiver.» Da sind sie wieder, meine vielversprechenden Erfolgsaussichten. Ich verkneife mir zu fragen, ob auch der Sex mit einem selbst dann besser wird.

Tatsächlich geht dieser Schmerz gefühlte drei Stunden später vorbei, und das Ergebnis ist mehr als zufriedenstellend. Meine neue Nacktheit gefällt mir wirklich gut, auch wenn gewisse Körperteile noch etwas rot und geschwollen aussehen. Sitzen mag ich gerade gar nicht, geschweige denn jetzt von irgendwem angefasst werden.

Ich bin einfach nur froh, endlich aus dem Little Shop of Horrors herauszukommen.

«Wie ging es dir denn?», frage ich Carla hinterher. Ihr scheint das alles gar nichts auszumachen.

«Ach, es ging so, aber das Ergebnis ist es doch wert. Bin schon gespannt, was Jens dazu sagt!»

«Jaja, der Sex soll danach viel besser sein», maule ich herum, «wenn das der einzige Grund ist, warum wir Frauen uns derartigen Qualen aussetzen, dann bleibe ich lieber untenrum inkognito. Denn wenn du dich dunkel erinnern würdest ... ich habe derzeit überhaupt keinen Sex!»

«Aber du könntest, wenn du wolltest! So ganz abgeneigt scheinst du ja nicht zu sein, wenn du schon ständig davon sprichst», schmunzelt Carla verschwörerisch.

Tatsächlich stellt sich nach dem kosmetischen Eingriff eine gewisse Sinnlichkeit zwischen meinen Lenden ein. Und das so kurz vor meinem Abitreffen! Da soll nochmal einer sagen, Frauen könnten besser mit einem langanhaltenden Notstand umgehen. Irgendwann ist eben selbst bei der eisernsten Jungfrau Schluss.

Außerdem habe ich noch ein ganz anderes Problem zu lösen. Ich habe Carla versprochen, nicht vor ein Uhr nachts nach Hause zu kommen. Sie will Jens mit einem romantischen Dinner überraschen, und ich soll sie nicht bei der Nachspeise stören. Das bedeutet jedoch auch, dass ich mir die Zeit tatsächlich auf der Abiturientenfeier vertreiben muss.

Frisch gestylt mache ich mich auf den Weg zu meinem Abituriententreffen, immer noch voller Hoffnung, meinen Jugendschwarm Bruno für mich begeistern zu können. Alle Liebesgötter scheinen auf meiner Seite zu sein, denn es ist tatsächlich Bruno, dem ich gleich zu Beginn in die Arme laufe. Ich hätte ihn zuerst gar nicht erkannt. Aus dem sportlichen coolen Typen von damals ist ein etwas fülligerer Kerl mit spärlichem Haarwuchs geworden. Dennoch verfügt er immer noch über ausreichend Charme, der mich schnell meine Enttäuschung beiseiteschieben lässt. Irgendwie umgibt ihn immer noch dieselbe Aura, die mein Herz schon damals zum Klopfen gebracht hat. Na ja, vielleicht habe ich auch einfach nur eine Rechnung mit dem Leben offen.

Im Gegensatz zu mir erkennt er mich sofort. Im Laufe des Gesprächs gesteht er mir auch noch, dass er ebenfalls ein Auge auf mich geworfen hatte, als wir in der zehnten Klasse unseren Ausflug nach Rom unternahmen.

«Und wieso hast du mich nicht angesprochen?», frage ich

natürlich sofort. Seine Worte sind Balsam für meine geschundene Seele: «Ich habe mich einfach nicht getraut. Du hast immer so unnahbar gewirkt», entgegnet Bruno prompt. Da soll nochmal einer sagen, das Leben sei nicht voller Missverständnisse! Vielleicht haben Rosi und Jens recht mit ihrer Theorie, dass ich mich zu sehr an mein Alleinsein klammere. Andererseits: Das letzte Mal, als ich nicht unnahbar war, endete der Abend im kompletten Desaster. Es heißt Andreas und macht mir heute jeden Tag bei der Arbeit die Hölle heiß. Wenn mein Projekt «Mopsdiät» mit Kate und Moss nicht so wunderbar laufen würde, wäre ich wahrscheinlich schon längst meinen Job los.

Zur Versöhnung gibt mir Bruno ein Bier aus. Dann fängt er jedoch an, ohne Punkt und Komma zu erzählen. Er erzählt mir seinen kompletten Lebenslauf in allen Details. Leider ist der so langweilig, dass man ihn auch in zwei Sätzen zusammenfassen könnte. Bruno arbeitet heute für eine Versicherung im Außendienst. Obwohl man da ja eigentlich rhetorisch gefordert ist, macht er den Eindruck, als hätte er sein komplettes Vokabular für diesen Abend aufgespart. Frei nach dem Motto: Jetzt muss alles raus, sonst fängt es an zu schimmeln.

Zur Krönung stellt er mir auch noch Fragen zu seinen Haustieren. Irgendwo muss er aufgeschnappt haben, dass ich als Tierpflegerin arbeite.

«Ich hatte ja mal eine Katze. Allerdings musste ich sie weggeben, weil sie immer auf den Teppich gekotzt hat, wenn sie Fisch bekam. Aber ich mag Tiere. Jetzt habe ich Goldfische zu Hause.»

«Wie schön», versuche ich in einer seiner kurzen Atempausen zu sagen, aber Bruno fährt schon fort. Er deutet mit seinem Glas auf eine hochgewachsene Frau mit kurzen braunen Locken und einer schwarzen Cordjacke. Sie sieht cool aus, aber ich kann sie nicht richtig zuordnen.

«Da drüben, erinnerst du dich? Das ist Magdalena. Die fand ich damals auch scharf. Da wusste ich noch nicht, dass sie auf Dosenfutter steht.»

«Wie, ‹Dosenfutter›? Sie sieht eher aus, als würde sie auf eine gesunde Ernährung achten», antworte ich. Magdalenas Figur ist wirklich vorbildlich.

«Nee, nix Lebensmittel! Sie ist vom anderen Ufer! Eine Leckschwester. Das hatte ich eine Zeitlang ja auch von dir vermutet. Weißt du eigentlich, wie man es nennt, wenn zwei Lesben miteinander telefonieren? Buschfunk! Hahaha.»

Ich ignoriere Brunos schlechten Witz und blicke überrascht in Magdalenas Richtung, die genau in diesem Augenblick zu uns hinüberschaut. Um nicht unhöflich zu erscheinen, proste ich ihr zu, was sie wiederum als Aufforderung verstanden haben muss. Sie nähert sich unserem Tisch und setzt sich schließlich zu uns. Ich erinnere mich dunkel, dass ich Magda damals ganz gerne mochte. Sie ging in meine Parallelklasse und gehörte zu den toughen, selbstbewussten Mädels, das habe ich immer an ihr bewundert. Im Nachhinein wird da natürlich einiges deutlich. Dass sie nie einen Freund hatte und all das.

Ich sage jedenfalls «Hallo» und frage, wie sie die letzten Jahre so verbracht hat. Ich bin dankbar für die Abwechslung. Der Abend in Brunos Gesellschaft zieht sich wie Kaugummi, und ich muss noch ein paar Stunden aushalten, denn es ist noch lange nicht ein Uhr.

«Wo ich dich schon mal hier sitzen habe ... du als Tierfrau ... haha ... Tierfrau, klingt witzig, oder?» Bruno versucht doch schon wieder, das Gespräch an sich zu reißen! Und er lässt nicht locker: «Meine Goldfische kommen mir momentan etwas komisch vor. Anfang der Woche schwamm Goldie plötzlich auf dem Rücken. Dann hat Jackson nachgezogen, und jetzt schwimmt auch Loretta in dem Stil. Ist das normal oder nur eine Phase? Sind die vielleicht schwanger?»

Ich kann es kaum fassen: erst der kotzende Stubentiger und jetzt noch tote Goldfische. Das weiß doch wirklich jedes Kind, dass Fische, die mit dem Bauch nach oben schwimmen, mausetot sind. Magdalena antwortet an meiner Stelle, und wir müssen erfahren, dass Bruno der einzige Mensch auf Erden ist, an dem diese Erkenntnis völlig vorübergegangen ist. Er bricht in Tränen aus und wirft sich mir verzweifelt an den Hals. Ich blicke hilflos zu Magda hinüber, doch die zuckt nur mit den Schultern und grinst. Dann steht sie auf und verschwindet in Richtung Bar. Dankbar nicke ich ihr zu, als sie zurückkommt und eine Flasche Tequila auf den Tisch stellt. Eine halbe Stunde und ein paar Promille später hat Bruno seinen Kummer erfolgreich ertränkt und spricht fröhlich mit sich selbst.

Magdalena klopft Bruno kumpelhaft auf den Rücken und bereitet eine weitere Runde Tequila vor. Wir streuen wie in alten Zeiten Zimt auf unsere Handflächen, lecken ihn ab, um gleich danach den braunen Tequila hinunterzuspülen. Dann in die Orangenscheibe gebissen und die Augen zusammengekniffen. Herrlich!

«Weißt du noch, Rosi, wie wir damals auf der Klassenfahrt in Rom drei Flaschen Tequila geleert haben?» Magdalena fährt sich durch ihre braunen Locken und mustert mich eindringlich. Vielleicht liegt es am Tequila oder an Brunos Unvermögen, das männliche Geschlecht an unserem Tisch würdevoll zu vertreten – aber irgendwie sehe ich Magdalena plötzlich mit ganz anderen Augen. Bruno kaut mittlerweile Nathalia, unserer ehemaligen Klassensprecherin, das Ohr ab. Ihr scheint es zu gefallen, denn sie kichert in einem fort. Also schwelgen Magdalena und ich weiter in Erinnerungen.

«Ich erinnere mich dunkel, weiß aber nicht mehr so genau, wie der Abend ausgegangen ist», sage ich zaghaft.

«Wie, das weißt du nicht mehr? Wir haben den Rest des Abends damit verbracht, Sandra die Haare aus dem Gesicht zu halten, während sie sich die Kloschüssel von innen ansehen wollte. Und zwar bis morgens früh um vier.»

«Oje, und am nächsten Tag ging es in den Vatikan, und wir hatten alle ein fürchterliches Dröhnen im Kopf. Das war aber nichts gegen Sandras grüne Gesichtsfarbe.» Magdalena und ich prusten los und kippen den nächsten Tequila.

«Und? Was machst du jetzt so?», frage ich Magdalena interessiert. Sie hat ungeheuer schön geschwungene Augenbrauen. Und einen umwerfend extravaganten Stil, erwachsen und trotzdem originell. Den hatte sie schon zu Schulzeiten, damals war er nur ein bisschen bunter.

«Ich habe 'nen eigenen Laden in der Goltzstraße. Musik und Klamotten. Komm mich doch mal besuchen. Kaffee gibt's immer, und für gute alte Bekannte kann ich auch mal einen Rabatt lassen.»

Klamotten und Musik, das hätte ich mir ja denken können. Sie prostet mir zu und nimmt einen Schluck. «Und bei dir so? Bist du verheiratet und hast Kinder?» Sie mustert mich zwischen ihren Haarsträhnen hindurch, als könnte sie die Wahrheit in meinen Augen lesen.

«Nein, ich bin Single. Ohne Kinder. Aber ich wohne mit zwei Freundinnen in einer WG», gestehe ich. «In letzter Zeit lief es nicht so gut mit den Kerlen», füge ich hastig hinzu.

«Mit Männern hatte ich bisher auch nie Glück. Hat mich aber auch nie so richtig interessiert. Frauen sind mir einfach lieber», antwortet Magdalena daraufhin kokett und leckt sich mit der Zungenspitze frech über die roten Lippen.

«Männer verführen Frauen sowieso nur zu sadomasochistischen Handlungen. Alleine das Tragen von High Heels! Das dient doch nur der freiwilligen Unterwerfung. Frauen quälen sich mit hohen Hacken, engen Röcken und kneifender Unterwäsche, anstatt sich ihrer natürlichen Sinnlichkeit hinzugeben und sich so zu präsentieren, wie sie wirklich sind. Da soll nochmal einer den Islam kritisieren. Die Europäer machen es doch nicht viel anders. Nur, dass sie nicht offen dazu stehen, dass wir Frauen noch lange nicht auf gleicher Höhe stehen dürfen.» Ich muss an meine schmerzhafte Haarprozedur vom Nachmittag denken und nicke zustimmend.

Alles, was Magdalena sagt, klingt so einfach und selbstverständlich aus ihrem Mund, aus ihrem übrigens sehr verführerischen Mund.

Wir rücken immer näher aneinander heran, und dann legt sie auch noch den Arm um mich. Wir plaudern über Gott und die Welt. Es ist herrlich. Zwischen uns ist neben großer Vertrautheit auch noch eine Spannung, die ich noch nie erlebt habe. Es ist aufregend, neben einer Frau wie Magdalena zu sitzen und ihre Nähe zu spüren. Die anderen Partygäste sind schon gegangen, und der Kellner steht vor unserem Tisch, um abzukassieren. Wir zahlen und verlassen das Lokal. Eigentlich wollen wir uns gar nicht trennen. Erst jetzt bemerke ich, dass wir uns an den Händen halten. Es fühlt sich neu an, dennoch ist es nicht fremd, sondern vertraut. Und irgendwie richtig. Ich fühle mich bei Magdalena so verstanden, ohne mich erklären zu müssen. Als wir vor meinem Auto ankommen, bleibt sie stehen und legt die Arme um meine Taille. Dann passiert alles wie in Zeitlupe. Langsam streicht sie mir eine Haarsträhne aus dem Gesicht. Ihre Berührung ist unglaublich sanft und vorsichtig, ihr Handrücken ist weich wie Seide. Ich lege den Kopf ein wenig zur Seite und schmiege ihn an ihren Arm, sauge ihren Duft durch meine Nase. Als sich unsere Lippen endlich berühren, fühlt es sich einfach unglaublich an. Magdalena schmeckt anders als alle Männer, die ich bisher geküsst habe. Ihre Lippen sind hundertmal zarter, kein Barthaar sticht und pikt, und obwohl wir reichlich Bier und Tequila konsumiert haben, schmeckt Magdalena eher süß und frisch als nach Alkohol. Nach dem blütenzarten Anfang wird sie forscher. Sie drückt mich an die Fahrzeugtür und küsst mich leidenschaftlich. Mir wird ganz schwindlig, und ich muss mich am Auto abstützen. Dann hält sie plötzlich inne.

«Ich gebe dir mal meine Nummer. Ich würde mich freuen, wenn du dich meldest», sagt sie, dann dreht sie sich einfach um und lässt mich im Dunkeln stehen.

Am nächsten Morgen sitze ich mit Carla am Frühstückstisch und rühre nervös in meinem Kaffee. «Ich bin total durcheinander, Carla. Bin ich jetzt lesbisch? Wir verstehen uns prima, und der Kuss war grandios.»

«Ach Rosi. So schnell wird man nicht lesbisch», entgegnet Carla. «Abgesehen davon, kann man das ohnehin nicht selbst entscheiden.»

«Ach ja? Und wenn ich vielleicht eigentlich schon immer auf Frauen stand, es aber bisher nicht gemerkt habe? Unser Professor für Biologie an der Uni hatte sein Coming-out auch erst mit 45. Das mussten seine Frau und seine Töchter erst mal verkraften!»

«Das ist doch Unsinn. Und das weißt du auch», schimpft Carla. «Aber nun erzähl mal, wie ist es denn so, eine Frau zu küssen? Ich möchte es nämlich lieber nicht selbst ausprobieren.»

«Es war einfach angenehmer!», sage ich. «Wobei man natürlich meinen bisherigen Männern zugutehalten muss, dass sich der ein oder andere im Laufe der Trainingszeit zu Höchstform hochgearbeitet hat. Es ist ja auch nicht so, dass ich beim Sex mit Männern nicht auf meine Kosten kommen würde», sage ich nachdenklich. Das Thema ist wirklich nicht so einfach.

«Aber wenn du mit Frauen glücklicher wirst, ist es vielleicht einen echten Versuch wert.» Ich schaue Carla erstaunt an. Der katholischen Halbitalienerin scheint mein Glück wirklich sehr am Herzen zu liegen, sonst würde sie so etwas nicht zu sagen wagen. Ich rechne ihr das hoch an, dass sie mich in allem unterstützt, was mir so im Kopf herumgeht.

«Ich werde später noch darüber nachdenken. Jetzt muss ich erst mal zur Arbeit. Die Pflicht ruft!» Wahrscheinlich tut mir die Ablenkung gut. Kate und Moss müssen zu ihrer täglichen Joggingrunde ausgeführt werden, und danach sind die Zwergnilpferde dran.

Kate und Moss scheinen meine Sorgen zu spüren. Denn sie benehmen sich ausnahmsweise extrem vorbildlich und joggen, so schnell es ihre kurzen Beinchen zulassen, munter neben mir her.

«So, noch eine fröhliche Runde, dann geht es mal wieder auf die Waage!»

Moss schaut mich verzweifelt an, als wolle er mir sagen, dass er viel lieber gemeinsam mit Kate etwas essen gehen würde. Aber mittlerweile habe ich mich an den verzweifelten Rollmopsblick gewöhnt, und der Erfolg gibt mir recht: Die beiden haben jeweils bereits drei Kilo abgespeckt. Noch zwei Wochen, und sie sind wieder richtig fit. Die Sache mit den Möpsen ist derzeit das Einzige, was wirklich läuft wie am Schnürchen (oder sollte ich sagen: an der Leine?). Nicht nur, dass mir die Büchsenschützinnen fast die Füße küssen, weil ich ihnen das ungeliebte Neinsagen bei ihren Hundchen abnehme. Ich habe durch die regelmäßige Bewegung tatsächlich selbst auch ein paar Gramm abgenommen. Es ist wirklich phantastisch, und mein Hintern ist gleich viel knackiger.

«Sie sehen wirklich phantastisch aus, Frau Jakob!» Pamela Büchsenschütz ist meine optische Verwandlung nicht entgangen. «Haben Sie abgenommen?», fragt mich auch ihre Schwester Ingrid interessiert. Sie schaut mich mit denselben Augen an wie Kate. Da soll nochmal einer sagen, Hundebesitzer würden sich optisch im Laufe der Jahre nicht doch angleichen. Nur figürlich sind die Möpse mittlerweile besser in Form.

«Nicht, dass Sie uns noch vom Fleisch fallen. Es ist Ihnen doch nicht zu viel mit unseren beiden Hundis?», fügt Pamela schnell hinzu, schaut mich dabei aber so dankbar an, dass ich, selbst wenn ich es unbedingt wollte, kein Nein über meine Lippen brächte.

«Natürlich nicht, ich habe die beiden doch schon lange in mein Herz geschlossen. Und sie machen unglaubliche Fortschritte!» Ich hebe Kate auf die Waage.

«Wenn die beiden so weitermachen, dann sind sie in zwei Wochen perfekt. Idealgewicht!» Ich verabschiede mich von den vieren und mache mich auf den Weg zu meinem Arbeitgeber.

Gedankenverloren schlendere ich den kleinen Kiesweg zu unserer Verwaltung entlang, als mich völlig überraschend der Blitz trifft.

«Hoppla, junge Frau. Nicht so stürmisch!» Vor mir steht so ziemlich die leckerste Sahneschnitte, die ich jemals aus der Nähe betrachten durfte. Einfach zum Anbeißen! Wir stehen eine Weile schweigend voreinander, und ich nutze die Pause aus, um mir meine Stolperfalle genauer zu betrachten. Der Typ hat einen südländischen Einschlag, aber nur ein bisschen, gerade richtig. Dunkles welliges Haar, das er sich aus dem Gesicht gekämmt hat. Sein dunkelblauer Anzug schmiegt sich perfekt an seinen muskulösen Körper, sicher beides eine Maßanfertigung. Und dann streckt er mir auch noch höflich die rechte Hand entgegen. Mir wird ein wenig schummrig zumute, und ich suche verzweifelt nach dem Wort, mit dem man sich normalerweise begrüßt, aber ich stehe komplett neben mir. Am liebsten würde ich mich auf der Stelle setzen. Stattdessen halte ich immer noch seine Hand fest, um das Gleichgewicht nicht zu verlieren.

«René Weiner. Marketing-Manager. Ich soll Ihnen hier etwas unter die Arme greifen!», sagt er und lacht sein Zehn-Millionen-Dollar-Lachen.

«Was, mir? Wieso?», frage ich verwirrt. Etwas Besseres

fällt mir nicht ein, zumal es mir langsam peinlich wird, dass wir immer noch Händchen halten. Verlegen zupfe ich meine Finger aus seinem Griff. René Weiner lacht erneut.

«Natürlich nicht Ihnen im Speziellen, sie scheinen ja eine recht selbständige Dame zu sein. Obwohl ich mich natürlich auch in dieser Hinsicht gerne anböte. Aber jetzt mal im Ernst. Ich bin beauftragt worden, um den Zoo ein wenig mit meinen Ideen zu unterstützen. Schließlich sieht Ihre finanzielle Situation alles andere als rosig aus.»

Wegen meines Giraffenmordes. Das wird man ihm wahrscheinlich auch schon erzählt haben. Besser, ich stelle mich gar nicht erst vor.

«Wie ist denn Ihr werter Name?», fragt René. Es bleibt einem aber auch nichts erspart.

«Mein Name ist Rosi Jakob. Aber Sie können gerne Rosi zu mir sagen, wir duzen uns hier alle. Wegen des besseren Klimas. Betriebsklimas», beeile ich mich zu sagen.

«Rosi. Ein schöner Name. Passt zu dir. Hast du nicht Lust, mir nachher ein bisschen euren Zoo zu zeigen, verehrte Rosi?» Ich nicke wie hypnotisiert. Natürlich habe ich Lust. Nichts lieber als das. Allerdings werde ich wohl kaum einen anständigen Satz herausbringen, weil ich dir ständig auf deinen süßen Hintern starren muss.

«Ach, ich sehe schon, ihr beide habt euch bereits miteinander bekannt gemacht.» Andreas kommt geradewegs auf uns zu. «Wann wollen wir denn die Führung beginnen?», fragt er René und mustert mich von der Seite. Ich mache reflexartig einen Schritt zurück und ärgere mich im selben Augenblick darüber. Soll er doch denken, was er will. Ich kümmere mich hier nur um einen neuen Kollegen.

«Ich dachte, dass Rosi mich heute nach der Mittagspause herumführen könnte, wenn es passt. Jetzt würde ich mich gerne in die Bücher einlesen, um mir einen kurzen Überblick zu verschaffen.»

Ich schaue zwischen Andreas und René hin und her. So richtig grün scheinen sich beide nicht zu sein. Es macht fast den Eindruck, als fühle sich Andreas durch die Anwesenheit eines weiteren attraktiven Mannes in seiner Position als Platzhirsch bedroht. Er wird doch nicht etwa hengstbissig werden? Ich muss breit grinsen.

«Rosi scheint schon der Gedanke daran so sehr zu gefallen, dass ich ihr den kleinen Ausflug natürlich nicht abschlagen kann», sagt Andreas. «Ich habe sowieso noch alle Hände voll zu tun, wir hatten erst kürzlich einen Todesfall. Wenn noch was ist, René, sag einfach Bescheid.»

Er nickt uns beiden kurz zu und verschwindet wieder im Verwaltungsgebäude. Das mit dem Todesfall hätte er sich wirklich sparen können. Das war nicht sehr nett.

«Na, da hat ja mal jemand so richtig gute Laune. Kollegen kann man sich eben nicht aussuchen.»

«Wenn du wüsstest, wie recht du damit hast!», erwidere ich dankbar.

«Was ist, wollen wir nicht zusammen einen Happen essen gehen?» René schaut mich auffordernd an.

«Ich kann leider nicht. Ich habe ja gerade erst meinen Dienst angetreten. Aber in einer Stunde stehe ich dir dann vollkommen zur Verfügung.» Und zwar sehr gerne in allen Bereichen, denke ich, muss erneut lächeln und drehe mich schwungvoll um. Im Verwaltungsgebäude muss ich mich noch umziehen. Eine begeisterte Erika Sonnebank kommt mir entgegen und sprudelt sofort los.

«Isch gloob, isch hadde grod 'nen opdischen Orgasmus! Is der Düb niedlisch!» Sie ist hin und weg. Wer kann es ihr auch verdenken? «Schätzschn, dieso Hindon macht ja den Fürsischn in Grieschnlond Gongurrenz!» Sie pfeift kurz durch die Zähne, dann verschwindet sie oben in ihrem Büro.

Summend schlüpfe ich in meinen beigefarbenen Overall. Attraktive Kleidung ist zwar was anderes, aber was soll's? Er hat mit mir geflirtet! Ob er das mit jeder tut? Abwarten. Heute sollte ich aber unbedingt noch Magdalena anrufen, um klare Verhältnisse zu schaffen.

Angeln für Anfänger

Seit zehn Tagen hüpfe ich nun schon mit stolzgeschwellter Brust vor René Weiner auf und ab, im wahrsten Sinne des Wortes, aber er macht einfach keine Anstalten, nach meiner Telefonnummer zu fragen. Ist der blind? Nicht, dass er mich ignorieren würde, ganz im Gegenteil. Er ist wirklich reizend. Aber das ist er zu allen anderen eben auch: immer einen charmanten Spruch auf den Lippen, immer witzig, immer höflich, der absolute Traumkollege eben. Vielleicht ist er ja schwul? So viele positive Eigenschaften in Bezug auf nur einen Mann sollten eine emotional gebeutelte Frau wie mich schon stutzig machen, zumal ich auf dem Gebiet der Homosexualität ja inzwischen auch kein unbeschriebenes Blatt mehr bin. Wobei sich die Sache mit Magdalena mittlerweile in Wohlgefallen aufgelöst hat. Sie hat meine gestammelten Erklärungen sehr souverän genommen. Gerade verbringen wir die Mittagspause miteinander, sie hatte in der Nähe zu tun, und ich klage ihr mein Liebesleid.

«Mich wolltest du ja nicht, Schatz», scherzt sie, während sie ihre Nudelsuppe löffelt. «Ich wüsste deine Vorzüge sehr wohl zu schätzen. Ich kann den Typen wirklich nicht verstehen.»

«Ich ja auch nicht», nicke ich. «Immerhin haben wir uns vom ersten Augenblick prima verstanden. Da wollte er ja auch noch mit mir essen gehen.»

«Ja, und? Wie lief das?», fragt Magdalena und klaut mir einen meiner Pommes.

«Nichts lief. Ich konnte nicht mit, weil ich gerade meinen Dienst antreten musste.»

«Ach so. Und auf deine Gegeneinladung hat er dann nicht mehr reagiert? Komischer Typ. Vielleicht hat er 'ne andere?», spekuliert sie.

«Nein, nein, er hat keine Freundin, das hat unsere Buchhalterin Erika längst herausgefunden. Allerdings, so richtig abgelehnt hat er mich auch wieder nicht», überlege ich.

«Wie? Entweder man sagt zu jemandem ja oder eben nein. Was heißt denn hier nicht so richtig nein? Das ist ja wie Bill Clintons Definition von Sex!» Magdalena bringt es mal wieder auf den Punkt, und das, obwohl es gerade darum geht, wie man um den heißen Brei herumredet.

«Ich will doch nur sagen, dass ich ihn noch nicht gefragt habe, ob er mit mir essen geht. Das kam mir irgendwie zu aufdringlich vor. Immerhin hatte er mich damals ja nur gebeten, ihn zum Mittagessen zu begleiten. Und bisher hat sich keine neue Gelegenheit ergeben, es nochmal zu versuchen», stottere ich herum und merke selbst, wie blöd das klingt, was ich da gerade von mir gebe.

«Hör mal zu, Puppe. Du findest den Typen gut, und du hast jeden Tag die Möglichkeit, ihn zu bezirzen.» Ich nicke.

«Sein Arbeitsvertrag ist befristet, das heißt, sollte wirklich was aus euch werden, dann erledigt sich das leidige Liebe-am-Arbeitsplatz-Thema von alleine. Und du würdest wirklich gerne mit ihm ausgehen.» Ich nicke erneut.

«Wo zum Henker ist denn dann das Problem? Frag ihn doch einfach, ob ihr den verpassten Lunch nachholen könnt! Mit mir gehst du ja auch essen, ohne dabei rot zu werden.»

«Nur mit dem Unterschied, dass ich mit dir nicht schlafen will», kontere ich.

«Aber ich wollte mit dir schlafen und habe trotzdem kein Problem damit, mit dir essen zu gehen.» Sie zwinkert mir frech zu. Nun werde ich doch noch rot.

«Ihr Heten seid wirklich nicht zu beneiden. Dieses wochenlange Gebalze ... als ob es bei jedem Date gleich ums Heiraten ginge. Ihr habt ja noch nicht einmal miteinander gegessen!» Magdalena ist völlig erschüttert.

«Aber wenn ich ihn frage und er mich auslacht? Wie stehe ich denn dann da?», frage ich vorsichtig nach.

«Mensch, Mädel. Ich erkläre dir jetzt mal etwas, was sowohl für Heten als auch für Homos gilt: Derjenige, der fragt, ist immer klar im Vorteil, weil er den Rhythmus und den Ton bestimmt. Wenn wir alle herumorakeln würden, was die Reaktion der anderen angeht, hätten wir schon längst keinen Spaß mehr. Es ist nur ein Mittagessen und kein Ehevertrag! Nicht mehr und nicht weniger. Und wenn er nein sagt und dann irgendwas Blödes herumerzählt, bitte sehr, soll er. Jeder Mensch, und sei er noch so minderbemittelt, kapiert doch, wer sich mit einer solchen Aktion in die Nesseln setzt.» Magdalena schaut mich herausfordernd an, bevor sie mit ihrem soziologischen Vortrag weitermacht.

«Im Grunde sind wir doch alle ziemlich unsicher, was dieses zwischenmenschliche Geplänkel angeht. Aber wie sollen wir denn sonst herausfinden, ob nicht vielleicht doch gerade die Tussi da drüben diejenige, welche gewesen wäre. Und woher soll dein René Weiner wissen, dass du ihn gut findest, wenn du ihm schon einmal einen Korb gegeben hast? Männer sind weiß Gott keine Hellseher.»

Ich nicke betroffen. Wahrscheinlich hat Magdalena recht. Ein Date ist noch lange keine Einladung zum Geschlechtsverkehr. Und wenn die Nummer schiefgeht, weiß ich zumindest, dass sich Herr Weiner sowieso verabschieden wird, wenn sein Auftrag bei uns im Zoo erledigt ist.

«Aber wenn er nun partout nicht auf mich steht?», gebe ich erneut zu bedenken.

«Hör mal, eine Erfolgsgarantie gibt es nicht. Vielleicht findest du ja auch heraus, dass ER nicht dein Typ ist. Oder was glaubst du, wovon sich die ganzen Partnervermittlungen ernähren? Die Rückläufer werden einfach nochmal verkuppelt und nochmal und nochmal. Profit im Kreislaufsystem. Für die wahre Liebe muss man einfach mal ein gewisses Risiko eingehen.»

Irgendwo hab ich diesen Satz schon mal gehört. Richtig, das war Carla, kurz bevor sie mit Jens zusammenkam.

«Vielleicht suchst du ja auch nur nach einer Ausrede, um länger Single zu bleiben. Du bist so eine tolle Frau. Zum Anbeißen! Klug. Gebildet. Vielleicht solltest du dir das erst einmal selbst bewusst machen, bevor du nach der großen Liebe suchst. Lass endlich dein Selbstbild der einsamen armen Tierpflegerin los und sei einfach du selber!», fährt Magdalena fort.

Wenn nur alles so einfach wäre. Zum richtigen Zeitpunkt am richtigen Ort, so wie bei Jens und Carla. Das ist es! Ich werde mich einfach zum richtigen Zeitpunkt am richtigen Ort einfinden und René so ganz nebenbei fragen, ob er mit mir was essen gehen will. Das klingt dann so wie eine Art Wiedergutmachung, weil ich ja an seinem ersten Arbeitstag keine Zeit hatte. Wiedergutmachung und keinesfalls Anmache. Ich weihe Magdalena in meinen Plan ein, jedoch scheint sie davon nicht halb so begeistert zu sein wie ich.

«Du kapierst wirklich rein gar nichts. Wie contra-emotional kann ein Mensch eigentlich werden, wenn er über Jahre hinweg sämtlichen ehrlichen Beziehungen seines Lebens aus dem Weg geht?»

«Was soll das nun schon wieder heißen? Ich will doch eine Beziehung!», entgegne ich trotzig.

«Nein, willst du nicht. Du erfindest ständig irgendwelche Ausreden, warum es mit dem Nächsten auch nicht klappen soll.» So langsam wird mir Magdalena zu anstrengend. Vielleicht sollte ich doch nicht mit einer lesbischen Frau über Männer diskutieren.

«Ich weiß ganz genau, was du jetzt denkst. Du denkst, ich hätte keine Ahnung von den Kerlen. Aber ich kann dir einen der Gründe nennen, warum mir Frauen tausend Mal lieber sind. Frauen denken anders als Männer. Allerdings glauben die meisten von uns, dass sich ihr Heinz-Günther oder Klaus-Wilhelm genauso oft den Kopf über sie zerbricht wie sie sich über ihn. Stimmt aber nicht. Männer sind mit wenigen Mitteln zufriedenzustellen. Die ticken ganz schlicht und einfach. Meiner Meinung nach ziemlich reizlos, aber es ist deine Entscheidung.»

Jetzt bin ich doch ein wenig beeindruckt von ihrer Analyse. Dennoch, René ist und bleibt ein Traummann, da hilft auch die ganze schöne Theorie nichts. In der Praxis fällt mir dann doch wieder kein flotter Spruch ein. Insbesondere, wenn mein Körper in einem reizlosen beigefarbenen Overall steckt.

Nachdenklich mache ich mich auf den Weg zurück zum Giraffenstall, wo Eric bereits sehnsüchtig auf mich wartet. Er hat das ganze Desaster rund um Cinderella ganz gut verkraftet und trapst bester Laune auf mich zu, um mir an der Schulter herumzuzupfen.

«Was mache ich nur mit René? Wenn ich bloß nicht so

schüchtern wäre! Du liebst mich wenigstens so, wie ich bin, nicht wahr, Eric?» Ich tätschele liebevoll seinen langen Hals und füttere den guten Kerl mit ein paar Extramöhren. Eric schnaubt begeistert und knuspert sie binnen Minuten alle auf. Ich kehre mit dem Besen über den Stallboden, um den ganzen Dreck auszumisten. Danach muss noch frisches Stroh im Stall verteilt werden. Ganz schön anstrengend, aber man kann dabei gut nachdenken.

«Na, führen wa jetze schon Selbstjespräche?» Stefan steckt den Kopf in den Stall. Seit ich an seiner Stelle die Abmahnung kassiert habe, ist er mir aus dem Weg gegangen. Es scheint sich wie ein roter Faden durch mein Leben zu ziehen: Rosi geht man am besten aus dem Weg. Sicher ende ich irgendwann als alte Jungfer mit zwanzig Katzen in einer Dachgeschosswohnung.

«Ich spreche mit Eric genau wie mit allen anderen Tieren auch. Das tut ihnen gut. Es hilft ihnen, wenn sie immer wieder die gleiche Stimme mit dem gleichen Klang hören. Was man ihnen erzählt, ist völlig unwichtig, ich denke mir halt eine Geschichte aus», erkläre ich meinem Kollegen. Es ist mir unangenehm, dass ich nicht weiß, wie lange er uns schon belauscht hat.

«Ick wollt dir och nur mitteilen, dass Andreas mir zum Cheffleger befördert hat. Super, wa?»

Auch das noch. «Chefflegel? Wie passend!», antworte ich.

«Nee, Chef-Pfleger!» Stefan bemüht sich sichtlich, das Wort korrekt auszusprechen.

«Gratuliere, wie lange musstest du denn dafür auf seinem Schoß hocken?» Das hat mir gerade noch gefehlt. Schleimbacke und Oberintrigant Stefan hat nun auch noch den Job bekommen, den ich gerne wollte! Ganz davon abgesehen, dass es dafür auch mehr Geld gibt. Zumindest, wenn der Zoo wieder Gewinn macht, was dank René sicher bald geschehen wird.

Ich ärgere mich über mich selbst. Vielleicht sollte ich versuchen, mit Andreas zu sprechen. Nicht wegen der Giraffengeschichte, sondern grundsätzlich. Denn «die Sache» scheint uns immer noch zu blockieren. Wenn ich also nicht für immer bei Beförderungen übergangen werden möchte, sollte ich die Sache bereinigen. Einzig und allein wegen des Betriebsklimas. Man muss auch mal Größe zeigen können im Leben. Sonst kann ich mir weiterhin die Beine ausreißen, und es wird doch nicht gewürdigt. Wenn ich gewusst hätte, wie viele Probleme ein One-Night-Stand machen kann, hätte ich ihn mir selbstverständlich verkniffen.

Bei den Bonobo-Affen läuft es genau umgekehrt. Die lösen mit Sex Konflikte. Anders als bei anderen Affenarten tun sie das friedlich und kreuz und quer durch die Sippschaft. Vielleicht sollte man das ganze Thema genau wie die Affen einfach nicht mehr so ernst nehmen. Selbst die Rangordnung zwischen Mann und Frau kriegen die Bonobos besser hin als wir Menschen!

Ich lasse Stefan stehen und gehe, da wir leider keine Affen im Willbert-Zoo haben, zum Flamingosee. Der See ist ein beliebter Treffpunkt für Pärchen in unserem Zoo. Auch ich könnte den Vögeln stundenlang zusehen, wie sie auf einem Bein balancieren oder elegant mit den weiten Flügeln schlagen. Sie haben übrigens so wunderbar pinkfarbenes Gefieder, weil sie mit der Nahrung viel Karotin aufnehmen. Bekämen sie eine Zeitlang nur Kartoffeln, würden sie fast weiß. Bei uns bekommen sie natürlich Plankton und allerlei Larven, damit sie weiterhin so wunderbar strahlen können. Das Tolle an Flamingos ist, dass man bei ihnen immer wiederkehrende Bewegungschoreographien erkennen kann, das ist wie bei einem endlosen Tanz. Vielleicht kann ich mir hier ein paar deutlichere Signale aus der Kategorie «Liebling-meine-Uhr-tickt» abschauen, um sie bei René anzuwenden. Vielleicht lauere ich ihm aber doch lieber am nächsten Tag um die Mittagszeit auf. «Auflauern», wie das klingt! Ich muss an Magdalenas Worte denken und nehme mir vor, lockerer im Umgang mit Männern zu werden. Sie sind ja auch nur Menschen. Oder?

Mit diesem Gedanken betrete ich Andreas' Büro.

«Hi!», sage ich zaghaft. Seit seinem Dienstbeginn hier habe ich krampfhaft versucht, diesen Raum zu meiden.

«Hi!», antwortet Andreas. «Das ging aber schnell.»

«Wieso schnell? Ich wollte mit dir reden», entgegne ich ahnungslos.

«Ich auch», sagt Andreas vielsagend. Er klingt ziemlich ernst.

«Um was geht es denn?», frage ich und hoffe, dass es nicht schon zu spät ist für meine Bereinigungsaktion.

«Du weißt noch gar nicht, um was es geht? Klasse! Aber fang du an, schließlich bist *du* ja in *mein* Büro gekommen.» Reizend, er lässt mir den Vortritt, mich zum Affen zu machen. Wahrscheinlich werde ich danach sowieso abserviert.

«Ich wollte mich bei dir entschuldigen. Ich glaube, ich habe dir von Anfang an keine richtige Chance gegeben», beginne ich zögernd. Andreas hört mir aufmerksam zu. Seine Augen werden größer.

«Ich denke, unser Start war wirklich blöd. Ich habe mich

dazu verleiten lassen, mich gewissen Vorurteilen hinzugeben. Das tut mir wirklich leid. Sicher hast du es als Chef hier nicht besonders leicht, zumal du hier eine Karre aus dem Dreck ziehen musst, die du nicht selbst versenkt hast.» Ich schaue Andreas hilflos an. Er eilt mir zur Hilfe und übernimmt das Wort.

«Ich bin wirklich überrascht. So viel Größe hätte ich dir gar nicht zugetraut. Obwohl ich sagen muss, dass es Schwierigeres gibt als meinen Job als Chef der roten Zahlen. Zum Beispiel dir zu sagen, dass du echt gute Arbeit leistest.» Andreas nickt mir anerkennend zu.

Ich verstehe nun gar nichts mehr.

«Aber wieso hast du dann Stefan befördert?», frage ich entgeistert.

«Erzählt er das etwa? Das habe ich gar nicht getan. Vielmehr habe ich ihn nach einem Gespräch mit Dr. Nachtnebel in mein Büro zitieren müssen.»

«Wie? Was? Jetzt verstehe ich aber wirklich nur noch Bahnhof.»

«Unser guter Herr Dr. Hieronymus Nachtnebel bemüht sich um dein Wohlergehen, als sei er dein eigener Vater. Er hat mich über die wahre Geschichte vom Tod des Giraffenbabys informiert. Rosi, wieso hast du denn nichts gesagt?» Andreas schüttelt den Kopf und schaut mich verständnislos an. Mir fehlen die Worte.

«Ich finde es wirklich schade, dass dir jegliches Vertrauen zu mir fehlt. Vielleicht liegt es ja an unserer kurzen gemeinsamen … äh … Sache.» Er sagt auch «Sache», wie witzig. «Vielleicht habe ich dich auch etwas strenger angepackt als die anderen. Jedenfalls entschuldige ich mich auch bei dir.»

«Tja, dann sind wir jetzt quitt, oder?», krächze ich verunsichert. So langsam wird mir das Gespräch unangenehm. Diese ganze Lobhudelei ist nichts für mich.

«Gerne. Alles vergessen und vergeben, o. k.?» Andreas streckt mir die Hand entgegen, und ich schlage ein. Man muss die Vergangenheit auch mal ruhen lassen, erst dann ist man bereit für Neues.

Am nächsten Vormittag kommt mich Mel im Zoo besuchen. Sie hatte ihr Interesse schon seit langem bekundet, nun ist es so weit. Wahrscheinlich will sie eher unser männliches Personal begutachten. Sie hat zumindest das entsprechende Angelzeug an: Mel trägt zarte hohe Schühchen und ein viel zu kurzes Sommerkleid. So muss ich wenigstens kein schlechtes Gewissen haben, dass ich sie heute ebenfalls für meine Zwecke missbrauche. Ich werde sie nämlich so lange herumführen, bis Renés Mittagspause beginnt, dann begleite ich sie zum Ausgang und warte so lange, bis er auftaucht. Dann sage ich, ich hätte meine Freundin Mel verabschiedet, damit es nicht so auffällt, dass ich vor dem Eingang herumlungere. Und dann werde ich ihn ganz nebenbei ansprechen.

Das ist leichter gesagt als getan. Unruhig und fröstelnd trippelt Mel neben mir her, und ich bin schon nach einer halben Stunde mit ihr genervt.

«Wieso trägst du denn heute bitte High Heels ohne Strümpfe? Wir haben 16 Grad!»

«Aber diese Schuhe sehen nun mal am besten aus zu meinem dunkelblauen Kleid! Ich will schließlich schick sein für eure Tierchen.» Ja, verstehe schon, ganz besonders für die großen. Dennoch nehme ich ihr den guten Willen ab und beginne mit meiner Führung bei den Tapiren. Dann präsentiere ich ihr Eric und die Flamingos. Allerdings interessiert sich Melanie offenbar eher für die T-Shirts im Souvenirshop. «Meinst du, die haben das auch in meiner Größe?»

«Da bin ich gerne behilflich, junges Fräulein!» Wie aus dem Nichts taucht Andreas auf. Scheint ein Hobby von ihm zu sein. Er greift nach ganz oben im Regal, um ihr ein hellrosa Shirt mit kleinen Fischottern darauf herunterzuholen. Dabei entgeht es mir nicht, wie Mels Blicke an Andreas' sportlichem Körper hinabgleiten. Andreas übergibt ihr das Top und schaut ihr dabei tief in die Augen.

«Das ist ja niedlich. Was sagst du dazu?» Sie hält sich das Shirt vor die nach vorn gedrückte Brust und tänzelt verführerisch hin und her.

«Steht dir sicher gut. Vor allem kommt die Hälfte der Einnahmen dem Naturschutzbund zugute», sage ich trocken.

«Darf ich mich vorstellen, wenn es Ihre Freundin schon vergisst? Andreas Tannenbach, ich bin hier der Direktor.»

«Wahnsinn, ehrlich? Das ist ja cool. Rosi hat sogar schon von Ihnen erzählt», säuselt Mel und beeilt sich, ein aufreizendes Wimpernklimpern hinterherzuschicken.

«Ich hoffe doch, nur Gutes. Und für dich bitte Andreas, wenn ich bitten darf, wir sind hier alle per du.» Wenn wir uns nicht gerade erst versöhnt hätten, würde ich ihm einen fiesen Spruch entgegenschleudern. Aber ich verkneife mir den Kommentar und lausche dem Geplänkel der beiden.

«Stimmt, das hat sie auch erzählt. Ich bin Melanie.»

Klasse. Jetzt funkt es zwischen diesen beiden Herrschaften auch noch. Offenbar haben sich neuerdings alle um mich herum ganz doll lieb und drehen mir den Rücken zu. Für Mel und Andreas bin ich schon Galaxien entfernt. Sie tauschen sogar vor meiner Nase Telefonnummern aus! Lächerlich! Als Andreas den Laden verlässt, stelle ich Mel zur Rede.

«Sag mal, spinnst du? Du kannst doch nicht meinen Chef anbaggern!», platzt es aus mir heraus.

«Wieso denn nicht? Der ist doch süß!», antwortet Mel mit einem Unschuldsblick, der jede Nonne das Fürchten lehren würde.

«Weil ich mit ihm gevögelt habe, darum!» Ich drehe mich vorsichtshalber um, um sicherzugehen, dass uns niemand zuhört.

«Die Betonung liegt auf ‹habe›», entgegnet Melanie kühl.

«Stimmt. Und ich bin froh, dass sich das Thema erledigt hat. Aber ich möchte ihn nicht bei mir am Frühstückstisch begrüßen.»

Das versteht Mel offenbar, denn sie zieht den Zettel mit der Telefonnummer von Andreas wieder aus ihrer Handtasche.

«Na gut. Dann treffe ich mich eben nicht mit ihm. Ist eh nicht mein Typ», sagt sie und zerreißt das Zettelchen in unzählige kleine Stückchen. Das rechne ich ihr wirklich hoch an.

«Und was machen wir jetzt?»

Ich blicke auf die Uhr und sehe, dass unsere Mittagspause in wenigen Minuten beginnt, also dränge ich Melanie zum Aufbruch.

«Nun, das Spannendste hast du schon gesehen, meinen Chef inklusive, ich muss jetzt echt weitermachen.» Ein bisschen tut sie mir schon leid, als ich sie in einem Affenzahn Richtung Ausgang bugsiere, aber was sein muss, muss nun mal sein. Es ist gerade noch rechtzeitig. Denn kaum ist Mel um die Ecke gebogen, kommt mir auch schon René entgegen.

Motiviert durch den Verlauf des heutigen Tages, fasse ich allen Mut zusammen und lege los.

«Hi René. Na? Wie sieht es aus? Hast du Lust, was essen zu gehen?», frage ich und bemühe mich dabei, das Zittern in meiner Stimme und das Pochen im Magen zu kaschieren. Ich lehne mich gegen die Wand und spiele mit einer Haarsträhne. Irgendwo habe ich einmal gelesen, dass das erotisierend auf Männer wirkt.

«Tut mir leid, Rosi. Heute geht es nicht. Ich bin schon verabredet mit einem Kunden. Den darf ich leider nicht warten lassen, obwohl du mir natürlich tausendmal lieber wärst», entgegnet er.

Na toll, Rosi. Das hast du ja super hingekriegt. Er steht einfach nicht auf dich! Und jetzt fühlst du dich wie der letzte Dorftrampel nach einer Schlammdusche. Ich hebe kurz meine Hand zum Abschied und schleiche etwas bedröppelt in Richtung Verwaltung. Der Hunger ist mir vergangen. Außerdem muss noch jede Menge Fisch geschnippelt werden fürs Aquarium. Wie konnte ich nur denken, dass so ein toller Typ wie René auch nur den Hauch eines Interesses an mir haben könnte! Ist mir das peinlich! Wahrscheinlich denkt er jetzt sogar, ich sei so etwas wie ein weiblicher Discostöberer. Die quatschen ja auch ein Mädel nach dem anderen an, in der Hoffnung, dass eines vielleicht doch Erbarmen hat. Vielleicht sollte ich doch mal wieder zum Friseur. Melanie sieht immer toll aus, deshalb hat sie wahrscheinlich auch keine Schwierigkeiten, jemanden kennenzulernen. Die Frau ist doch keine zwei Stunden allein auf dieser Welt. Immer scharwenzelt ein gutaussehender Kerl um sie herum! Ach, manchmal vermisse ich Single-Carla, mit der man so herrlich über das Alleinsein jammern konnte. Immerhin findet sie auch, dass man ruhig mal etwas für sich tun kann. «Es geht gar nicht darum, dass du nicht hübsch genug bist, aber ich finde, man strahlt gleich etwas anderes aus und wirkt viel positiver, wenn man etwas für sein Äußeres getan hat», sagt Carla, wenn sie mich mal wieder zu einer Quarkmaske überreden will. Wahrscheinlich hat sie recht, und die oft strapazierten «inneren Werte» werden immer falsch verstanden. Denn eigentlich geht es dabei um die Selbstwahrnehmung: Fühle ich mich gut, dann empfindet mein Umfeld dasselbe.

Noch am selben Abend mache ich einen Termin bei meinem Friseur aus und lasse mir einen neuen Haarschnitt verpassen. Ein bisschen kürzer und stufiger mit ein paar hellblonden Highlights. «Man muss sich nicht gleich von einem Mann trennen, um seinen Style zu ändern. Kleine äußerliche Veränderungen können eine enorme Wirkung haben», sagt meine Mutter prompt, als ich ihr meinen neuen Look präsentiere.

«Stell dir vor, Mutti, vorhin hat mir sogar jemand hinterhergepfiffen!», erzähle ich aufgeregt und schüttle meine frischgeföhnte Mähne.

«Kind, wir sehen uns viel zu selten. Ich weiß gar nicht mehr, was du machst», sagt sie vorwurfsvoll. Mama wollte immer nur das Beste für mich. Es hat ihr damals das Herz gebrochen, dass ich mein Studium abbrechen musste. Aber es hätte finanziell einfach nicht mehr hingehauen. «Bist du denn überhaupt glücklich in diesem Zoo?»

«Aber ja, das bin ich! Du sagst doch immer, man muss

zufrieden sein mit dem, was man hat!», versuche ich sie zu beruhigen. Natürlich wünsche ich mir immer noch eine eigene Tierarztpraxis, aber ich werde den Teufel tun und ihr das auch noch unter die Nase reiben. Mutti wäre imstande, zwei Doppelschichten zusätzlich am Tag anzunehmen, damit sie mir diesen Traum erfüllen könnte.

«Weißt du, mein Liebling, ich mache mir einfach Sorgen, dass du irgendwann einmal so endest wie ich. Ich wollte auch immer Medizin studieren und eine berühmte Ärztin werden, aber es hat bei mir eben auch nur zur Krankenschwester gereicht.»

«Zur besten, die es gibt!», werfe ich ein und hoffe, dass sie nicht gleich wieder das Thema auf mein Beziehungsdilemma lenkt. Aber natürlich bleibe ich nicht davon verschont.

«Wahrscheinlich habe ich dir einfach die falschen Ideale vorgelebt. Du hast schließlich nie ein richtiges klassisches Familienbild mitbekommen.»

«Was hättest du denn auch anderes tun können? Schließlich hat dich mein Vater einfach sitzenlassen. Dafür weiß ich von dir, dass wir Frauen auch unseren Mann stehen und alles alleine schaffen können!», erwidere ich stolz.

«Ach, ich hätte mir sehr oft Unterstützung von deinem Vater gewünscht. Und wenn es nur manchmal eine starke Schulter zum Anlehnen gewesen wäre. Oder jemanden, der die Verantwortung mit mir teilt. Oder auch nur die Freude, die ich oft an dir hatte.» Mutti seufzt und lehnt sich in ihrem Sessel zurück. Sie sieht müde aus, abgearbeitet. Ich würde ihr so gerne ein angenehmeres Leben ermöglichen! Oder wenigstens mal einen Urlaub. Aber bei meinem mageren Gehalt kann ich ihr einfach nichts zurückgeben. Vielleicht bin ich in letzter Zeit wirklich etwas zu phlegmatisch geworden.

Mutti hat schließlich immer für mich gekämpft. Wir waren ein absolutes Dreamteam, Mama und ich, und sie hat nie etwas für sich gefordert. Sich nie beklagt, dass sie meinetwegen auf so vieles verzichten musste.

«Sag mal, Mama, darf ich dich noch etwas zu Vater fragen?» Seit meinem Gespräch mit Andreas brennt mir dieses Thema wirklich auf der Seele.

«Was willst du denn wissen?»

«Lebt mein Vater noch in Berlin?», frage ich vorsichtig.

«Nein, mein Schatz, soweit ich weiß, ist er mittlerweile irgendwo in England tätig», antwortet meine Mutter.

«Und du bist dir ganz sicher? Ich meine, ich denke, könnte es vielleicht sein, dass Dr. Nachtnebel mein Vater ist?», platzt es aus mir heraus.

«Dr. Nachtnebel, euer Zoo-Doc? Ach, Kindchen, den kenne ich doch. Wie kommst du denn darauf? Nein, das ist nicht dein Vater. Wieso beschäftigt dich denn das Thema so?»

«Um ehrlich zu sein, vielleicht war es einfach nur die Hoffnung, ihn doch noch einmal kennenzulernen.» Eine ziemlich egoistische Hoffnung. Ich hoffe, dass ich meine Mutter damit nicht zu sehr verletzt habe. Im Nachhinein betrachtet, war das jetzt ziemlich dumm und naiv von mir.

«Nicht, dass du denkst, mir würde etwas fehlen, Ma!», beeile ich mich zu sagen. Ich nehme meine kleine Mutter in den Arm und drücke sie fest an mich.

«Wenn ich dich nicht hätte!», seufze ich. Wir werden jäh vom Klingeln meines Handys unterbrochen. Unbekannter Teilnehmer, komisch.

«Ja, hallo?», melde ich mich neugierig.

«Hallo, Rosi. Bitte entschuldige die Störung. René ist am Apparat.» Mein Herz macht einen kleinen Hüpfer.

«Hallo, René», antworte ich und bemühe mich, ruhig zu bleiben. Ich nicke meiner Mutter kurz zu und gehe mit meinem Telefon in den Flur. Alles muss sie ja nun auch nicht mitbekommen.

«Was gibt es denn?», frage ich und hoffe, dass es sich um etwas Privates handelt.

«Ich wollte mich dafür entschuldigen, dass ich heute Mittag so kurz angebunden war. Aber ich hatte es wirklich eilig. Und da dachte ich mir, also, ich wollte dich fragen ...» Er scheint auch etwas nervös zu sein.

«Also, ich hab auf dem Dienstplan gesehen, dass du morgen Abend frei hast, und essen müssen wir ja alle mal ... jedenfalls: Hast du Lust, morgen mit mir etwas essen zu gehen?»

Meine Güte, druckst der rum. Beruhigend, dass Männer auch nicht immer souverän sind, wenn es ums andere Geschlecht geht.

«Ja, sehr gerne», sage ich ohne Umschweife und beiße mir im selben Moment auf die Zunge. Jetzt denkt er garantiert, dass ich sonst nichts zu tun habe. Aber egal. So ist es ja auch.

«Ja, dann ... sagen wir, so gegen acht Uhr? Ich hole dich zu Hause ab!»

Ein wahrer Gentleman.

«Ja, sehr gerne», seufze ich in den Hörer.

«Ja, dann ...»

«Ja?»

«Bis morgen.»

«Ja, bis morgen.»

«Wir sehen uns ja sicher vorher noch im Zoo.»

«Ja, natürlich.»

«Also.»
«Bis dann.»
«Ich freu mich.»
«Ich mich auch.»
«Dann leg ich jetzt mal auf.»
«Mh.»
«Bis dann.»
«Ja, tschüss!»

Ich drücke auf die Taste mit dem roten Hörer auf meinem Handy und atme noch einmal tief durch, bevor ich wieder zu meiner Mutter ins Wohnzimmer gehe.

«Wer war das denn? Du grinst ja von einem Ohr zum anderen! Ein Verehrer?»

Manchmal sind Mütter zu neugierig, deshalb flunkere ich.

«Ach, das war nur ein Kollege, der etwas Organisatorisches wissen wollte.» Ich habe einfach keine Lust, mir durch zu viel Gerede etwas von meiner Stimmung kaputt machen zu lassen. Den Fehler habe ich früher schon allzu oft gemacht. Mit René soll alles anders werden. Diesmal mache ich alles richtig. Ich werde offensiver, emotionaler und weiblicher sein. Ich werde mich einfach auf die Geschichte einlassen, schließlich kann ich nur so herausfinden, ob er der Richtige ist.

Den ganzen nächsten Tag habe ich gute Laune, und dabei klopft mein Herz bis zum Hals. Bei jedem kleinsten Knarren oder Rascheln erwarte ich, dass René seinen Kopf zur Tür hereinsteckt. Doch die Stunden vergehen ohne auch nur das kleinste versteckte Zeichen. Nicht einmal eine SMS schickt er mir. Geht er mir aus dem Weg? Vielleicht will er aber auch nur kein großes Aufsehen erregen, womit er natürlich recht hat. Auf das Getratsche hinter den Kulissen habe ich auch keine Lust, zumal Andreas früher oder später auch davon Wind kriegen würde. Trotz unserer Aussprache. Stefan meinte sogar einmal, dass er gehört habe, Andreas hätte erzählt, ich sei leicht zu haben.

Jetzt habe ich aber erst einmal Dienstschluss, und so hinterhältige Weicheier wie Stefan oder Andreas können mir getrost den Buckel herunterrutschen. Ich gehe heute Abend nämlich mit einem echten Kerl aus! So sehr habe ich die Vorbereitungen zu einer Verabredung schon lange nicht mehr genossen. Dank der schmerzhaften Heißwachsprozedur von neulich bleiben mir grob gerechnet dreißig Minuten mehr Zeit, die ich für Haare und Make-up verwenden kann. Ich trage ein schwarzes Jersey-Kleid, das ich neulich erst im Schlussverkauf erstanden habe. Es sitzt perfekt und betont meine Vorzüge phantastisch.

«Wow, du siehst richtig toll aus!» Mel und Carla stehen im Türrahmen des Badezimmers und schauen mich bewundernd an.

«Hier», sagt Mel und streckt mir eine lange Kette mit silbernen Glitzersteinen entgegen. «Die leihe ich dir. Das peppt das Ganze noch ein bisschen auf!»

«Danke!» Mit so viel Unterstützung ihrerseits hätte ich gar nicht gerechnet, immerhin habe ich ihr ja das Date mit Andreas untersagt. Aber sie hat es mir offenbar nicht übelgenommen. Überhaupt scheint sie sich in letzter Zeit emotional wieder gefangen zu haben. Sie ist viel hilfsbereiter und richtig nett geworden. Vielleicht hatte sie einfach nur eine schlechte Phase. Es ist ja auch nicht meine Sache, mit wem sie so alles in die Kiste steigt. Es ist Melanies Leben, und weder Carla noch ich sind für sie verantwortlich, noch haben wir das Recht, über sie zu urteilen.

René klingelt pünktlich um acht Uhr an unserer Haustür.

«Bitte ihn doch noch rein!», wispert Carla mir zu. Das würde ihr so passen, dass der arme Kerl vorher noch durch die Prüfung meiner beiden gestrengen Mitbewohnerinnen muss!

«Ne, lass mal», entgegne ich schnell und angele nach meiner Jeansjacke.

Carla wirft mir noch einen letzten prüfenden Blick zu.

«Alles in Ordnung. Du siehst toll aus. Also, schnapp ihn dir!», ruft sie mir fröhlich hinterher. «Und bleib anständig!», fügt sie schnell noch hinzu.

«Nein, sei unanständig!», sagt Mel leise und knufft mich freundschaftlich in die Seite.

Ich lasse die beiden einfach stehen und eile die Treppen hinunter, wo René mich vor seinem Auto, einem dunkelblauen Audi, schon erwartet. Er reicht mir die Hand und deutet einen Handkuss an. Du meine Güte, der Typ ist einfach zu perfekt, um wahr zu sein, denke ich bei mir und ärgere mich im selben Moment schon wieder über mich. Rosi, sage ich zu mir, hör auf, ständig irgendwelche Fehler zu suchen!

«Los geht's!», sage ich laut zu René, eigentlich, um mich selbst in den Hintern zu treten. René hält mir galant die Wagentür auf, um mich zum Restaurant zu kutschieren. Mir fehlen die Worte: Das Lokal ist einfach zu süß! Ich wusste zwar, dass das Nachtleben unserer Stadt über unzählige Nischen verfügt, aber man ist doch immer wieder überrascht, was man alles noch entdecken kann.

Wir sitzen in einer kleinen Ecke, die nur mit Kerzen beleuchtet ist. René hat uns eine Flasche vorzüglichen Rotwein bestellt, die er fachmännisch ausgewählt hat.

Am liebsten würde ich mir das Essen sparen und den ganzen Abend einfach nur in seinen Augen versinken. Aber ich sollte mich zusammenreißen; so etwas tut man einfach nicht.

«Du siehst einfach bezaubernd aus! Die neue Frisur steht dir. Aber das ist ja nur die Meinung eines Amateurs», sagt René und greift nach meiner Hand. Ein wohliger Schauer überkommt mich, und ich spüre, wie mein Herz erneut zu hämmern beginnt.

«Danke!», sage ich mit belegter Stimme und greife schnell zu meinem Rotweinglas, um meine Kehle zu ölen.

«Ich bin ja so froh, dass du meine Einladung angenommen hast. Ich hatte doch Bedenken, schließlich sind wir ja Kollegen, und ich wollte dich nicht in Verlegenheit bringen.»

Er ist so einfühlsam. Welcher Mann macht sich schon Gedanken über den Ruf einer Frau, wenn er sie nur ins Bett kriegen will? Er scheint wirklich ernsthaftes Interesse an mir zu haben. Wieso bin ich eigentlich immer noch so nervös? Lustlos stochere ich in meinem Essen herum.

«Schmeckt's dir nicht?», fragt René mich besorgt.

«Doch!», beeile ich mich zu sagen. «Das Restaurant ist toll. Aber ich habe nicht so viel Hunger», erkläre ich verlegen.

«Geht mir genauso», sagt René. «Am liebsten würde ich dir den ganzen Abend nur in die Augen sehen.»

Ich bin auf dem besten Wege, mich Hals über Kopf zu verlieben.

«Entschuldige bitte, das war ganz schön direkt. Normalerweise bin ich nicht so, aber bei dir habe ich das Gefühl, ich kann einfach so sein, wie ich bin!», fügt René schnell hinzu.

Ich lächle ihn an und versinke erneut in seinem tiefen Blick.

«Darf e ich Ihne noch was bringe?» Just in diesem Moment quäkt der italienische Ober dazwischen. Man kann eben nicht alles haben. Schließlich befinden wir uns immer noch an einem öffentlichen Ort.

«Möchtest du noch ein Dessert?», fragt René liebevoll.

«Nein, danke.»

«Dann hätte ich gerne die Rechnung.»

«Tzusamme oda getrenn?», fragt der Kellner.

«Zusammen natürlich.» René schüttelt verständnislos den Kopf, und ich schaue verlegen auf die Tischdecke. Das Kerzenwachs ist auf den weißen Stoff getropft und bildet einen kleinen roten See. Am liebsten würde ich das Wachs jetzt abzupfen, dann hätten meine Hände etwas zu tun. Aber ich reiße mich zusammen.

«Danke für die Einladung», sage ich und lächele René erneut zu. Hoffentlich ist der Abend jetzt nicht schon vorbei! Ob ich ihm vorschlage, noch woandershin zu gehen? Ich habe ein bisschen Angst vor den unausweichlichen Entscheidungen, die solchen Abenden nachfolgen. Bisher lief alles perfekt. Aber noch geht es auch nicht ans endgültige Verabschieden, den Punkt einer Verabredung, an dem man die meisten Fehler machen kann. Was ist, wenn er mich jetzt bittet, noch zu ihm mitzukommen? Soll ich ja sagen? Oder besser nein?

So, liebe Rosi, wie willst du denn nun mit deinem Herzblatt verfahren? Wählst du Möglichkeit 1: Du schmiegst dich in seine Arme, spürst seine nackte Haut auf deinem Körper und verbringst eine leidenschaftliche Nacht mit ihm. Oder Möglichkeit 2: Du entscheidest dich für die Enthaltsamkeit, schließlich ist der Kandidat ein Mensch mit klassischen Werten, und alles andere könnte ihn verschrecken. Oder Möglichkeit 3: Du versaust dir die ganze Sache schon vor der Autofahrt nach Hause, indem du weiterhin kein Wort mehr herausbringst und er annehmen muss, du seiest eine Psychopathin. Nun, liebe Rosi, welche Variante soll es denn nun sein?

Beim Hinausgehen hilft mir René, aufmerksam, wie er eben ist, in meine Jacke. Wie zufällig streift seine Hand ein bisschen länger als nötig meinen Rücken, und ich genieße das Kribbeln, das diese Berührung in mir auslöst. René legt seinen Arm um mich, und wir gehen dicht nebeneinander zu seinem Auto. Auch dort hält er mir die Tür auf, und ich setze mich auf den Beifahrersitz. Der Rückweg vergeht leider wie im Flug, und zehn Minuten später hält der Audi auch schon vor meiner Haustür.

«So, da wären wir.» René schaut mich unsicher an und löst seinen Gurt. Gleich wird er aussteigen, um mir die Tür von außen aufzuhalten. Also nestele ich ebenfalls an meinem Gurt herum. Aber irgendetwas klemmt, und ich beuge mich schräg nach unten, um dem Problem auf den Grund zu gehen. Es macht ein kurzes «Klick», und die Verklemmung ist gelöst. Zumindest die des Gurtes.

«Rosi», beginnt René zögerlich, und ich spüre, wie meine Kniescheiben unter meinem Kleid zu zittern beginnen.

«Das war wirklich ein wunderschöner Abend.» René streicht mir über die Wange und zieht mich langsam zu sich.

Dann berühren sich unsere Lippen. Weich und warm, vermischt mit ein bisschen Testosteron. René küsst einfach göttlich. Und das von der ersten Sekunde an, das gibt es nicht so oft.

«Ich wünschte, dieser Augenblick würde nie enden», flüstert er mir ins Ohr, und ich spüre, dass ich kurz davor bin, all meine Prinzipien über Bord zu werfen. Sanft küsst er meinen Hals, und seine Hände wandern meinen Rücken entlang hinunter zur Taille. Mir wird gleichzeitig heiß und kalt, und am liebsten würde ich mir sofort alle Klamotten vom Leib reißen und über ihn herfallen. Aber das ist nicht richtig. Noch nicht.

«Halt, stopp!», sage ich und bemühe mich, zumindest ein bisschen überzeugt zu klingen.

René nimmt mein erhitztes Gesicht in beide Hände und küsst mich kurz auf den Mund.

«Das war … atemberaubend. Ich könnte dich stundenlang nur in den Armen halten. Doch bevor wir uns jetzt zu irgendwelchen Dummheiten verleiten lassen, bringe ich dich lieber zur Haustür», sagt er entschlossen.

Wow! Was war das denn jetzt? Bevor ich antworten kann, springt René aus dem Wagen und öffnet mir von der anderen Seite die Tür. Geschickt hält er mir den Arm so hin, dass ich mich bequem unterhaken kann. An der Haustür küsst er mich noch einmal so zärtlich, dass es mir fast den Boden unter den Füßen wegzieht. Er streicht mir übers Haar und küsst mir die Stirn.

«Pass auf dich auf, Prinzessin. Wir sehen uns morgen im Büro.»

«Bis dann», flüstere ich. Das ist das Einzige, was ich in meinem momentanen Zustand noch herausbekomme. Meine Hormone sind kurz vor der Explosion, und ich brauche ganze drei Minuten, um mit dem Schlüssel das Schlüsselloch zu treffen.

Meine beiden Mädels sind schon längst im Land der Träume. Ist mir ganz recht so. Schließlich möchte ich meinen Zustand auskosten, ohne irgendjemandem etwas erklären zu müssen. Ich werfe mich mit Schuhen und Klamotten auf mein Bett und grinse breit. Es ist unbeschreiblich, einfach zauberhaft! Vielleicht hat der Liebeszauber doch seine Wirkung getan. Irgendwie fühlt es sich etwas unwirklich an. Zu schön, um wahr zu sein. Aber was ist schon normal in der Liebe? Egal welcher Zauber da gerade passiert, ich finde es einfach nur phantastisch!

Verknallt, verliebt, vernascht

«Und? Wie isser denn so?», fragt Mel mich am nächsten Morgen neugierig. Sie trägt ihren roséfarbenen Morgenmantel aus Satin und fröstelt entsprechend. Ich habe mich in meinen Frotteemantel eingewickelt. Sieht zwar nicht besonders sexy aus, ist aber warm.

«René? Ein absoluter Traum!», schwelge ich. Bis gestern dachte ich noch, diese Kombination aus Charme, gutem Aussehen und erfolgversprechender Karriere gäbe es nur im Fernsehen.

«Ich bin allerdings ein bisschen nervös. Sicher nehmen das nicht alle Kollegen auf die leichte Schulter», gebe ich zu bedenken. Insgeheim hoffe ich natürlich, dass René mich direkt vor den Augen von Andreas leidenschaftlich in die Arme nimmt und mir einen zärtlichen Kuss gibt. Das wird er mit Sicherheit nicht tun. Aber man wird doch wohl mal träumen dürfen.

Mein Traum zerplatzt eine halbe Stunde später direkt vor unserem Verwaltungsgebäude wie eine Seifenblase.

«Guten Morgen, Rosi!», ruft mir Andreas gut gelaunt entgegen. Neben ihm geht René, und automatisch setzt mein Herzschlag für einen kurzen Moment aus, um danach umso schneller zu gehen. Er sieht heute noch besser aus als gestern! Allerdings läuft er direkt an mir vorbei, nickt mir kurz und sachlich zu und führt dann seine Unterredung mit meinem Chef weiter. Die beiden drehen sich kurz zu mir um und lachen kurz auf.

Ich bin völlig verunsichert. War der gestrige Abend vielleicht eine Rache des Christlichen Vereins Junger Männer? Die Quittung dafür, dass ich mich vor Monaten heimlich aus Andreas' Bett gestohlen habe? Vielleicht haben die zwei Kerle das Spielchen untereinander abgesprochen, und ich bin für die beiden nun die Witzfigur der Woche? Die kleine Tierpflegerin, die sich einbildet, dass der schicke Marketing-Manager sich tatsächlich ernsthaft in sie verlieben könnte! Wie konnte ich nur so naiv sein! Ich bin völlig verwirrt, weiß mir aber nicht besser zu helfen, als an unseren Süßigkeitenautomaten zu gehen und mir einen dicken Schokoriegel zu gönnen. Schokolade macht glücklich, habe ich mal irgendwo gelesen. Leider hat man nach wochenlanger Schoko-Therapie so viele Pfunde zugelegt, dass man sich nur noch in tiefer Trauer in seine Wohnung zurückziehen möchte, um die Speckrollen vor der Öffentlichkeit zu verbergen.

Momentan bin ich jedoch nicht gefährdet. Mein tägliches «Mops-Diät»-Programm ist auch für meine Kondition prima und meine Figur zurzeit wirklich fabelhaft. Natürlich brauche ich mich nach wie vor nicht bei Germany's Next Topmodel zu bewerben, aber ich passe wieder problemlos in meine alten Hosen, und die sind immerhin Größe 38!

«Nü? Liebesgümma?» Erika Sonnebank, unsere Buchhalterin, klopft mir mitfühlend auf die Schulter. Ich mache offenbar wirklich ein Gesicht wie sieben Tage Regenwetter. Da ich jedoch keine Lust auf eine Lebens- und Liebesberatung à la Sonnebank habe, erfinde ich eine Ausrede für meine mäßige Laune.

«Heute Nachmittag ist mein letzter Ausflug mit Kate und Moss, den beiden Hunden der Büchsenschütz-Schwestern. Die beiden Hunde haben ihr Idealgewicht erreicht, jetzt kann ich sie wieder an die Büchsenschützinnen zurückgeben.» Die kleinen Kerlchen sind mir in den letzten Wochen wirklich ans Herz gewachsen. Ich werde sie vermissen.

«Wer hundertprotzendige Dreue erwotet, muss sisch wohl 'nen Hünd anschaffen, nie?», sagt Erika daraufhin prompt. «Ich hingegen hadde gestern einn fondasdischen Obend. Er is Midde zwanzsch und hod ein Geräd in da Höse, das du dein Läbdach noch nie gesehn hast. Un er gonnde damit ümgehn, einfach fondasdisch!», schwärmt Erika. Bevor sie weiter ausholen kann, schlüpfe ich in meine Arbeitskleidung und verschwinde in die Küche, wo ich mir erst einmal eine große Tasse Kaffee zu meinem Schokoriegel gönne. Ich schäle den Riegel aus dem Papier und beiße ein großes Stück davon ab. Dann nehme ich gleichzeitig einen Schluck aus meiner Tasse und lasse die süße Schokolade in der heißen Flüssigkeit schmelzen. Ein wahrer Trost. Ich schließe für einen kurzen Moment die Augen und gurre ein bisschen vor mich hin. Schließlich bin ich allein im Raum, da kann man sich schon mal seinen Leidenschaften hingeben. Als ich jedoch meine Augen wieder aufschlage, steht kein Geringerer als der Verursacher meiner Süßigkeitenattacke vor mir.

«Na? Denkst du auch gerade an gestern?», fragt er mich. Am liebsten würde ich kühl kontern. Leider ist mir das wegen des immer noch riesigen Schokobissens nicht möglich. Ich schlucke die Masse so schnell wie möglich herunter. Aber René ergreift die Gelegenheit, um weiterzusprechen.

«Ich hoffe, du nimmst mir den Auftritt vorhin nicht übel. Aber ich dachte, vor deinem Chef wäre dir eine allzu herzliche Begrüßung unangenehm.»

Meine Zunge klebt immer noch am Schokoladengaumen, und ich muss mit einem weiteren Schluck Kaffee nachhelfen.

Der ist aber so heiß, dass ich mir die Zunge verbrenne, mich verschlucke und einen ohrenbetäubenden Hustenanfall bekomme. Ich laufe knallrot an und beginne zu schwitzen. Wahrscheinlich sehe ich gerade aus wie ein angezündeter Osterhase, denn René kann sich das Lachen nicht verkneifen. Oje, nun bin ich endgültig eine Witzfigur für ihn. Immerhin finde ich jetzt meine Sprache wieder.

«Hör mal, wenn du es nicht ernst mit mir meinst, dann sag es besser gleich. Für irgendwelche Spielchen ist mir meine Zeit nämlich viel zu schade. Ich hätte es besser wissen müssen. Vor Männern wie dir hat mich meine Mutter immer gewarnt», schimpfe ich los. René schaut erschrocken drein.

Er schüttelt den Kopf und nimmt mich in den Arm. «Liebes, aber ich meine es wirklich ernst mit dir. Allerdings bezweifele ich, dass uns beiden es wirklich guttun würde, wenn die Kollegenschaft von unserer Beziehung Wind bekommen würde.» Hat er da gerade Beziehung gesagt? «Beziehung» nach dem ersten Date, und das aus dem Mund eines Mannes! Ich sollte dafür einen Eintrag im Guinnessbuch der Rekorde beantragen. Vielleicht meint er es doch ernst? Ich bin völlig verunsichert.

«Aber wieso hast du dann vorhin mit Andreas in meine Richtung gesehen und gelacht?», frage ich.

«Ach das ... das war nur so ein Männerding ...», beginnt René zögerlich, und erneut melden sich meine Zweifel.

«Was für ein Männerding?», bohre ich hartnäckig nach.

«Das willst du doch gar nicht wissen», sagt René beschwichtigend und gibt mir einen Kuss auf die Stirn. Ein wohliger Schauer überkommt mich, und ich bin kurz davor, ihm zu verzeihen.

«Doch. Ich will wissen, was ihr über mich gesagt habt!»

«O. k., du gibst ja doch keine Ruhe. Als du vorhin so zielstrebig über den Kiesweg gelaufen bist, sagte Andreas zu mir, dass du manchmal ganz schön sexy aussehen kannst, und ich habe das bestätigt. Das ist alles.» Jetzt wird René rot und schaut verlegen zu Boden.

«Wirklich? Du findest mich sexy? Und Andreas findet das auch?» Ich kann es gar nicht fassen, schließlich bekomme ich solche Komplimente nicht gerade täglich und schon gar nicht von zwei Männern auf einmal.

«Ja, du bist hier heißbegehrt. Ich hoffe sehr, dass du diese Erkenntnis nicht schamlos ausnutzt und nun auch noch mit Andreas ausgehen willst», sagt René.

Gott bewahre, die Gefahr besteht nun wirklich nicht, denke ich bei mir und lächle sanft.

«Ich muss jetzt was tun», sagt René und streicht mir zum Abschied sanft über die Wange. Ein leidenschaftlicher Kuss wäre mir zwar lieber gewesen, aber hier weiß man ja nie, wer gleich um die Ecke biegt. Aufgeschoben ist ja auch nicht aufgehoben. Dabei fällt mir ein, dass wir gar nicht darüber gesprochen haben, wann wir uns wiedersehen werden. Privat, versteht sich. Und vielleicht auch mal so richtig privat. Um ehrlich zu sein, kann ich es kaum erwarten, mit René allein zu sein. Wenn mich seine Berührungen und Küsse schon so verrückt machen, wie wird es dann erst sein, wenn wir zusammen im Bett sind!

Die Erkenntnis, dass Männer den ganzen Tag nur an Sex denken, kann ich um eine Tatsache erweitern: Wir Frauen tun es auch, zumindest, wenn uns der Richtige vor der Nase herumhüpft. Das wird mit den Jahren nicht wirklich besser. Damals in der Pubertät hing ich schwärmend vor dem Poster von «Vanilla Ice» herum, aber in meinen gewagtesten

Tagträumereien kamen höchstens gemeinsame Nachmittage in der Eisdiele vor. Heute male ich mir saftige Szenen im Bett aus, herrje.

«Entschuldige bitte, ich möchte dich nicht bei deiner Energiezufuhr stören, aber würdest du heute vielleicht noch deinen Pflichten nachkommen und unsere Tiere füttern, BEVOR sie den Hungertod erleiden?» Andreas ist in die Küche gekommen und reißt mich unsanft aus meinen Gedanken.

«Man wird ja wohl mal eine Pause machen dürfen!», maule ich und beiße demonstrativ in meinen Schokoriegel.

«Selbstverständlich. Aber möglichst nicht, bevor man überhaupt etwas getan hat», kontert Andreas und durchforstet den Kühlschrank nach etwas Essbarem. Da ich mich nach unserem noch recht jungen Waffenstillstand nicht erneut mit meinem Chef anlegen möchte, verkneife ich mir einen Spruch zum Thema «Sklaventreiberei» und starre ihn stattdessen böse an. Wenn er nicht so attraktiv wäre, hätte er bestimmt überhaupt keinen Kontakt zu anderen Menschen außerhalb seines Arbeitsbereiches. Aber ab und zu wird wohl die ein oder andere, genauso wie ich, auf seinen oberflächlichen Lausbubencharme hereinfallen. Mehr hat der Kerl ja leider nicht zu bieten. Er ist stets pünktlich, erlaubt sich keinerlei Fehler und hat damit schon eine Menge Eigenschaften, die einen Menschen unnahbar und unsympathisch machen.

«Träumst du etwa auch schon von unserem Herrn Weiner?», fragt mich Andreas. Er hat sich einen Becher Quark aus dem Kühlschrank genommen und setzt sich zu mir an den Tisch.

«Ich? Nein, wieso?», lüge ich ihm ins Gesicht.

«Ich frage mich ja, wieso ein Typ wie René nicht schon

längst in festen Händen ist, so perfekt, wie er sich gibt», überlegt Andreas. Ich glaube, einen klitzekleinen Hauch von Eifersucht in seinen Worten zu erspüren. Kein Wunder, schließlich ist Andreas nicht mehr die Nummer eins im Affenstall.

Andreas ist einer der Menschen, die vermutlich eines Tages auf ein stinklangweiliges Leben zurückblicken müssen. Aber eines muss man ihm lassen: Im Gegensatz zu mir ist Andreas wenigstens erfolgreich mit dem, was er tut. Statt zielstrebig mein Studium wiederaufzunehmen, stecke ich tief in Trägheit und Selbstmitleid, was meine Karriere angeht. Aber immerhin habe ich einen tollen Verehrer, der schon von Beziehung spricht! Vielleicht heiraten René und ich ja bald, und ich hänge meinen Job hier an den Nagel, gebäre zwei bis drei entzückende Kinder und schaffe meinem treuen und ergebenen Ehemann ein gemütliches Zuhause.

Andreas zuckt unterdessen nur mit den Schultern, löffelt seinen Quark und verzieht sich wieder in sein Büro. Ich werfe einen Blick auf den Wochenplan und verdrehe kurz die Augen, weil Kollege Stefan mal wieder die besseren Schichten abbekommen hat. Wieso ist dieser Typ eigentlich immer noch im Dienst, obwohl Andreas mittlerweile weiß, wie er tickt? Ich verzichte auf Mutmaßungen zum Thema «männliche Klüngelei» und mache mich dann auf die Socken. Schließlich sollen meine geliebten Tiere nicht an meiner mangelnden Motivation leiden. Tiere sind wie kleine Kinder: Hat man ihr Vertrauen einmal gewonnen, können sie einen überglücklich machen. Aber die Verantwortung ist extrem hoch. Ich gehe ins Streichelgehege und beginne damit, den Meerschweinchen die Nägel zu feilen. Das klingt vielleicht mehr nach Paris Hilton als nach Tierpfleger, aber die süßen kleinen Nager verletzen sich mit zu langen Nägeln selbst, und wir haben weit weniger zu tun, wenn wir ihnen alle paar Monate eine Pediküre zukommen lassen. Ob ich René einfach um ein zweites Date bitte? Oder hält er mich dann für zu aufdringlich? Wieso hat er das vorhin in der Küche überhaupt nicht erwähnt? Mein Herz klopft, sobald ich an ihn denke. Doch je größer die Gefühle, desto größer ist leider auch die Unsicherheit, einen Fehler zu begehen. Wann hört das eigentlich auf? Wenn man gemeinsam in Jogginghosen vor der Flimmerkiste sitzt und sich sowieso nichts mehr zu sagen hat? Männer scheinen es da viel entspannter angehen zu lassen. Oder vergessen sie uns etwa absichtlich nach dem ersten Date für volle drei Tage, um dann so zu tun, als wäre es das Normalste der Welt, dass man den anderen so lange hängen lässt? Wenn ich ein Mann wäre, würde ich meine Verabredung gleich am nächsten Tag anrufen. Aber wahrscheinlich fände sie das nicht einmal gut. Ich muss Magdalena mal fragen, wie das bei den lesbischen Frauen ist. Mir ist, als hätte sie gesagt, dass das ganze Ding rund um die Verabredung unter Frauen viel entspannter läuft. Dennoch stehe ich nun mal auf Männer. Das ist eben so.

Als ich bei den Tapiren fertig bin – heute gab es mal wieder ein paar getrocknete Feigen als zusätzliche Leckerei –, piept mein Handy. René hat mir eine SMS geschickt und möchte sich gerne mit mir für heute Abend verabreden. Ich kann mein Glück kaum fassen! Er ist eben doch ein absoluter Traummann. Er gehört nicht einmal zu der Aus-Prinzip-drei-Tage-warten-Sorte! Aber was ziehe ich bloß an?

«Er lädt mich heute Abend wieder zum Essen ein. Diesmal Französisch!», erzähle ich Carla atemlos, als ich zu Hause bin.

«Na, wenn das mal keine Anspielung auf das ist, was er im Anschluss an euer Essen noch von dir erwartet.» Carla wirkt ein wenig skeptisch, und das nervt mich, schließlich kann sie sich beziehungstechnisch weit weniger beschweren als ich.

«Pass bloß auf dich auf. Du kennst ihn doch gar nicht», unkt sie. «Vielleicht holt er zu Hause seine Kettensäge heraus und zerteilt dich in tausend winzige Stückchen, die dann in seiner Gefriertruhe landen.» Sie hat in letzter Zeit eindeutig zu viele Horrorvideos bei Jens geschaut. Früher haben Jens und ich das immer gemeinsam gemacht, ein Faible, das wir miteinander teilen, obwohl ich danach nie besonders gut schlafe. Seit Jens mit Carla zusammen ist, muss sie nun mit ihm die Videos gucken.

«Oder René ist genau der Mann, auf den ich seit Jahren warte», kontere ich entschlossen. «Melanie mag ihn auch.»

«Die mag doch jeden Typen über einen Meter 80», sagt Carla und lacht. Leider hat sie recht, allerdings hat Mel, seit sie auf Andreas verzichtet hat, trotz all unserer Querelen in letzter Zeit einen gut bei mir.

«Ach, Mel muss auch nur den Richtigen kennenlernen, dann wird sie sicher wieder erträglicher. Dieses ständige Herumgebumse ist doch auf Dauer öde und traurig. Sicher sehnt sie sich auch nur nach Liebe und Zärtlichkeit, genau wie wir», verteidige ich unsere hauseigene Stewardess, die den heutigen Abend wieder mal auswärts verbringt.

«Na ja, gegen richtig guten Sex hat ja niemand etwas einzuwenden», sagt Carla.

«Ach nee!», entgegne ich grinsend, und meine Hormone beginnen schon wieder zu wallen.

«Sag mal, wann hast du eigentlich mit Jens zum ersten Mal geschlafen? Beim wievielten Date seid ihr zusammen ins Bett gegangen?», frage ich Frau Superanständig, die jedoch bei meiner Frage puterrot anläuft.

«Um ehrlich zu sein: Wir haben es ... also ... es war ja wirklich Liebe auf den ersten Blick ...»

«Was, Carla! Spuck's aus!»

«Als alle weg waren, wollte mich Jens noch nach Hause bringen. Aber wir haben es nicht weit geschafft und sind gleich im Treppenhaus übereinander hergefallen ...», gibt sie in einer Mischung aus Scham und Stolz zu.

«Carla! Du kleines Luder!»

«Na ja, wenn es der Richtige ist ...», verteidigt sich meine Freundin. «Du allerdings, mein Frollein, scheinst da ein bisschen den Überblick verloren zu haben.»

«Aber ich bin total in René verschossen. Wirklich!», sage ich trotzig. Komisch, jetzt bin ich irgendwie noch verwirrter als vorher.

«Vielleicht bist du auch einfach nur scharf auf ihn. Hör auf dein Herz und dein Bauchgefühl, dann wirst du es schon richtig machen. Es gibt doch nichts Schöneres als Sex mit jemandem, der beides berührt. Die erogenste Zone ist nun mal die Seele.» Carla lächelt versonnen. Ich gebe ihr einen Moment Zeit, dann unterbreche ich ihre Träumerei.

«René holt mich in einer halben Stunde ab. Hab ich nun deinen Segen oder nicht?», frage ich Carla ungeduldig, schließlich muss ich noch duschen, mich umziehen und meine Haare machen.

«Liebes, ich will doch nur dein Bestes!» Sie klingt wirklich immer mehr wie meine Mutter. «Bitte ihn doch einfach nach oben, dann kann ich ihn ein bisschen unter die Lupe nehmen, und du hast ein paar Minuten mehr Zeit zum Stylen!», bietet sie mir an. Ich nicke. Auf Carla ist eben Verlass. Ich vertraue ihr. Sie würde mir niemals in den Rücken fallen und ist stets auf meiner Seite. Und so sitzt sie mit René eine halbe Stunde später in unserer Wohnküche bei einer Tasse Tee («Du fährst doch sicher nicht mehr, wenn du was getrunken hast?») und durchforstet sein bisheriges Liebesleben («Wie lange ist denn deine letzte Beziehung her? Und wieso habt ihr euch getrennt?»). Ich gebe den beiden fünfzehn Minuten, dann erlöse ich René aus Carlas Fängen. Die hat schließlich heute auch noch was vor. Wer hätte das gedacht: Die Drei-Mädels-Wirtschaft scheint heute Abend ihr Liebesleben ganz gut organisiert zu haben. Vielleicht klappt der Traum von der weiblichen Kommune eines Tages doch noch. Die Männer kommen zu unserem Vergnügen immer mal vorbei, während wir Frauen die Konstante in unserer Wohnung bilden und uns stets bei allem unterstützen.

«Du siehst phantastisch aus!», sagt mir René heute nun schon zum wiederholten Male. Er zieht mich förmlich mit den Blicken aus, und dennoch schafft er es immer wieder, nicht zu gierig zu wirken. Ich nutze jede Gelegenheit, ihn zu berühren. Am Arm, wenn ich nach der Speisekarte greife, am Bein, wenn ich etwas in meiner Handtasche suche, oder einfach nur so, wenn ich ihn noch einmal berühren will. Alles scheint so einfach und leicht zu sein heute Abend.

«Und wie lange arbeitest du schon im Willbert-Zoo?», fragt er interessiert. Ein gutes Zeichen. Wäre sein Interesse nur oberflächlich, dann würden doch Eckdaten reichen.

Er ist sogar an meiner beruflichen Vergangenheit und an meiner Zukunft interessiert. Also erzähle ich ihm, dass ich über ein Praktikum zum Zoo kam und wegen meiner schlechten finanziellen Situation mein Studium habe sausen lassen müssen.

«Die Arbeit mit Tieren ist einfach sensationell. Irgendwann werde ich aber doch noch mein Examen machen und eine eigene Praxis eröffnen», erzähle ich munter und verschweige, dass mir momentan eher danach ist, den ganzen Kram sausen zu lassen und mich Hals über Kopf in eine Ehe zu stürzen. Mit ihm. Zum Glück bin ich doch noch halbwegs bei Verstand, denn die komplette Wahrheit würde selbst einen perfekten Gentleman wie René Weiner in die Flucht schlagen.

«Das Dessert ist einfach sensationell!», lobe ich und bemerke, dass ich an diesem Abend schon mindestens zehn Mal das Wort sensationell verwendet habe. Ich sollte an meinem Wortschatz arbeiten, sonst denkt er noch, ich sei eine einfältige Kuh.

Wir teilen uns einen großen Teller Mousse au Chocolat zum Nachtisch, wobei gesagt werden sollte, dass René darauf besteht, den Hauptanteil mir zu überlassen, indem er mir den immer wieder frisch gefüllten Löffel hinhält, um mich liebevoll damit zu füttern. Sein Anteil am Dessert besteht darin, mir das Danebengegangene einfach wegzuküssen. Besser kann der Abschluss eines tollen Essens gar nicht schmecken. Ich bin jedoch etwas nervös, wenn ich an das Ende dieses Abends denke. Vielleicht will René diesmal doch mehr als nur küssen? Vielleicht sollte ich ihn noch einen Abend zappeln lassen?

Von der Bar erklingt lautes Lachen. Ein Lachen, das sich

irgendwie vertraut anhört. Ich spähe in die Richtung, aus der der Lärm kommt, und entdecke Mel im kleinen Schwarzen. Um genau zu sein, ist es ein winziges Schwarzes, das ihre Vorzüge nicht nur betont, sondern sie auch alle herzeigt. Ihren Begleiter scheint es nicht zu stören, dass die gesamte Gesellschaft in der Bar auch dorthin starrt. Ich sehe ihn nur kurz von hinten, wie er beflissen mit Mels Mantel über dem Arm davontrabt. Ich winke kurz in ihre Richtung, aber sie bemerkt mich nicht.

«Was ist?», fragt René, dem nicht entgangen ist, dass meine Aufmerksamkeit nicht mehr nur ihm gilt.

«Ach, da drüben sitzt meine Mitbewohnerin. Mel heißt sie, du hast sie, glaub ich, kurz mal im Zoo gesehen», murmele ich.

«Echt? Die zeigefreudige Blonde wohnt mit dir zusammen?» René schüttelt entsetzt den Kopf.

«Die hast du sicher aus Mitleid bei dir aufgenommen. Sie hat doch nicht einmal ein Zehntel deiner Klasse.» Renés Worte gehen mir hinunter wie Öl. Ich schaue nochmal zu der «zeigefreudigen Blonden» hin – und erstarre. Es ist Andreas, mit dem meine Mitbewohnerin ihr Date absolviert, und ich sehe, wie er ihr vertraut den Arm auf die Schulter legt. Auch er scheint uns nicht zu bemerken.

«Ach, sieh mal einer an. Der Herr Zoodirektor hat sich ja heute ein ganz besonderes Exemplar eingefangen …», bemerkt René säuerlich. Ihm ist nicht entgangen, dass mir meine Gesichtszüge entglitten sind. Ich bin wirklich stinksauer.

Es mag unter Männern gang und gäbe sein, dass man sich die ein oder andere Liebschaft zuschustert. Lochschwager nennen das die Kerle und können darüber lachen. Allein der Ausdruck ist beschämend und respektlos gegenüber uns Frauen. Unter Freundinnen ist der Austausch von Liebhabern absolut tabu. Wo kämen wir denn da hin? Und Mel habe ich noch ausdrücklich gesagt, dass sie die Finger von Andreas lassen soll! Nicht, dass ich ihn zurückhaben möchte, aber unsere Geschichte ist einfach noch zu frisch, um ihn so dicht an mich heranzulassen. Mel kann sich jetzt aber auf etwas gefasst machen! Ich werde sie zur Rede stellen. Und zwar am besten sofort. Sobald Andreas zur Toilette geht, werde ich mich bei René kurz entschuldigen. Vielleicht hat Blondie den Ernst der Lage einfach noch nicht begriffen, weil es bei ihr in der Fluggesellschaft zugeht wie bei Rolf Eden in der Haus-Sauna. Oder sie möchte mit mir darüber diskutieren, welche Stellung mir beim Sex mit Andreas wohl am besten gefallen hat.

Carla und ich sind vielleicht etwas altmodisch, aber vielleicht ist das auch der Grund, warum wir einander bedingungslos vertrauen können.

Ohne dass ich es bemerkt habe, hat René bereits die Rechnung bestellt und legt ein paar Scheine zwischen das schwarze Etui auf dem Tisch.

«Lass uns gehen, mein Schatz. Nicht, dass du noch Ärger bekommst, weil du außerhalb der Geschäftszeiten mit Mitarbeitern unterwegs bist», sagt er und bugsiert mich hastig nach draußen. Dankbar lächele ich ihn an. Wahrscheinlich hat er recht. Reden bringt in so einer Situation sowieso nicht viel.

«Vielen Dank für den schönen Abend», seufze ich. Wahrscheinlich wird mich mein Verehrer, galant wie er ist, nach Hause fahren, und wir verabschieden uns nach Klosterschülerinnen-Art.

«Es war wieder sehr schön mit dir ...», fahre ich fort, doch plötzlich verschließt mir René mit seinem Zeigefinger die Lippen, um sie gleich darauf so sanft zu küssen, dass meine Knie ganz weich werden.

«Der Abend ist doch noch lange nicht zu Ende», sagt er, und seine Stimme klingt noch ein paar Töne tiefer als sonst. «Wollen wir nicht noch ein Glas bei dir zusammen trinken?», fragt er und umschlingt mit seinen starken Armen meine Taille. Es gibt wohl nichts, was ich in dem Moment lieber täte. Gut, eine Sache vielleicht, aber die könnte ja vielleicht dem Glas Wein folgen, wenn da nicht eine andere Sache wäre, die dem im Wege stünde.

«Zu mir können wir leider nicht. Da ist Carla mit ihrem Freund.» Und ich möchte bei unserem ersten richtigen Date kein Publikum.

«Ich denke, sie heißt Mel?», entgegnet René etwas brüskiert. Wahrscheinlich hält er meine Antwort für eine fade Ausrede.

«Nein, nein. Ich habe doch zwei Mitbewohnerinnen. Und die eine ist garantiert zu Hause!», beeile ich mich zu erklären. «Können wir nicht zu dir fahren?»

«Um ehrlich zu sein, ich bin gerade erst eingezogen. In meiner Wohnung herrscht das absolute Chaos», beginnt René herumzustottern, und ich sehe mich bereits zu Hause allein in meinem Bettchen liegen, während Carla und Jens nebenan Matratzensport betreiben. Das Leben ist so was von ungerecht. «Aber das würde mich wirklich nicht stören», betone ich hastig. «Ich bin auch gar nicht so ordentlich. Wirklich. Außerdem habe ich sowieso nur Augen für dich!» Ich küsse ihn leidenschaftlich, um meine Aussage zu unterstützen. Das scheint René zu überzeugen, denn er schließt die

Autotür auf und bugsiert mich auf den Beifahrersitz. Sobald wir beide sitzen, knutschen wir wie wild drauflos, und unsere Hände tasten neugierig den Körper des anderen ab. Nur ein feiner Hauch von Kleidung trennt uns voneinander, und ich kann es kaum erwarten, diesen auch noch zu entfernen. Kaum sind wir in Renés Wohnung angelangt, schälen wir uns aus unseren Klamotten. Geschickt öffnet er meinen BH und knetet meine Brüste. Mit unseren Küssen saugen wir uns ineinander. In den wenigen Atempausen zwischendurch überhäuft mich René mit Komplimenten. Dennoch scheint er einer von der schüchternen Sorte zu sein, denn seine Hände wandern nicht wie erwartet unter meinen Rock. Er macht auch keine Anstalten, ihn mir auszuziehen.

«Ich will dich!», keuche ich und versuche, seine Hose zu öffnen. Wenn ich ihm signalisiere, dass ich bereit bin, wird er es mir sicher gleichtun. René kapiert, denn er beginnt ebenfalls, mir meine Kleidung auszuziehen. Doch irgendetwas scheint nicht ganz zu stimmen. Eigentlich befinden wir uns in einer eindeutigen Situation, die normalerweise dazu führt, dass Mann und Frau sich vereinigen. Dazu ist jedoch mehr nötig als das, was René bisher so von sich gibt. Zwar haucht er mir in regelmäßigen Abständen Sauereien ins Ohr, die mir die Schamesröte ins Gesicht treiben, seine Hände wissen aber nichts Besseres zu tun, als permanent meinen Busen zu begrapschen. Meine Nippel sind mittlerweile ganz wund, und mir tut die Dauermassage fast schon weh, doch Herr Weiner massiert fröhlich vor sich hin. Ich fühle bei ihm untenrum mal nach. René stöhnt kurz auf, aber auch dieser direkte Hinweis scheint bei ihm unterzugehen. Wahrscheinlich ist er ein Busenfetischist und wird nur heiß, wenn er sich stundenlang damit beschäftigen kann. Leider törnt mich diese monothematische Begeisterung ab. Ich dachte immer, Sex sei etwas, das man gemeinsam hat. Ich bemühe mich nach Kräften, und er liegt nur da und quetscht mein Dekolleté! Vielleicht sollte ich Monsieur mal fragen, ob ich störe. Langsam werde ich richtig sauer. Renés Küsse waren so vielversprechend, aber im Bett ist der Typ die absolute Niete. Ich knipse die Nachttischlampe an, die er vorhin so eilig ausgeschaltet hatte, und drehe mich beleidigt zur Seite. Da blicken mich sechs vorwurfsvolle Augenpaare an. Nicht live, aber immerhin auf einem Foto und so eindeutig positioniert, dass mir innerhalb einer Zehntelsekunde klar wird, was hier gespielt wird. Meine Gefühlswelt kracht mit einem lauten Knall auf den Boden. Abrupt wende ich mich wieder René zu. «Ist das deine Familie? Schön, dass ich sie auf diesem Wege kennenlerne. Wo ist denn deine Frau gerade?», frage ich ihn und bemühe mich, das Beben in meiner Stimme zu unterdrücken. René hat sich aufgerichtet, sein Schwanz auch, obwohl Letzterer gerade an Größe verliert. Lächerlich. Meine Mundwinkel zucken, und ich beeile mich, das Bett zu verlassen. Während ich meine Kleidung zusammensammle, sammelt sich auch René wieder.

«Aber Rosi, versteh doch. Ich bin nur noch auf dem Papier verheiratet. Das ist alles nicht so, wie du denkst!»

«Aber sicher doch. Und deswegen steht auch ein Bild von deiner Familie neben deinem Bett, damit du ihnen auch wirklich jeden Abend vor dem Einschlafen ein Küsschen zuwerfen kannst!», schreie ich ihn an, bitter enttäuscht.

«Aber ich wollte ihnen von uns erzählen», räumt René zögerlich ein. Das klingt nicht ehrlich. Man merkt es den Menschen an der Stimme an, wenn sie lügen.

René hat sich die Bettdecke bis unters Kinn gezogen. Läge ihm etwas an mir, wäre er aufgesprungen und hätte mich in den Arm genommen.

Ich werfe ihm noch einen verächtlichen Blick zu, dann verlasse ich sein Schlafzimmer und seine Wohnung. Als die Tür ins Schloss fällt, merke ich, dass ich zu allem Übel meine Handtasche habe liegenlassen. Da ich mir aber die Schmach einer erneuten Konfrontation ersparen möchte, verzichte ich darauf, nochmal bei René zu klingeln. Draußen weht ein eisiger Wind, und ich habe keine Ahnung, in welchem Stadtteil Berlins ich mich gerade befinde. Tränen laufen mir übers Gesicht, gleichzeitig muss ich über meine eigene Dummheit schon fast wieder lachen. Die Situation ist einfach zu skurril, um wahr zu sein. Ich beschließe, zu Fuß nach Hause zu gehen. Es wäre doch gelacht, wenn ich nicht eine der Straßen hier wiedererkennen würde. Ich konzentriere mich und versuche mich zu erinnern, aus welcher Richtung wir gekommen sind. Der Franzose war unmittelbar in der Nähe meiner WG, und wir sind etwa fünfzehn Minuten zu Renés Wohnung gefahren. Es können auch nur fünf Minuten gewesen sein, die mir vorkamen wie zwanzig, weil ich zu dem Zeitpunkt meinen Verstand bereits unterm Röckchen hatte. Am meisten ärgere ich mich über mich selber. Vor lauter Torschlusspanik und Verzweiflung werfe ich mich dem nächstbesten Ehebrecher an den Hals!

Von wegen Liebeszauberei! Bisher hat mir der ganze Hokuspokus nur Unglück gebracht. Ich werde nie wieder Sex haben. Nie wieder. Schließlich endet das alles immer nur im Desaster. Wenigstens der Gott der Orientierung scheint mir diese Nacht hold zu sein, denn nach zehn Minuten strammem Fußmarsch stehe ich vor meiner Haustür. Es ist ein Uhr nachts, und Carla und Jens schlummern bereits selig in ihren Kissen. Mels Schlüssel jedoch hängt noch nicht an unserem Bord im Hausflur. Also wird sie sich wohl Andreas' Eroberungskünsten ergeben haben. Mein Herz sticht ein kleines bisschen, schließlich bin ich wieder einmal die Einzige, die einsam ins Bett gehen muss. Meine Zukunftsvision von der einsamen Dachgeschosswohnung voller Katzen nimmt immer mehr Form und Farbe an.

Am nächsten Tag treffe ich dann auf ein paar Menschen, denen ich sehr wohl etwas bedeute. Ingrid und Pamela Büchsenschütz überschlagen sich vor lauter Dankbarkeit, als ich ihnen ihre erschlankten Möpse übergebe und mich herzlich bei allen vieren verabschiede.

«Wir werden uns so schnell sicher nicht mehr wiedersehen», sage ich mit Tränen in den Augen. Und ich bilde mir ein, dass auch Kate und Moss heute Morgen besonders traurig dreinblicken.

«Versprechen Sie mir, die Diät weiterhin durchzuhalten. Natürlich darf ab und zu eine Ausnahme sein, aber grundsätzlich sind diese Lebensmittel hier vom Speiseplan gestrichen.» Ich überreiche Ingrid einen Zettel, auf dem ich alles Wissenswerte aufgelistet habe, damit die beiden Möpse auch künftig eine Garantie auf mindestens noch fünf weitere fröhliche Mopsjahre haben werden.

«Oh … das wird hart, meine Kleinen!», seufzt Pamela, und ihre Barthaare am Kinn bewegen sich zittrig. «Aber ich werde mir natürlich alle Mühe geben.» Da ich ihr das nicht ganz abnehme, lege ich noch nach: «Sie wissen, dass Sie mit der falschen Ernährung Ihren Hunden das Leben nehmen. Hätte ich nicht eingegriffen, wären die beiden Kleinen vielleicht schon ein paar Wochen tot! Da müssen Sie jetzt ganz besondere Sorgfalt walten lassen.»

«Aber Sie wissen doch, wie die beiden gucken können. Ich kann kaum glauben, dass Sie einem solchen Blick widerstehen konnten!», wendet Ingrid ein. Kate beginnt wie auf Kommando zu kläffen, während Moss sich zärtlich an meinem Bein schubbert.

«Keine Sorge. Damit Sie nicht ganz alleine sind mit der Hundebetreuung, werde ich ab sofort alle zwei Wochen vorbeischauen, ob alles weiterhin gut läuft!», verspreche ich. Zwar bekomme ich diesen Dienst nicht zusätzlich bezahlt, aber die beiden Möpse sind mir mittlerweile so sehr ans Herz gewachsen, dass ich sie sowieso schrecklich vermissen werde. Außerdem bezweifle ich, dass die beiden Schwestern sich wirklich so strikt an meine Diät halten. Doch Kate und Moss müssen schlank bleiben, schließlich kommen sie jetzt langsam in ein Alter, in dem die ersten Wehwehchen auftreten. Und dicke Möpse sind da besonders anfällig.

«Wollen Sie denn wenigstens noch auf ein Tässchen Tee bleiben? Ich habe Kirschkuchen gebacken!», bietet Ingrid Büchsenschütz höflich an. Eigentlich muss ich dringend zur Arbeit, aber nach den gestrigen Ereignissen zieht es mich so gar nicht in den Zoo. Dienst ist Dienst, und Kirschkuchen ist Kirschkuchen, da hilft alles nichts, deshalb lehne ich dankend ab, gebe Kate und Moss jeweils einen liebevollen Klaps auf den erschlankten Popo, Ingrid und Pamela natürlich nur einen freundschaftlichen Händedruck und mache mich auf den Weg. Um ehrlich zu sein: Ich bin völlig planlos, wie ich mich René gegenüber verhalten soll. Die Klappe zu halten, ist wohl das Beste, denn eine öffentliche Szene würde doch nur offenbaren, was wir so dringend vor den Kollegen verheimlichen wollten. Wahrscheinlich wusste Andreas sogar, dass René verheiratet ist. Muss man so etwas nicht beim Bewerbungsgespräch angeben?

«Und was soll ich nun deiner Meinung nach tun?», frage ich Carla, deren Nummer ich in meiner Verzweiflung gewählt habe.

«Wenn es nach mir ginge, müssten alle untreuen Ehemänner per Foto in der Tageszeitung entlarvt werden, aber mich fragt ja keiner», wettert meine beste Freundin gleich los. Dass Mel auch noch mit Andreas ausgegangen ist, behalte ich vorerst für mich. Denn dann würde sie wahrscheinlich völlig ausflippen. Für Carla steht Frauensolidarität an erster Stelle.

«Weißt du was? Ich sage Jens für heute Abend ab und mache uns eine große Schüssel karamellisiertes Popcorn mit Schokosauce.» Das ist sie, meine Carla.

«Und was das Schwein angeht: Ignoriere ihn. Gehe ihm aus dem Weg, und wenn er sich vor dich stellt, sieh durch ihn durch. Etwas Besseres fällt mir auch nicht ein. Vor allem musst du deinen Ruf wahren. Lass das auf keinen Fall Andreas spitzkriegen. Sonst hast du die besten Tage im Büro mit Sicherheit gehabt.»

«Ich gehe nicht mit jedem im Büro ins Bett. Andreas war, bevor er mein Chef wurde, und mit René habe ich nur gefummelt, nicht gepoppt!», beeile ich mich klarzustellen. Aber ich bin dankbar, dass Carla nicht mit dem «Ich hab es ja geahnt»-Spruch ankommt. Das hätte ich heute nicht gebrauchen können.

«Jaja, schon klar. Aber du weißt doch, wie die Kerle sind. Da kommt man schnell ins Gerede.»

Carla hat wie immer recht. Sie hat ja auch gut reden. Welche Frau kann schon von sich sagen, dass sie bereits beim dritten Mann den richtigen erwischt hat! Unsereiner muss eben erst viele Frösche küssen, bis der Traumprinz darunter ist. Bei mir waren es allerdings auffallend viele Nieten, daher habe ich mir ja auch eine Sexpause verordnet.

«Du brauchst eine Sexpause», sagt Carla prompt. «Ich denke, dein Blick ist vor lauter Sucherei so vernebelt, dass du den Wald vor lauter Bäumen nicht mehr siehst.»

Ich beende das Telefonat, seufze kurz auf, weil ich immer noch nicht weiß, wie ich mich verhalten soll, wenn René mir meine Handtasche überreicht, die ich bei ihm habe liegenlassen. In meinem Fach liegt sie, wie ich gehofft hatte, leider nicht. Doch der Tag neigt sich so langsam seinem Ende zu, und von René Weiner ist weit und breit keine Spur.

«Der hat sich für heute krankjemeldet», erzählt mir Stefan, als ich unter dem Vorwand, ihm eine wichtige Information zukommen lassen zu wollen, geschäftlich, versteht sich, nach unserem Marketingexperten frage.

«Krank, soso», entfährt es mir spontan. Sofort danach könnte ich mich in den Hintern beißen. Halt die Klappe, Rosi, sonst verrätst du dich noch! Wahrscheinlich sitzt der arme René immer noch in seinem Bettchen, die Decke bis zum Kinn, und versucht, sich eine Strategie auszudenken, wie er seinen Fehler wieder geradebiegen kann. Einfach erbärmlich. Da kann er lange grübeln. Ich werde hart bleiben! Soll er sich doch die Zähne ausbeißen. Wahrscheinlich erwartet mich zu Hause bereits ein großer Blumenstrauß inklusive meiner Handtasche und einer Einladung zum Wiedergutmach-Essen. Aber René hat seine Chancen verspielt. Endgültig.

Am Boden

Leider erwartet mich zu Hause weder ein Blumenstrauß noch meine Handtasche, sodass ich heute Abend wohl oder übel noch ohne mein Handy auskommen muss. Ich fühle mich ganz nackt ohne. Andererseits: Früher ging es auch ohne diese modernen Kommunikationswunder, und wir sind dennoch nicht vereinsamt.

Wenigstens auf meine Freundin Carla ist Verlass. Sie hat nicht nur eine Schüssel Popcorn gemacht, sondern dazu auch noch ein phantastisches Brathuhn mit einer Kräuter-Zitronen-Kruste, Ofentomaten und Rosmarinkartoffeln. Von wegen: «Diamonds are a girl's best friend.» In schlechten Zeiten kann ein gutes Essen schon ein enormer Seelentröster sein.

Leider ist auch Mel zum Festmahl eingeladen und sitzt bereits am Tisch, um den Wein einzuschenken. Ich merke, wie meine Galle aktiv wird und sich mein Magen zusammenkrampft.

«Hi Rosi!», zwitschert Mel mir fröhlich entgegen. «Wie war dein Date gestern Abend?»

«Sicher nicht ganz so amüsant wie deines!», zische ich und werfe ihr einen bitterbösen Blick zu. Mel wird schlagartig blass und zupft verlegen an ihrem Blüschen herum.

«Wie meinst du das denn?», fragt sie sichtlich nervös.

«Ich hab euch gesehen. Dich und Andreas! Im ‹Chez Notre Dame›. An der Bar.» Ich lasse mir für meine Worte extra viel Zeit und genieße es, wie Mel die Farbe aus dem hübschen Antlitz weicht. Sie lächelt ihr gequältes Stewardessenlächeln und setzt zur Verteidigung an. Doch Carla kommt ihr zuvor.

«Hab ich das richtig verstanden? Du warst mit Rosis Chef essen?», fragt sie entsetzt. «Wieso?»

«Ich dachte mir ... Andreas und Rosi, das ist doch nun schon echt lange her zwischen euch ... und ...»

«Und ich habe dich gebeten, trotzdem die Finger von ihm zu lassen!», unterbreche ich sie wütend.

«Aber er hat mich angerufen und mich um ein Date gebeten», verteidigt sich Mel tapfer.

«Aber mit Sicherheit nur, weil du ihm vorher deine Telefonnummer aufgedrängt hast!», springt Carla mir bei. Wir schauen uns an und verdrehen die Augen.

«Nun seid doch mal nicht so streng. Ich verstehe ja euren Grundsatz, nichts mit den Exfreunden der Freundin anzufangen, aber die beiden haben nur einmal miteinander gevögelt. Was ist schon dabei, wenn ich mich mit ihm treffe?»

«Und ebenfalls mit ihm vögele?», füge ich gehässig hinzu, schließlich kenne ich meine Pappenheimerin nur allzu gut. Während unsereiner noch über Anstand nachdenkt, ist Frollein Stewardess doch schon längst aus dem Schlüpfer und ins nächste Bettgestell gehüpft. Andererseits hat sie natürlich recht. Zwischen Andreas und mir lief wirklich nur kurz etwas. Ich habe eigentlich kein Recht, irgendetwas zu verbieten. Dennoch nervt es mich, dass die beiden miteinander ausgehen. Wir haben gerade erst Frieden geschlossen, aber unser Verhältnis gleicht einer Steckdose, die nicht benutzt wird. Sie kann eigentlich nichts anrichten, und dennoch weiß man, dass sie unter Spannung steht.

«Stell dir vor, ihr beginnt eine Beziehung und ich treffe ihn dann jeden Morgen im Bademantel beim Frühstück!», versuche ich zu erklären. «Das könnte ich auf Dauer einfach nicht ertragen!» Wobei ich mir das Wörtchen Dauer wahrscheinlich bei Mel sowieso sparen könnte.

«Magst du ihn denn wirklich?» Jetzt wird die Romantikerin in Carla wieder laut. Schließlich gelten im Krieg und in der Liebe eben doch andere Regeln.

«Ja», seufzt Mel, und diesmal glaube ich ihr sogar, dass sie es ernst meint.

«Und du willst ihn nicht nur mal eben so vernaschen?», frage ich etwas indiskret, aber das ist mir jetzt auch egal.

«Na ja, ich hätte schon nichts dagegen gehabt, wenn er etwas offensiver gewesen wäre, aber er hat wohl noch an einer Sache aus vergangenen Tagen zu knabbern. Er war gerade erst unglücklich verliebt», meint Melanie etwas genervt.

«Oh, der Herr Tannenbach hat Liebeskummer! Wahrscheinlich hat ihn mal wieder eine Dame im Regen stehengelassen. Kein Wunder. So gestört, wie sich der Typ Frauen gegenüber verhält, kann das ja nichts werden. Es ist doch immer die gleiche Leier mit den Kerlen. Ich bin wirklich froh, dass ich damals gleich Reißaus genommen habe!», beeile ich mich zu sagen, bevor ich mich über mein Brathühnchen hermache. Es schmeckt köstlich und tröstet mich ein wenig über meinen aktuellen Liebeskummer mit René Busengrapscher hinweg. Der eigentliche Grund, warum wir heute Abend versammelt sind.

«Eines Tages werde ich mir sowieso einen jüngeren Mann suchen, so wie Kylie Minogue, Halle Berry oder Demi Moore!», sagt Mel kauend.

«Ja, einen jüngeren Mann kann ich nur empfehlen!», Carla grinst von einer Backe zur anderen.

«Ach, bei Jens und dir, das sind doch nur drei Jährchen,

das zählt nicht. Ich spreche von einem Altersunterschied von mindestens fünfzehn Jahren!», erklärt Mel und fährt fort: «Ich finde es prima, dass die Emanzipation mittlerweile so weit fortgeschritten ist, dass wir Frauen uns offiziell eine Art Toy Boy zulegen dürfen. Männermodels sind momentan total gefragt bei den Hollywood-Damen!»

«Und was soll der ganze Quatsch bringen? Das ist doch alles nur eine Augenwischerei. Haben wir Frauen uns nicht jahrelang über die oberflächlichen Sugardaddys beschwert, weil die sich ihr zwanzig Jahre jüngeres Playboy-Häschen nur nach dem Äußeren aussuchen? Also, wenn wir heute unter Emanzipation das Recht auf geschlechterübergreifende Oberflächlichkeit verstehen, wünsche ich mich gerne zurück ins Mittelalter!» So langsam rede ich mich in Rage. Mel hat doch wirklich keine Ahnung, worauf es in der Liebe wirklich ankommt.

«Du hast recht!», pflichtet mir stattdessen Carla bei. «Immerhin möchte ich ja auch mit meinem Liebsten gemeinsam alt werden. Eine gemeinsame Geschichte aufbauen. Mich auf einer Wellenlänge mit ihm austauschen. So, wie es eben bei mir und Jens läuft. Das ist einfach perfekt!»

Die Glückliche.

«Auf die Liebe!» Ich hebe mein Glas und schaue Carla an. Eines Tages möchte ich auch so glücklich sein wie sie und Jens. Allerdings gilt jetzt erst mal absolutes Liebesverbot. Mein Blick ist vernebelt, was Männer angeht. Zuerst muss ich mir darüber klar werden, was ich will. Und zwar nicht nur in einer Beziehung, sondern vom Leben allgemein. So jung bin ich nun auch nicht mehr, und diese ganze Herumdümpelei ist einem gesunden Selbstbewusstsein nicht gerade förderlich.

Immerhin erscheine ich immer noch jeden Tag an meinem Arbeitsplatz. Und das trotz schlechter Bezahlung und völliger geistiger Unterforderung bei körperlicher Überforderung. Was mich jedoch am heutigen Tag erwartet, hätte ich mir nicht im Traum ausmalen wollen.

«Unser Zoo ist endgültig pleite. Wir erleben gerade unseren Schwarzen Freitag, und das an einem Mittwoch!», begrüßt mich ein völlig aufgelöster Andreas am Eingang.

«Wie? Was ist passiert? Wir sind doch nicht an der Börse! Oder habe ich irgendetwas verpasst?» Ich verstehe immer nur Bahnhof und ahne nicht einmal, welcher Holzhammer da gerade jetzt auf meinen Schädel niedersaust.

«René Weiner oder wie auch immer er in Wirklichkeit heißt, hat unsere Konten leergeräumt und sich aus dem Staub gemacht.»

Mir wird auf der Stelle schwindlig, als hätte ich wirklich einen Hammerschlag auf den Kopf bekommen, und greife reflexartig nach Andreas' Hand, der weitere Hiobsbotschaften verkündet.

«Anscheinend hatte er diesen Coup von langer Hand geplant. Seine ganzen Strategien, die Veranstaltungen, PR-Aktionen – alles nur heiße Luft! Nichts davon hat je stattgefunden, stattdessen hat er die Gelder auf irgendwelche Unterkonten überwiesen und weitergeleitet. Wie konnte ich nur so blöd sein und darauf reinfallen! Gestern früh hat er dann seine letzte Transaktion abgeschlossen. Erika wollte gerade unsere Futterhändler bezahlen, dabei ist es ihr dann aufgefallen. Alles weg. Wir sind komplett pleite. Dabei waren wir doch auf einem so guten Weg.»

«Aber das lässt sich doch sicher alles nachvollziehen. Geld verschwindet doch nicht so einfach», sage ich lahm. Ich will den Supergau einfach nicht wahrhaben. Wenn die Sache stimmt, war ich mit dem Feind persönlich im Bett. Das wäre noch ekelhafter, als die Geschichte sowieso schon verlaufen ist. René wäre nicht nur ein Ehebrecher, sondern auch ein aalglatter Betrüger. Hätte ich mich nur noch ein bisschen mehr auf ihn eingelassen, hätte er mich vielleicht wie in diesen Spionagefilmen im Schlaf ausgehorcht, um an wichtige Informationen zu kommen. Gut, wir haben weder zusammen noch miteinander geschlafen, noch kenne ich wichtige Informationen, aber dennoch plagt mich mein schlechtes Gewissen.

«Bis zu einem bestimmten Konto lässt sich der Verlauf noch nachvollziehen, aber dann verschwinden die Gelder irgendwo in Luxemburg. Da haben wir keine Chance. Bankgeheimnis!»

«Aber wieso Bankgeheimnis, wenn der Dieb ohne Strafe davonkommt?» Ich bin völlig schockiert über so viel Ungerechtigkeit.

«Um ehrlich zu sein, genau solche Fälle haben mich davon abgehalten, Jura zu studieren. Ich blicke da auch nicht durch.» Andreas ist wirklich am Boden zerstört und tut mir leid. In so einer Situation müssen schließlich alle zusammenhalten.

«Und wie soll es jetzt weitergehen?», frage ich vorsichtig, doch ich ahne bereits, was mir Andreas gleich verkünden wird.

«Um ehrlich zu sein, ich wünschte, ich könnte dir etwas anderes sagen. Aber ...» Andreas macht eine kurze Pause und holt tief Luft. In diesem Moment biegt Stefan um die Ecke. Auch er scheint bereits über die Katastrophe im Bilde zu sein, denn er schaut ziemlich betroffen drein. Offenbar hat er doch menschliche Gefühle. Leider hilft uns das jetzt auch nicht weiter.

«Ich habe heute Morgen bereits mit Holland telefoniert. Wenn wir nicht innerhalb von drei Monaten vier Millionen Euro auftreiben, dann werden die Besitzer des Willbert-Zoos alle Tiere an den Investor nach China verkaufen, der bereits Lucinda und ihren Nachwuchs übernehmen wollte. Auch für das Gelände haben sie bereits Pläne. Hier soll ein riesengroßes Einkaufszentrum entstehen.»

Ich bin geschockt. Meine geliebten Tiere? Nach China? Womöglich landet Eric dann in einem großen Kessel Nudelsuppe! Mir wird ganz schlecht bei der Vorstellung, dass ich meine Lieblinge bald nicht mehr täglich um mich herum haben soll. So frustriert ich in letzter Zeit auch war, meine Tiere kann ich nicht leiden sehen.

«Aber das können wir nicht zulassen!», rufe ich so laut, dass Stefan vor Schreck zusammenfährt. Er scheint nicht ganz bei der Sache zu sein. Wahrscheinlich macht er sich schon Gedanken über Alternativjobs. Bald wissen wir alle nicht mehr, wie wir unsere Monatsmiete bezahlen sollen.

«Ich habe für heute Nachmittag eine Konferenz einberufen. Dann werde ich euch über den weiteren Verlauf aufklären. Bis dahin bitte ich euch natürlich, eure Arbeit weiterhin durchzuführen. Die Tiere sollen nicht darunter zu leiden haben», sagt Andreas traurig.

Stefan und ich gehen gebeugten Hauptes zu unseren Spinden und ziehen unsere Arbeitskluft an. Ich erlange langsam meine Fassung zurück, und mein Gehirn beginnt zu arbeiten. So schnell gibt eine Rosi Jakob sich nicht geschlagen. Es muss einfach einen Ausweg geben!

«Also, wenn ick du wäre, würde ick hier meene Zelte so schnell wie möglich abbrechen», murmelt Stefan verstohlen hinter seiner Spindtür hervor.

«Wieso das denn?», frage ich etwas überrascht.

«Na ja, hier is doch nüscht mehr zu holen, wer weeß schon, ob wa übahaupt noch unsa Jehalt kriegen. Je früher man sich bei andern Zoos bewirbt, desto jrößer stehen die Schangsen, och jenommen zu werden. Immerhin werden demnächst ziemlich viele Fleger auffa Straße stehen.»

«Du bist ja sehr optimistisch. Glaubst du denn nicht, dass wir den Zoo mit vereinten Kräften doch noch retten können?» Mein Kampfgeist ist erwacht.

«Ach, Röscken. Jloob mir, sozialet Denken hat noch keene Braut und keen Bräutigam weiterjebracht. Ohne Ellebogen wird dett nüschte. Merk dir ditt. Alte Lebensweiskeit von mein Vattan. Kannste behalten.» Stefan tritt hinter seinem Spind hervor. Statt sich umzuziehen, hat er all seine Sachen zusammengepackt und streckt mir nun seine Hand zum Abschied entgegen.

«Also, ick sach denn ma hasta luego, war nett, dir kennenzulernen. Ick mach noch kurz meene Aussage bei den Bullen und suche denn ditt Weite!»

Wie ferngesteuert drücke ich Stefan die Hand und schaue ihm betroffen hinterher, als er unsere Garderobe verlässt. Wie oft habe ich diesen Augenblick herbeigesehnt, dass mein verhasster Kollege die Fliege macht! Da merkt man mal wieder, dass Wünsche vom Umtausch ausgeschlossen sind. In so mancher Wunschvorstellung fehlt der Beipackzettel, der einen über die Risiken und Nebenwirkungen aufklärt.

Ich beeile mich, meinen Spind abzusperren, und mache mich an die Arbeit. Dank Stefans verfrühtem Abgang muss ich seinen Job nun zusätzlich erledigen. Das ist ja nichts Neues. Also schaufele ich Mist, schnipple Obst und Gemüse, füttere, streichele, säubere und ackere, was das Zeug hält. Die Schufterei kommt mir gerade recht, denn immer noch plagt mich die Erinnerung. Ich bin so naiv wie ein Butterblümchen, es ist grauenvoll! Null Menschenkenntnis! Nicht nur, dass ich nicht gemerkt habe, dass Herr Weiner verheiratet ist, nein, ich bin einem I-a-Schwindler aufgesessen. Ich schäme mich, besonders, wenn ich an das Verhör mit der Polizei denke. Alles, was ich sage, kann gegen mich verwendet werden. Ob ich besser von meinem Schweigerecht Gebrauch machen sollte? Andererseits möchte ich natürlich, dass das Schwein gefasst wird, und jeder noch so kleine Hinweis kann nützlich sein.

Solange mich die Polizei nicht für Renés Komplizin hält, ist mir alles recht. Ich sollte mich vielleicht vorher mit Carla besprechen. Sie kennt sich von Berufs wegen mit solchen Dingen aus. Ich möchte mich weder blamieren noch in Verdacht geraten. Nur ein klitzekleiner Fehler im Ausdruck könnte schon bedeuten, dass sie mich auf der Wache behalten.

«Ich hab schon gehört, Liebes … stell dir vor, meine Abteilung betreut den Fall, und ich leite die Ermittlungen!», erzählt mir Carla, noch bevor ich loslegen kann.

«Carlotta, was soll ich denn nur machen? Du weißt, ich habe mit dem Ganzen so wenig zu tun wie Paris Hilton mit einer Gruppe braver Pfadfinder!», jammere ich los.

«Bleib mal ganz ruhig, Rosi. Natürlich solltest du uns alles erzählen, was du weißt. Immerhin willst du doch auch, dass das Schlitzohr erwischt wird, oder etwa nicht?»

«Natürlich will ich das, aber ich möchte auch nicht, dass

irgendjemand erfährt, dass ich mit dem miesen Dreckskerl rumgemacht habe.»

Ich drehe mich um und blicke direkt ins versteinerte Gesicht von Andreas.

«Entschuldigung, ich wollte nur sagen, dass die Konferenz gleich beginnt», sagt er kurz angebunden und verschwindet auch gleich wieder.

«Oje ...», flüstere ich ins Telefon. «Gerade kam Andreas rein. Hoffentlich hat er das mit René jetzt nicht mitbekommen.»

Ich bezweifle jedoch, dass das Timing in diesem Fall auf meiner Seite war. Ich neige dazu, am Telefon relativ lautstark zu sprechen. Und dies ist zudem ein ziemlich emotionales Thema. Wie emotional, weiß dank meines Organs jetzt wohl die ganze Belegschaft unseres Zoos. Ich beende rasch mein Telefongespräch, bevor ich noch mehr intime Momente aus meinem kläglichen Liebesleben der breiten Öffentlichkeit preisgebe.

Ich werde Carla später sowieso noch einmal auf dem Revier zum Verhör treffen.

Nach langer Zeit betrete ich nun wieder unseren Besprechungsraum. Das letzte Mal, als ich hier war, wurde mir Andreas als mein neuer Chef vorgestellt. Vielleicht sollte man das Zimmer nach Feng-Shui-Regeln neu einrichten, um das schlechte Karma daraus zu vertreiben. Denn wenn es bleibt, haben wir alle bald keinen Job mehr, und unsere Tiere werden zu chinesischem Fastfood verarbeitet. Andreas' Miene lässt leider darauf schließen, dass sich meine Befürchtungen bewahrheiten.

«Sicher habt ihr es alle schon mitbekommen: Über Nacht wurden unsere Konten komplett leergeräumt. Alles, was sich dort, seit ich hier die Geschäftsführung übernommen habe, angesammelt hat, ist weg. So schwer es mir fällt: Aber ich muss euch leider mitteilen, dass ich heute noch nicht weiß, wovon ich eure Gehälter am Ende des Monats bezahlen soll. Aber keine Sorge, ich denke, dafür werden wir sicher eine Regelung finden. Zumindest für diese Woche. Doch wenn nicht innerhalb der nächsten vier Wochen ein Wunder geschieht, wird der Willbert-Zoo nach China verkauft werden.» Andreas spricht bemüht sachlich zu uns, doch ich merke, wie sehr ihn die Angelegenheit mitnimmt.

«Ich kann jede Entscheidung von euch verstehen. Also, wenn ihr lieber heute als morgen eure Sachen packen wollt, habt ihr meinen Segen», fährt er fort, und einige Mitarbeiter beginnen tatsächlich, unruhig auf ihren Stühlen herumzurutschen.

«Ihr habt hier Tag für Tag einen tollen Job gemacht und phantastische Arbeit geleistet. Seid versichert, dass ich euch allen ein blendendes Dienstzeugnis ausstellen werde.»

«Und was ist, wenn wo nich gehn wölln?» Erika Sonnebank blinzelt kampflustig in die Runde.

«Ja», rufe ich mit etwas belegter Stimme. «Gibt es denn keine Möglichkeit, den Zoo zu retten?»

«Nun, für all diejenigen, die es sich nicht nehmen lassen wollen, gemeinsam mit dem sinkenden Schiff unterzugehen, gibt es heute Abend ein Treffen hier im Gebäude. Ich möchte euch natürlich alle zum Brainstorming einladen, vielleicht fällt uns ja tatsächlich noch etwas ein. Alle anderen bitte ich, ihre Termine bei der Polizei einzuhalten. Jeder Hinweis kann sachdienlich sein.»

Beim letzten Satz blickt Andreas zu mir herüber, und für einen kurzen Moment bilde ich mir ein, dass er die Augen zusammenkneift. Ich fühle mich angegriffen und beeile mich, mein Kommen für den Abend anzukündigen.

«Ich hätte nicht gedacht, dass du heute hier auftauchst», kommt mir Andreas zuvor.

«Wie meinst du das denn?», frage ich perplex. Eigentlich wollte ich Andreas doch unterstützen. Mit einer solchen Abreibung habe ich nun wirklich nicht gerechnet. Ob er doch etwas von meinem Telefongespräch mitbekommen hat?

«Es wurde ja schon länger gemunkelt, dass zwischen dir und René etwas läuft!», faucht er mich an.

«Aber ...», versuche ich einzugreifen.

«Als ich dann den Betrug mit den Konten bemerkt habe, ist für mich wirklich eine Welt zusammengebrochen, Rosi. Klar, wir hatten in letzter Zeit ein paar Unstimmigkeiten, aber ...»

«Moment, du denkst doch nicht etwa, dass ich mit dem Typen unter einer Decke stecke?» Ich bin entgeistert. Immerhin befinden wir uns alle gerade in einer Notlage. Da gibt es nichts Schlimmeres als falsche Anschuldigungen.

«Du denkst doch nicht etwa, dass ich und René gemeinsame Sache gemacht haben? Ich bin doch nicht die Komplizin eines Verbrechers! Ich habe mit der ganzen Sache überhaupt nichts zu tun, und das werde ich auch der Polizei erzählen. Und mit wem ich meine Decke teile, geht dich gar nichts an. Immerhin scheinst du ja auch keine Hemmungen zu haben, mit meiner Mitbewohnerin zu schlafen. Aber sei ganz beruhigt, sie macht das mit fast jedem.»

Der Nachteil von direkter Kommunikation ist, dass man einmal Gesagtes nicht wieder zurücknehmen kann. Die letzte Bemerkung tut mir leid, denn eigentlich habe auch ich kein Recht, Andreas' Liebesleben zu kritisieren. Aber er hat mich nun mal provoziert und muss deshalb mit dem Kontra rechnen. Eigentlich sollte ich jetzt direkt meinen Dienst quittieren. Aber das bringe ich nicht übers Herz. Unsere tierische Belegschaft hat schon unter den Missetaten eines Mannes zu leiden. Einen zweiten Fiesling würde sie nicht überleben.

Ich eile im Sauseschritt zurück in meine Zooküche, um das Fischfutter für die Kaiserpinguine zuzubereiten. Eine bessere Ablenkung gibt es kaum, denn meine gefiederten Freunde schaffen es immer, mich in glänzende Laune zu versetzen.

Es vergehen keine fünf Minuten, da kommt bereits der erste Pinguin angeschlurft und stellt sich dicht neben meine Beine. Ein paar weitere folgen umgehend, sodass ich binnen kurzer Zeit von den kleinen Frackträgern umringt bin. Kaiserpinguine kommen aus der Antarktis, sie sind es gewohnt, in kalten Regionen zu überleben. Dennoch nutzen sie jede Möglichkeit, Körperwärme zu isolieren. Das funktioniert über eine dicke Fettschicht, ein dichtes Federkleid und noch besser, wenn sie miteinander eine große Gruppe bilden und ab und zu die Positionen wechseln, damit jeder mal in die Mitte kann. Da kann auch ein Pfleger Teil der Gruppe werden. Wir sind schließlich auch warm. Ich komme mir vor wie eine Grundschullehrerin im Kreise ihrer Schüler, denn Kaiserpinguine erreichen eine Körpergröße von 1,30 Meter.

Die kleinen Kerle sind einfach immer für einen Lacher gut. Einmal hatte unser Praktikant Christoph vergessen, den Fischeimer mitzunehmen. Als er ihn am nächsten Morgen holen wollte, blickten ihn daraus zwei freche Pinguinaugen an. Der kleine Kerl hatte darin übernachtet. Allerdings sind Pinguine nur unter Wasser richtig schnell und geschickt. Christoph musste den armen Pinguin mit beiden Händen an den Stummelflügelchen aus dem Eimer herausheben.

Nach etwa zwanzig Minuten kehre ich mit dem leeren Eimer zurück.

Vor unserer Küche sind alle Gummistiefel der Mitarbeiter aufgereiht. Auch Andreas hat ein Paar, denn sogar der Direktor muss ab und zu mal in den Feuchtgebieten nach dem Rechten sehen. Wie ferngesteuert greife ich nach dem Fischeimer und kippe die restlichen Fischabfälle mitsamt der stinkenden Brühe in die Stiefel. Soll er doch sehen, wo er bleibt, wenn gute und treue Mitarbeiter wie ich sich gegen ihn stellen! Sein geliebter Freund Stefan hat ihm ja schon heute Vormittag den Rücken zugedreht. Ich werde mich aber nicht einschüchtern lassen. Der Fisch stinkt von den Füßen her, oder wie ging das alte Sprichwort nochmal? Egal. Ich muss jetzt erst einmal zum Verhör.

«Bitte versuch, dich so sachlich wie möglich zu verhalten!», rät mir Carla auf dem Polizeipräsidium. Sie führt mich in einen kleinen Raum, der nur mit einem Computer und einem großen Spiegel ausgestattet ist. Ein junger Mann, vielleicht Anfang zwanzig, kommt zu uns ins Zimmer, setzt sich hinter den Computer und nimmt meine Daten auf.

«Und hinter dem Spiegel, da stehen dann die ganzen Kommissare, ja?», frage ich interessiert und ehrfürchtig.

«Nein, da steht niemand!», beruhigt mich Carla. «Das machen sie nur bei Schwerverbrechern. Dann ist auch die kleine Kamera da oben an der Decke angeschaltet!»

Ich werfe einen Blick nach oben und sehe tatsächlich einen Camcorder in der Ecke hängen. Das Rotlicht leuchtet nicht. Dennoch setze ich mich besonders gerade hin, man weiß ja nie. Die ganze Atmosphäre macht einen nervös. Das geht mir immer so, auch bei Verkehrskontrollen fange ich an zu schlottern, obwohl ich wirklich eine rücksichtsvolle Autofahrerin bin und immer nüchtern hinterm Steuer sitze.

«Vorstrafen hast du ja keine!», sagt Carla.

«Ich weiß nicht so genau ...», murmele ich unsicher.

«Rosi! Hast du mir irgendetwas verschwiegen?» Carla reißt ihre Augen auf und beugt sich entsetzt zu mir.

«Ich habe einmal ein Päckchen Kaugummis mitgehen lassen. Das ist allerdings schon zwanzig Jahre her», gestehe ich kleinlaut.

«Das zählt nicht. Selbst, wenn du dafür registriert worden wärest, ist das mittlerweile verjährt. Es sei denn, du hast danach nochmal nachgelegt», klärt mich Carla auf.

«Nein, nein, natürlich nicht. Ansonsten habe ich ein reines Gewissen!» Darf ich das eigentlich wirklich haben? Vielleicht habe ich mich ja doch verplappert und diesem Schwein von Betrüger einen wichtigen Hinweis gegeben.

«Ich weiß überhaupt nichts über unsere Buchhaltung. Ich bin Tierpflegerin in unserem Zoo», beginne ich mich zu verteidigen, obwohl mich bisher keiner angegriffen hat.

«Ging dein Verhältnis zu dem Verdächtigen über die Kollegialität hinaus?», fragt mich Carla. Sie nennt René «Verdächtiger». Ist wohl so in juristischen Kreisen. Dabei ist es eigentlich doch völlig klar, dass er es war.

«Rosi? Du musst hier natürlich nicht antworten, wenn du glaubst, du könntest dadurch in Verdacht geraten», fügt Carla hinzu, als ich mit meiner Antwort immer noch nicht herausrücke. Ich werfe einen Blick zu dem jungen Mann am PC, schüttele dann den Kopf und fange an zu erzählen.

«Nein, alles klar. Um ehrlich zu sein, fand ich René zu Beginn total süß. Wie eigentlich jede weibliche Mitarbeiterin im Zoo. Aber mit mir hat er sich sogar verabredet.»

«Bist du dir sicher, dass du die Einzige warst?» Carla schaut mich durchdringend an, und ich verstehe jetzt, warum sie den Spitznamen «Miss Verhör» trägt.

«Um ehrlich zu sein, darüber habe ich mir bisher noch keine Gedanken gemacht.» Für einen kurzen Augenblick denke ich an Erika Sonnebank und ihre offene Art allen Männern gegenüber, verwerfe den Gedanken dann aber ganz schnell wieder.

«Ich weiß aber noch, wo er wohnt, wenn er da überhaupt wohnt, aber ich denke doch. Die Wohnung war doch recht persönlich eingerichtet.»

Ich denke mit Schrecken an das harmonische Familienfoto neben dem Bett, das unserem furchtbaren Gegrapsche ein Ende bereitet hat. Im Grunde sind schon Renés sexuelle Defizite kriminell. Schade, dass es dagegen noch kein Gesetz gibt. Ich verkneife es mir jedoch, Carla meinen Vorschlag zu unterbreiten, und beeile mich, mein gesamtes Wissen bezüglich des Herrn René W. zu Protokoll zu geben. Nach etwa einer Viertelstunde sind wir fertig.

«Du hast uns vielleicht wirklich ein paar sehr hilfreiche Hinweise geben können!», flüstert mir Carla auf dem Gang zu. «Auch wenn du sie sehr blumig und etwas zu ausführlich beschrieben hast.» – «Wie peinlich. Dabei habe ich mir mehr als die Hälfte meiner Bemerkungen verkniffen», gestehe ich. «Und wie geht es jetzt weiter?», frage ich aufgeregt.

«Mehr darf ich dir nicht sagen. Aber drück uns und euch die Daumen. Vielleicht haben wir bald eine Spur!»

Als ich aus dem Polizeigebäude hinausgehe, überholt mich bereits ein blauer Polizeiwagen mit Martinshorn. Ist es nicht völlig unsinnig, mit so einem Riesengetöse auf Verbrecherjagd zu gehen? Aber sie werden schon wissen, was sie tun. Hoffe ich zumindest. Mein schlechtes Gewissen plagt mich immer noch, und ich fühle mich, als wäre ich mit dem Satan höchstpersönlich im Bett gewesen. Gut, dass dieser Koitus vorzeitig in einem «interruptus» endete. Sonst ginge es mir womöglich noch schlechter.

Bis zur abendlichen Besprechung habe ich noch etwas Zeit, also mache ich mich auf den Weg zu meinen Möpsen. Mir fehlen die beiden kleinen Knuffelchen enorm. Außerdem möchte ich die Gelegenheit nutzen, den Schwestern von der misslichen Lage unseres Zoos zu berichten. Die beiden haben ein großes Herz für Tiere aller Art. Sicher kennen die beiden Krethi und Plethi mit dickem Bankkonto.

«Frau Rosi, ich meine, Frau Jakob, schön, dass Sie uns besuchen kommen. Bitte treten Sie doch ein!» Pamela empfängt mich ganz aufgeregt. Sie scheint irgendwie nervös zu sein und eilt, mit mir im Schlepptau, schnell wieder zurück ins Wohnzimmer. Dort angekommen, erkenne ich das Drama mit einem Blick. Moss hechelt auffallend schnell, während Kate unheimlich still in ihrem Körbchen liegt. Bei genauerem Hinsehen entdecke ich Erbrochenes. Hier ist etwas gewaltig schiefgelaufen!

«Was ist passiert?», frage ich und knie mich zu Moss hinunter, um ihren Pulsschlag zu messen. Er ist viel zu schnell.

Pamela blickt schuldbewusst zu Ingrid, Ingrid wieder zu Pamela, dann schauen mich beide stumm an.

«Was – ist – passiert?», frage ich erneut, diesmal aber in einem schärferen Tonfall. Die beiden schweigen. Stattdessen ertönt ein leises Winseln aus dem Bastkörbchen.

«Verehrte Damen Büchsenschütz, bitte, wie Sie wollen. Sie

können mich weiterhin anschweigen und zusehen, wie ihre beiden Lieblinge hier langsam ersticken oder am Herzinfarkt sterben, oder Sie erzählen mir alles haargenau auf dem Weg in die Tierarztpraxis!»

«Tierarztpraxis, eine gute Idee!», haucht Pamela und greift das komplette Körbchen inklusive Kate.

Ich nehme Moss vorsichtig auf den Arm und sage zu Ingrid: «Sie fahren!»

Zu fünft – drei Zweibeiner und zwei Vierbeiner – machen wir uns auf den Weg in die Praxis von Dr. Nachtnebel. Dort angekommen, erstatte ich ihm kurz Bericht.

«Die beiden haben sich nach einer Diätphase komplett überfressen. Getrüffelte Schweinepastete, Schokoladenbaisers, Marzipankartoffeln, Entenbrust und Champagner!», fasse ich möglichst sachlich zusammen, was ich den beiden Damen im Wagen entlocken konnte.

«Sie bleiben erst einmal hier im Wartezimmer, meine Damen. Rosi, Sie kommen mit mir!», sagt Dr. Nachtnebel.

«Meine Assistentin ist bereits zu Hause, übernehmen Sie den Job, Frau Jakob?» Was für eine Frage, natürlich traue ich mir das zu. Ich nicke entschlossen und desinfiziere mir die Hände.

«Und, was denken Sie?», fragt mich der Doktor, während er bereits zwei Spritzen aufzieht.

«Ich tippe bei Kate auf eine Lebensmittelunverträglichkeit, vielleicht aber auch einen allergischen Schock, der durch das plötzliche Überfüttern von untypischem Hundefutter ausgelöst wurde. Wenn wir Glück haben, bleibt es dabei, und wir kommen mit Kalzium aus. Im schlimmsten Fall jedoch müssen wir mit einem Darmverschluss rechnen und notoperieren. Aber danach sieht es jetzt noch nicht aus. Sonst hätte sie sich nicht erbrochen. Ich würde es aber auf jeden Fall beobachten», sprudelt es automatisch aus mir heraus.

«Sehr gut. Bitte geben Sie Kate schon einmal die Kalziumspritze. Ich denke, in einer halben Stunde dürfte es ihr bereits bessergehen. Moss hingegen macht mir größere Sorgen.»

Er greift nach der anderen Spritze. Während ich die kleine Kate versorge, bekommt Moss von Dr. Nachtnebel eine ordentliche Beruhigungsspritze. Kurze Zeit später beginnt das Mittel zu wirken, und sie atmet wieder gleichmäßiger.

«Ist Ihnen denn irgendetwas aufgefallen, als Sie mit den Hunden unterwegs waren?»

«Nein, nicht wirklich. Um ehrlich zu sein, haben wir immer nur leichtes Bewegungstraining miteinander gemacht. Es sind eben Möpse und keine Windhunde. Viel effektiver war die salz- und fettarme Diät. Ich hatte schon das Gefühl, dass sie den beiden guttut. Ihr Zustand war während der ganzen Zeit über stabil, die Werte hatten sich enorm verbessert», erkläre ich und hoffe, dass mit Moss nichts Ernstes ist. Dennoch beschleicht mich ein leiser Verdacht, der mir gar nicht gefällt. Zaghaft beginne ich:

«Könnte es sein, dass Moss an einer Atrioventrikular-Klappenendokardiose erkrankt ist? Die Anzeichen scheinen mir in das Bild zu passen, dennoch ist die Krankheit sehr selten. Aber wenn sie auftritt, dann vorzugsweise bei kleineren Hunden von hohem Alter. Vorher lebt der Patient völlig beschwerdefrei. Erst durch Unruhe, Stress oder anderes tritt der Herzklappenfehler zutage. Kurzatmigkeit ist ein häufiges Indiz.»

«Es klingt ein bisschen weit hergeholt, die Krankheit ist selten. Aber Sie könnten dennoch recht haben. Eine solche Fressattacke so kurz nach einer Schonkost kann tatsächlich als Auslöser gelten. Ich würde die Hunde gerne hierbehalten, um ein paar Tests zu machen. EKG, Echokardiographie und so weiter», sagt Dr. Nachtnebel.

«Na, dann war es ja allerhöchste Eisenbahn, dass ich mit den Kleinen hierhergefahren bin!», rufe ich erschrocken aus. Ich hoffe doch sehr, dass sich meine Vermutung nicht bestätigt.

«Tun Sie mir den Gefallen und sagen den Büchsenschütz-Damen Bescheid, dass ich Moss gerne einen Tag lang beobachten möchte?», bittet mich Dr. Nachtnebel und tätschelt dem kleinen Mädchen liebevoll das Köpfchen. «Vielen Dank! Sie waren wirklich eine große Hilfe.» Dr. Nachtnebel nickt mir aufmunternd zu, dann widmet er sich wieder seinen beiden Patienten.

Ich begebe mich wieder ins Wartezimmer zu den Schwestern und erkläre ihnen so neutral wie möglich den Ernst der Lage. Ich vermeide Begriffe wie «Kardio» oder «Atrio», um ihnen keine überflüssigen Sorgen zu bereiten. Man soll ja ältere Damen nicht unnötig erschrecken.

«Aber die kleine Kate können wir gleich mit nach Hause nehmen?», fragen sie mich etwas verstört.

«Wenn Sie mir hoch und heilig versprechen, dass Sie der Armen heute nichts mehr zu futtern geben und morgen wirklich nur das, was auf meiner Liste steht», warne ich.

«Natürlich», antworten beide im Chor.

«Versprochen?»

«Ja, versprochen, wirklich, Frau Jakob, wir dachten, wir gönnen den beiden etwas Feines nach all den Strapazen, aber nun haben wir ein für alle Mal begriffen, dass es ihnen wirklich nicht guttut», sagt Ingrid kleinlaut.

«Es bringt sie vielleicht sogar um!», gebe ich mit ernster

Stimme zu bedenken. So gerne ich die beiden schrulligen Ladys habe, diesmal sind sie wirklich zu weit gegangen.

Völlig erschöpft falle ich zu Hause auf die Wohnzimmercouch. Carla hat offenbar noch Dienst. Wahrscheinlich wertet sie unsere Aussagen aus. Vielleicht ist sie aber auch gerade in Renés Wohnung und nimmt ihn fest. Ich knabbere an den Resten des Karamell-Popcorns. Auf all die Schrecken des Tages brauche ich dringend etwas Zucker. Zumal ich sowieso gleich wieder losmuss, zum Brainstorming in den Zoo. Diese Gelegenheit lasse ich mir nicht nehmen. Obwohl ich gestehe, dass mir in der Hektik des Tages nicht viel Sinnvolles eingefallen ist. Vor lauter lebensrettenden Maßnahmen an Möpsen habe ich nicht einmal Gelegenheit gefunden, die Büchsenschützinnen nach potenziellen Spendern auszufragen.

Ich muss schon wieder an René denken und schäme mich. Wie konnte ich nur so naiv sein und auf einen Betrüger hereinfallen! Bin ich den wirklich so erbärmlich, dass ich mich selbst mit gesellschaftlichem Abschaum abgebe, nur um nicht einsam zu sterben? Zu meiner Verteidigung muss ich allerdings sagen, dass niemand ihm seine kriminelle Energie angesehen hat. Keiner hat etwas gemerkt. Dafür bin ich aber leider die Einzige, die so richtig auf ihn reingefallen ist. Vielleicht habe ich ja so etwas wie einen Sensor für besonders entartete Fälle? Ich bin ein «Miese-Männer-Magnet». Das wird es wohl sein, denn man zieht immer das an, was man unterbewusst gerne hätte. Und mein Unterbewusstsein schreit die ganze Zeit: Kommt her, ihr Idioten, hier findet ihr euresgleichen!

Erneut taucht vor meinen Augen das bedrohliche Bild von

der alten Tante Rosi in ihrer Dachgeschosswohnung auf, nur dass ich diesmal von lauter Möpsen umgeben bin. Da klingelt das Telefon. Dabei fällt mir ein, dass ich mich nun wohl auch noch um ein neues Handy kümmern muss. Das passt super auf meine Einkaufsliste, zumal ich demnächst sowieso bald pleite sein werde.

«Hallo, ich bin's!», ertönt es am anderen Ende.

«Carla!» Sie scheint noch nicht im Büro zu sein, im Hintergrund höre ich Stimmen.

«Ich wollte dir nur Bescheid geben, dass wir deine Handtasche gefunden haben, samt Handy.» – «Na ja, wenigstens eine Sorge bin ich los. Noch was?», frage ich erleichtert und neugierig.

«Auch sonst war dein Tipp mit der Wohnung hilfreich. Dieser René Weiner, der in Wirklichkeit René Heuler heißt – sehr kreativ –, hat Spuren hinterlassen. Diese Adresse scheint wohl auch seine Hauptadresse gewesen zu sein. Allerdings ist noch nicht gesagt, dass wir auch das Geld wiederfinden. Aber wir bleiben dran!»

Ich atme erleichtert auf. Wenigstens eine halbwegs gute Nachricht. Denn was hilft es unserem Zoo, realistisch betrachtet, wenn sie nur René schnappen, aber die Kohle weiterhin spurlos verschwunden bleibt? Wir können ihn ja schlecht in eines unserer Gehege sperren und dafür Eintritt verlangen. Das ist doch mal wieder typisch. Da verschwinden Millionen von Euros, und wer trägt die Konsequenzen? Wir.

Mein Schulabschluss, mein Studium, meine Ausbildung, alles umsonst, nur weil so ein blöder dahergelaufener Trottel uns abgezockt hat. Ich stopfe mir das restliche Popcorn in den Mund. Der Zucker tut mir gut. Wieder einigermaßen motiviert, mache ich mich auf den Weg in den Zoo. Weg mit dem Phlegma, jetzt werden die Ärmel hochgekrempelt! Fehlt nur noch die richtige Strategie, um die Karre aus dem Dreck zu ziehen.

«Wia gönnten üns im Indanet vasteigern. Sö wie Schosch Gluuni, der hat mehr als hundattausnd Dollars für sisch begömmn!», wirft Erika Sonnebank in die Runde.

«Nun, deine Schönheit in allen Ehren, aber ich denke, dass wir mit dieser Methode und unseren Mitarbeitern nicht wirklich so viel Geld zusammenbekommen», sagt Andreas vorsichtig. Wir debattieren nun schon seit zwei Stunden über eine wirksame Methode, innerhalb kürzester Zeit mit möglichst geringem Einsatz viel Geld zusammenzubekommen. Je später der Abend, desto deutlicher wird die Erkenntnis, dass, wenn es eine derartige Methode gäbe, sie mit Sicherheit schon patentiert und gewinnbringend verkauft und vermarktet worden wäre.

«Ich kann die Büchsenschützinnen um Geld bitten! Oder wir machen eine Verlosung mit kleinen Preisen, die wir in den umliegenden Geschäften erbitten!», rufe ich.

«'ne Dombola! Güde Idee. Aber ob die beiden alden Domen vier Milliönschn aufn Disch legn, mog isch bezweifln», gibt Erika zu bedenken.

«Und wenn wir einfach einen Spendenaufruf starten? Im Radio zum Beispiel. Das kann doch nicht so viel kosten.» Bea, unsere Praktikantin meldet sich zu Wort.

«Nein, ich denke, wir müssen eine Möglichkeit finden, unsere Stammkundschaft zu involvieren.»

«Ponyreiten!»

«Oder wir nehmen eine CD auf! Musik wird doch immer gerne genommen, wenn es um wohltätige Zwecke geht.»

«Und wer soll das bitte einsingen?»

«Ganz klar! Wir rufen einfach bei Madonna an! Die hat sicher einiges auf der hohen Kante.»

«Madönna! Die find isch ooch güt. Diesa Köpo, wie von na Zwanzischjährign!»

«Zwanzig? Ich wär froh, wenn ich mit zwanzig so 'nen Körper gehabt hätte ...»

Alle rufen durcheinander.

«Kinder, Kinder, so beruhigt euch doch wieder. So kommen wir nicht weiter!» Andreas hat sich in unser Durcheinander eingemischt und sorgt wieder für etwas Ruhe. Auch wenn die Konzentration zu wünschen übrig lässt, der Wille, unseren Zoo zu retten, ist da. Andreas tritt zum Flipchart und beginnt einige Linien und Kreise aufzumalen. Er schreibt und zeichnet, skizziert, radiert und kalkuliert, bis ein schlüssiges Bild auf dem Papier entsteht. Er stellt sich neben die Tafel und blickt fragend in die Runde. «Was haltet ihr davon?»

Kurz vor zwölf

Dieses Wochenende ist es endlich so weit. Dann findet unsere große Rettungsaktion statt. Die Idee kam von Andreas. Wir anderen waren, was das Retten unseres Betriebes angeht, leider recht unkreativ. Wunder liegen eben nicht einfach auf der Straße. Dennoch hoffen wir natürlich, mit unserem Benefiz die Gunst der Holländer zurückzugewinnen.

«Das Prinzip gleicht einer Art Aktiengesellschaft», hat uns Andreas erklärt. «Wir machen eine große Party und verkaufen für jedes Tier die Möglichkeit, Patenschaftsanteile zu erwerben. So bleibt zwar das Tier Eigentum des Parks, dennoch hat der Käufer einen gewissen Anteil daran. Nicht nur das ist möglich. Interessenten können natürlich auch Anteile für Hege und Pflege, Stallbewirtschaftung oder Futter kaufen.» Andreas schien wirklich von seinem Plan überzeugt.

Vierzehn Tage hatten wir nun Zeit, uns auf die Veranstaltung vorzubereiten. Das bedeutete neben der Organisation eines Festzeltes, Caterings und Unterhaltungsprogramms natürlich auch das Erstellen der Gästeliste. Besonders Gäste mit lockerem Portemonnaie und einer gewissen Portion Eitelkeit suchten wir zusammen. «Die Leute werden es prima finden, wenn neben dem Käfig der einzelnen Tiere ihr Name in Goldlettern prangt!», hatte Andreas gesagt.

Der Countdown zu unserer Spendenveranstaltung läuft, und wir haben wirklich jeden kontaktiert, der uns zwischen die Finger geriet. Ich bin sogar über meinen Schatten gesprungen und habe Mel gebeten, den erlauchten Kreis ihrer

Fluggäste, VIPs und Vielflieger anzusprechen. Nichts haben wir ausgelassen.

Die Büchsenschütz-Schwestern übernehme ich natürlich persönlich. Nach der gelungenen OP von Moss und der raschen Genesung beider Möpse scheint mir der Zeitpunkt gut zu sein, sie zu besuchen. Sie begrüßen mich freudig, und ich muss erst einmal detailliert erzählen, wie die kleine Moss doch noch gerettet werden konnte.

«Zuerst hat Dr. Nachtnebel den vermuteten Herzklappenfehler bei Moss bestätigt. Ich durfte beim EKG und beim Ultraschall dabei sein und Pfötchen halten. Und dann hat er gesagt, und darüber freue ich mich ganz besonders, dass er mich für eine sehr talentierte junge Ärztin hält. Da musste ich ihm natürlich sagen, dass ich gar keine Ärztin bin. Er wusste das ja auch längst, hat aber nie verstanden, wieso ich das Studium abgebrochen habe. Na ja, und da habe ich ihm erklärt, dass der Zoo mein Leben ist und dass ich alles dafür täte, ihn zu retten.» Das war eine elegante Überleitung, finde ich.

«Aber Kind, wir wussten gar nicht, dass es dem Zoo schlechtgeht! Habt ihr denn gar kein Geld mehr? Pleite seid ihr? Natürlich kommen wir! Und wir bringen ein paar reiche Säcke mit, das versprechen wir. Wir wollen doch nicht, dass unsere Lebensretterin plötzlich auf der Straße steht!», beteuern die beiden Damen und zwinkern ihren quietschfidelen Möpsen fröhlich zu. Seit dem Zusammenbruch haben sich beide strikt an meine Diätvorgaben gehalten, und die beiden Hunde sehen wirklich prächtig aus. Ich schaue alle drei Tage nach ihnen. Noch so einen Schock wie den letzten würde ich nervlich nicht durchstehen. Da gehe ich lieber auf Nummer sicher.

Alles scheint prima zu verlaufen, und ich bin wirklich zuversichtlich, dass wir morgen das Geld zusammenbekommen werden.

Ich schließe, nichts Böses ahnend, die Tür zu meiner Wohnung auf und gehe in Richtung Wohnzimmer, wo ich Stimmen höre. Ein paar Wortfetzen dringen zu mir herüber.

«... so geht das nicht.»

«... ach, es muss doch keiner erfahren ...»

«... nein, so läuft das bei uns nicht ...»

«... selber schuld ... wenn du so dämlich bist und dir die Chance entgehen lässt ...»

Dann kommt mir Mel zornrot im Gesicht entgegengelaufen. Ich höre nur noch, dass sie «Mieser Feigling!» zischt, dann knallt sie die Tür zu ihrem Zimmer zu.

Ich gehe ins Wohnzimmer, wo Jens sitzt, völlig aufgelöst.

«Was ist denn los?», frage ich und setze mich zu ihm an den Tisch.

«Ihr solltet eure Mitbewohnerinnen künftig wirklich besser auswählen», antwortet Jens und gießt sich ein großes Glas Wasser ein. Er nimmt einen Schluck, um sich zu beruhigen. Dann fährt er wütend fort:

«Die kleine Schlampe wollte sich doch tatsächlich an mich ranschmeißen!»

«Ich habe nur den Schluss mitbekommen, das hat mir gereicht!», sage ich mitfühlend und lege meine Hand auf Jens' Arm, um ihn zu beruhigen.

«Weißt du, Carla bedeutet mir wirklich alles, ich würde sie niemals hintergehen. Wie kommt diese Schlange nur darauf, so etwas zu machen?»

«Ich kann es mir auch nicht erklären, aber scheinbar hat sie ein Faible für Männer, die tabu sind.» Ich bin wirklich fassungslos. Immer wenn ich Mel erneut Vertrauen schenke, macht sie wieder irgendwelchen Blödsinn. Diesmal ist sie aber eindeutig zu weit gegangen.

«Ich werde mit Carla sprechen. Das Biest kann gleich ihre Koffer packen», sage ich entschlossen und stehe auf.

«Keine Sorge, das habe ich bereits!» Mel hat sich im Türrahmen aufgebaut und blickt mit überheblichem Gesicht auf uns herab. «Morgen früh seid ihr mich los, ihr Spießer!»

Sie macht auf dem Absatz kehrt und verzieht sich erneut in ihr Zimmer, um wenige Minuten später die Wohnung zu verlassen. Wenigstens hat sie eingesehen, dass sie hier nichts mehr zu suchen hat. Zumal sie so der Konfrontation mit einer wildgewordenen Halbitalienerin aus dem Weg gehen kann.

«Ich töte sie», kreischt Carla, als ich ihr die Nachricht überbringe. So wütend habe ich sie noch nie gesehen. Hoffentlich bekommt sie keinen Herzinfarkt. «Die Frau ist für mich gestorben! Mamma mia! Was fällt der eigentlich ein!»

Jens und ich versuchen unsere gemeinsame Freundin nach Kräften zu beruhigen. Nach etwa einer Stunde kann sie endlich wieder menschliche Töne von sich geben.

«Ein Gutes hat die Sache doch, mein Schatz. Du weißt, du kannst dich hundertprozentig auf mich verlassen!» Jens nimmt Carla in den Arm. Erst jetzt fällt mir auf, dass sie die ganze Zeit einen hellblauen Umschlag in der Hand hält.

«Was hast du denn da?», frage ich.

«Ach, den hätte ich in der ganzen Aufregung fast vergessen. Post für dich war im Briefkasten!» Carla überreicht mir den Brief, auf dem handschriftlich meine Adresse steht. Neugierig öffne ich den Umschlag und lese den Text.

«Na? Wieder mal ein heimlicher Verehrer?», fragt Jens neugierig. Er möchte mich so gern in festen Händen sehen!

«Ich würde eher sagen, ein unheimlicher ...», antworte ich und reiche den Zettel an Carla weiter. Ihre Gesichtszüge erstarren schlagartig. Dann liest sie laut vor:

«Liebste Rosi, mein herzallerliebster Augapfel, ich bedaure, dass die Geschehnisse so verlaufen sind und dass Du nun ein völlig falsches Bild von mir hast. Doch Du bist frei von jeglicher Schuld. Und ich brauche das Geld, um mir eine neue Existenz aufzubauen. Eine Existenz und ein neues Leben, das ich gerne mit Dir teilen würde. Bitte, denk darüber nach. Versprich mir, dass Du diese Zeilen nicht sofort vor lauter Wut verbrennst. Ich werde Dich in naher Zukunft erneut bitten. In Liebe Dein Dich anbetender René»

Carla faltet den Brief zusammen und gibt ihn an mich zurück.

«Sag mal, dem Typen haben sie ja wohl das Hirn ausgeräuchert. Wie kann er denken, dass du nach all dem, was passiert ist, überhaupt noch was mit ihm zu tun haben willst?»

«Immerhin liebt er mich wirklich», gebe ich zu bedenken und schaue in Carlas entsetztes Gesicht. Ich muss gestehen, dass mich der Brief gleichzeitig schockiert und mir schmeichelt. Es soll ja sogar schon vorgekommen sein, dass sich bei Entführungen die Geiseln in den Täter verguckt haben. Das sogenannte Stockholm-Syndrom. Nicht, dass es mir jetzt so ginge, ich bin vom René-Virus endgültig geheilt, aber zumindest fühle ich mich nicht mehr ganz so benutzt.

«Immerhin», beeile ich mich zu ergänzen, «ist meine weibliche Ehre wenigstens wiederhergestellt. Er hat mich nicht ausgenutzt. Er hat offenkundig eine hohe Meinung von mir. Das hilft mir, schneller über ihn hinwegzukommen.»

«Komische Theorie», meint Jens, der sich den Brief geschnappt hat und nun zwischen den Fingern hin und her dreht und wendet. Er denkt ein wenig nach und fährt dann fort: «Wer sagt denn, dass er dich diesmal nicht wieder hinters Licht führt? Vielleicht ist er der geheime Leiter einer Organhandel-Organisation und hat bereits deine Leber, Nieren und Herz verschachert? Nun wartet er nur noch auf den geeigneten Termin, um sie sich zu holen!»

«Du schaust zu viele Horrorstreifen, Jens», lache ich. Aber im selben Moment bekomme ich eine Gänsehaut. Man kann heutzutage wirklich niemandem mehr über den Weg trauen.

«Und, was nun?», frage ich die Fachfrau von der Polizei.

«Da der Tatverdächtige sich nicht eindeutig zum Zeitpunkt der nächsten Kontaktaufnahme geäußert hat, werde ich dir in den nächsten Tagen wohl nicht mehr von der Seite weichen können. Vielleicht macht er einen Fehler, und dann schlagen wir zu!», referiert Carla professionell.

«Das heißt, wir verbringen jetzt 24 Stunden am Tag miteinander? Hilfe! Ich weiß nicht, ob ich so viel Nähe ertrage! Bekomme ich denn wenigstens eine Waffe?», witzele ich, um der Situation die Schärfe zu nehmen.

«Und was ist mit mir?», fragt Jens ängstlich. «Bekomme ich euch künftig nur noch im Doppelpack? Na ja, es gibt Schlimmeres.»

«Stopp, bevor ihr beide euren wildesten Phantasien freien Lauf lasst, sei Folgendes ein für alle Mal klargestellt: Nein, Rosi, du bekommst keine Waffe. Dafür bräuchtest du eine Ausbildung und einen Waffenschein, und das möchte ich dir wirklich nicht zumuten. Und du, mein Schatz, brauchst dir auch keine Hoffnungen zu machen. Ins Bett komme ich nach wie vor allein zu dir.» Sie gibt ihm demonstrativ einen Kuss.

«Was ist eigentlich los mit euch? Müsst ihr nicht zur Arbeit?»

«Oh ja, natürlich. Ich habe gleich eine Besprechung!», sagt Jens und steht von seinem Stuhl auf. «Wir sehen uns dann später. Nicht wahr?»,

«Ich haue dann auch gleich mal ab. Es gibt schließlich noch so viel zu tun», beeile ich mich zu sagen und stehe ebenfalls entschlossen auf.

«Moment, Frollein Wunderlich, was haben wir gerade besprochen? Bevor du dich irgendwohin bewegst, wird das mit mir abgestimmt. Ich schlage vor, wir fahren erst einmal aufs Revier, und ich werde dich nach Übergabe des Beweismaterials», sie hält den Brief in die Höhe, «begleiten. Natürlich so, dass es keiner mitbekommt. Vielleicht hat der Fiesling ja mittlerweile Wind davon bekommen, dass ich für die Bullen arbeite. Ähm, ich meine natürlich, für die Polizei.»

Carla zieht sich ihre Uniformjacke über und knöpft sie vorn zu. Sofort nimmt sie eine andere Körperhaltung ein.

«Meinst du nicht, wenn er dich in deiner Arbeitskleidung sieht, ahnt er, für wen du tätig bist?», frage ich zögerlich, schließlich möchte ich ihr nicht ins Handwerk pfuschen.

«Du hast natürlich völlig recht. Ich bin schon total durcheinander. Ich ziehe mich sicherheitshalber um, falls ich dich tagsüber observieren soll, wovon ich fest ausgehe.»

Mein Leben ist eine Vollkatastrophe. Mein Arbeitgeber ist pleite, mein Fast-Lover ein Verbrecher, und nun werde ich auch noch observiert. Herzlichen Glückwünsch, Frau Jakob, das ist Ihr Leben! Wenn mir das jemand vor einem Jahr erzählt hätte, dann hätte ich ihn ausgelacht.

«Wir haben bereits dreihundert definitive Zusagen für Samstag. Wer ist das denn?»

Andreas mustert Carla neugierig, die ich, wie ihr Chef ihr erwartungsgemäß aufgetragen hat, im Schlepptau habe. Also erkläre ich Andreas die heikle Angelegenheit mit dem Brief, und er wird ein bisschen blass um die Nase.

«Tja, dann wünsche ich uns allen, dass sich die Sache doch noch zum Guten wendet», sagt er kurz angebunden. Dann fügt er betont sachlich hinzu: «Melanie konnte übrigens auch eine Menge Kunden zu unserem Fest einladen. Ich denke, wir können alle zuversichtlich sein. Ich werde dann mal wieder an die Arbeit gehen. Es ist noch einiges zu überprüfen.»

«Na, der hat es aber eilig.» Carla schüttelt den Kopf und schaut Andreas hinterher, der fast zum Verwaltungsgebäude rennt. Ich folge ihm langsam, denn ich muss mich noch umziehen. Doch Carla kann das Thema «Mel» nicht einfach ruhen lassen.

«Das mit der Gästeliste hat sie doch nur gemacht, um ihn zu beeindrucken!», giftet sie. «Die Frau hat ihr Hirn im Höschen, das ist wirklich indiskutabel.»

«Na ja, solange sie damit unsere Existenzen rettet, soll sie ruhig machen», wende ich ein.

«Aber was findet denn dieser Andreas bloß an ihr? Der scheint doch ganz nett zu sein!»

«Jeder hat eben so seine Schmutzecken», seufze ich und knöpfe meinen Overall zu.

«Immerhin erlebe ich dich heute mal bei deiner Arbeit!», freut sich Carla. Wir kennen uns nun schon so lange, aber bisher hat sie es noch nie geschafft, mich im Zoo zu besuchen.

«Ich hoffe nur, dass es nicht bei dem einen Mal bleibt», unke ich.

Carla folgt mir mit etwas Abstand, damit es nicht so aussieht, als würde sie absichtlich in meiner Nähe herumstehen. Eigentlich sollte ich mich wohl in ihrer Nähe fühlen. Schließlich ist es doch ein beruhigendes Gefühl, wenn man weiß, dass jemand auf einen aufpasst. Aber mir wird dadurch erst die Tatsache bewusst, dass sie ja nur in meiner Nähe ist, weil eventuell ein Krimineller Kontakt zu mir aufnehmen könnte. Ich versuche den gruseligen Gedanken zu verdrängen, dass mich René womöglich aus der Ferne beobachtet, und stürze mich in meine täglichen Aufgaben. Seit der Bekanntgabe unserer Pleite haben sich ein Drittel unserer Tierpfleger verabschiedet. Um ehrlich zu sein, hatte ich mit noch mehr Leuten gerechnet. Das spricht doch für die Moral unserer Berufszunft: Uns sind die Tiere wichtiger als alles andere. Ich würde mich schämen, wenn ich den Zoo in dieser Situation im Stich lassen würde. Wer soll sich denn dann um Eric kümmern? Er lässt sich nun mal am allerliebsten von mir füttern. Ohne mich würde er bestimmt hungern, und das kann ich nun wirklich nicht verantworten.

Spätestens zur Mittagspause lerne ich meinen neuen Bodyguard schätzen: Carla hat uns leckere Stullen gemacht. Wobei das Wort «Stulle» nicht ganz dem entspricht, was sie hier schon wieder gezaubert hat. Ich bleibe dabei: Wenn sie keine Frau wäre, würde ich sie auf der Stelle heiraten, denn es gibt Roastbeef mit selbstgemachter Remoulade, Gürkchen und einer hauchzarten Scheibe Pecorino-Käse, dann eingelegte Paprika, getrocknete Tomaten und Kürbis-Salsa auf mittelaltem Gouda, jeweils zwischen zwei Scheiben selbstgebackenem Vollkornbrot. Wann macht sie das alles eigentlich? Es gibt so reichlich, dass wir spontan entscheiden, Andreas auch zu unserem Festmahl einzuladen. In Krisenzeiten müssen alle zusammenhalten und anpacken. Das geht nun mal mit vollem Magen besser als mit leerem. Und so sitzen wir nun nebeneinander und schweigen uns genüsslich kauend an. Carla ist als Erste mit ihrem Brot fertig.

«Sag mal, Andreas – ich darf doch Andreas zu dir sagen, oder?» Sie schaut ihn mit ihren großen Augen forschend an.

«Natürlich darfst du. Wer so tolle Brote machen kann, darf hier fast alles!», schmunzelt Andreas.

«Nun, so viel will ich eigentlich gar nicht wissen, nur eins», gibt Carla schlagfertig zurück. «Wieso hat Rosi eigentlich damals eine Abmahnung bekommen für etwas, was sie gar nicht verbrochen hat?»

Uff! Das war nicht abgesprochen. Ich hatte mit allem gerechnet: hemmungslose Fragen über sein Intimleben, seine Vorlieben, Abneigungen, Kontostand, aber das? Ich versuche mich auf mein Sandwich zu konzentrieren und starre jedes einzelne Körnchen auf dem Brot interessiert an. Ebenso aufmerksam höre ich zu.

«Die Sache tut mir immer noch leid. Aber die Abmahnung habe ich natürlich sofort gestrichen, als sich herausstellte, dass das Ganze ein Irrtum war.»

«Aber du bist nicht auf die Idee gekommen, dass dieser idiotische Stefan vielleicht Bockmist erzählt haben könnte?», bohrt Carla weiter.

«Dr. Nachtnebel hat mich selbstverständlich über den wahren Tathergang unterrichtet. Ich muss gestehen, ich war zuerst sehr erleichtert, weil der gute Eindruck, den ich von

Rosi als junge talentierte Mitarbeiterin hatte, wiederhergestellt war. Gleichzeitig war ich auch enttäuscht, dass unser Verhältnis zu dem Zeitpunkt in einem so katastrophalen Zustand war, dass sie es nicht geschafft hat, mit mir über das Geschehene zu sprechen.»

Ich bin ganz verlegen. Mir ist die Sache auch immer noch unangenehm. Dr. Nachtnebel hat für mich seine Position als Zooarzt riskiert, schließlich hat er mit seinem Bericht die Entscheidung des Direktors in Frage gestellt.

«Was hätte ich denn sagen sollen? Hallo, Andreas, ich bin hier gar nicht der Loser, sondern Stefan ist es, aber das willst du nicht wahrhaben? Wo ist er denn übrigens jetzt, der feine junge Mann? Hat sich fein säuberlich aus dem Staub gemacht.» Ich werde wieder zornig, und die Worte purzeln nur so aus mir heraus.

«Stefan hat eine Abmahnung bekommen. Eine Kündigung wäre nicht angebracht gewesen.»

«Siehst du, du nimmst ihn immer noch in Schutz!», rege ich mich auf. Dann stutze ich, denn plötzlich fällt mir auf, dass Carlas Platz leer ist. Offenbar musste sie mal kurz für kleine Mädchen. Vielleicht hat sie sich aber auch verdrückt, um nicht zu stören.

«Meinst du, wir können jemals ein normales Verhältnis zueinander aufbauen?» Andreas blickt mir so tief in die Augen, dass ich mir für einen kurzen Augenblick alles andere als ein normales Verhältnis zu ihm herbeiwünsche. Schnell verwerfe ich den Gedanken, schließlich steht er auf blonde Saftschubsen.

«Ich denke, wir sollten zumindest ein für alle Mal Frieden schließen. Ich entschuldige mich hiermit, dass ich mich damals am Morgen danach so mir nichts, dir nichts aus dem

Staub gemacht habe.» Manchmal muss man die Dinge eben einfach beim Namen nennen. Ich strecke ihm die Hand entgegen, und Andreas greift nach ihr. Sie fühlt sich warm an, und sein Händedruck ist kräftig.

«Und ich entschuldige mich, dass ich meine gekränkte Eitelkeit an dir ausgelassen habe und es leider unterlassen habe, dich vielleicht doch noch von meinen Qualitäten zu überzeugen.»

Ein warmes Gefühl durchflutet meine Magengegend, was nicht an der scharfen Kürbis-Salsa liegen kann, die ich gerade gegessen habe. Schnell ziehe ich meine Hand zurück und beuge mich wieder über meinen Teller.

«Tja, nun hast du ja jemanden gefunden, mit dem du glücklich bist», flüstere ich eher dem Brötchen zu als Andreas. Der springt auf und entschuldigt sich hastig mit den Worten, dass es noch viel zu tun gibt.

Wie auf Kommando erscheint Carla schon wieder von der Toilette und grinst mich herausfordernd an.

«Was ist?», frage ich genervt.

«Nichts», antwortet sie.

«O. k., wir haben uns ausgesprochen, und so dämlich ist er nun auch wieder nicht. Danke!» Ich nehme Carla in den Arm und drücke sie so fest, dass sie anfängt zu japsen.

«Wenigstens könnt ihr jetzt in Würde gemeinsam untergehen, und das ganz ohne Abmahnungen», sagt Carla, als sie wieder Luft bekommt.

«Wir werden nicht untergehen. Das klappt schon!», entgegne ich zuversichtlich. Und obwohl ich tatsächlich an den Erfolg der Benefizveranstaltung glaube, kommt in mir ein merkwürdiges Gefühl hoch. Ich schüttle entschieden den Kopf und beginne, unsere Teller in die Spüle zu räumen.

«So, junge Frau. Es gibt noch viel zu tun. Der Zoo muss für unsere Festveranstaltung dermaßen strahlen, dass die Leute gar nicht anders können, als sich in unsere Tiere zu verlieben!»

Carla hakt sich bei mir unter, allerdings nur bis zum Ausgang, dann hält sie wieder den Sicherheitsabstand ein. Wahrscheinlich rührt mein ungutes Gefühl daher, dass sich René bisher nicht, wie angekündigt, bei mir gemeldet hat. So schwebt die Ungewissheit wie eine Drohung über uns. Mir würde es bessergehen, wenn diese kranke Person vor Gericht käme. Aber solange wir auch warten, von Herrn Weiner alias Heuler fehlt jedes Lebenszeichen, und so verabschieden wir uns abends von Andreas und machen uns auf den Heimweg. Allerdings bleibt der Tag dennoch nicht ganz ohne Überraschung. Gerade als wir durch das Eingangstor gehen, kommt uns Melanie entgegengestöckelt. Sie trägt einen großen Korb aus geflochtenem Bast über der Schulter. Er scheint voller Leckereien zu sein, das verrät zumindest ein grüner Flaschenhals, der aus dem Korb hervorragt.

«Was machst du denn hier?», frage ich, obwohl ich die Antwort sowieso schon kenne.

«Ich dachte, ich überrasche Andreas. Er arbeitet so hart, da kann er sicher eine kurze Erfrischung gut gebrauchen», sagt sie zickig.

«Komm, lass gut sein, Rosi.» Carla zieht mich einfach weiter. Sie scheint mit Mel und ihren Männerspielereien endgültig abgeschlossen zu haben.

«Tja, dann wünsche ich euch viel Spaß und Erfolg», rufe ich ihr noch hinterher.

«Danke! Wir sehen uns ja dann morgen!», antwortet Mel, als sei nichts gewesen, und tänzelt den Kiesweg entlang.

«Sie kann nicht anders, sie meint es nicht so …», versuche ich sie zu verteidigen.

«Doch, sie meint es genau so», zischt Carla. «Weißt du, Rosi, Menschen wie Mel genießen es, dass sie so sind, wie sie sind. Man hat fast das Gefühl, sie verachten uns, weil wir anders denken als sie. Mel braucht doch nur mit dem Finger zu schnippen, und schon kleben zehn neue Eroberungen daran.»

«Stimmt. Aber auf Dauer ist das doch auch nichts!»

«Richtig. Denn sie wird niemals in den Genuss kommen, jemanden wirklich zu lieben. Sie verpasst das Wichtigste.»

«Und das wäre?»

«Intimität!»

«Du hast mal wieder recht. Und das Beste daran ist: Ab morgen wohnt sie nicht mehr unter unserem Dach.»

Der große Preis

Am Tag unserer Benefizveranstaltung vergewissere ich mich mehrfach bei Andreas, dass Mel völlig normal gewirkt hat und nicht womöglich etwas Böses im Schilde führt. Irgendwie hat mich mein ungutes Gefühl die halbe Nacht wach gehalten. Danach hatte ich Alpträume.

«Rosi, beruhige dich, alles wird gut verlaufen. Zu mir hat sie gesagt, sie kommt gegen 15 Uhr.»

«Ich hoffe, du behältst recht!», sage ich und knabbere nervös an meinen Fingernägeln.

«Mel hat sogar ein paar Flugtickets besorgt, die wir bei unserer Tombola verlosen dürfen.» Andreas wedelt mit den Scheinen vor meinem Gesicht herum. «Da hat sie doch schon mal ihr Wort gehalten. Wie kommst du denn bloß darauf, dass die Kleine etwas kaputt machen könnte?», fragt Andreas.

«Ach, das willst du gar nicht wissen!», erwidere ich.

«Nun sag schon! Ich glaube, dass Melanie einfach nur ein nettes Mädchen mit einem enormen Drang nach Aufmerksamkeit ist.»

«Ja, so kann man es auch ausdrücken.» Bevor mir noch eine gehässige Bemerkung herausrutscht, suche ich lieber das Weite. «Ich gehe dann mal zum Zelt und sehe nach dem Rechten!»

Das Zelt und die Band zu organisieren war meine Hauptaufgabe. Erika Sonnebank hat das Catering besorgt, denn offenbar schläft sie gerade mit einem Koch. Solange es zu unserem Vorteil ist, soll's mir recht sein. Läuft so etwas eigentlich auch unter Prostitution? Selbst wenn es für einen guten Zweck ist?

«Alttestamentarisch betrachtet, ist es wohl eher Nächstenliebe!», überlegt Carla.

«Echt? Aber Maria Magdalena hatte doch einen total schlechten Ruf!», wende ich ein.

«Ich meine ja auch nicht Magdalena, sondern Ruth, die hat sich quasi sexuell geopfert, um dem Rest ihrer angeheirateten Familie ein gutes Leben zu verschaffen!», antwortet Carla, bibelfest wie immer.

«Diese Katholiken haben doch echt für alles eine Ausrede. Und was ist mit Mel? Immerhin hilft sie auch mit.»

«Melanie begehrt des anderen Ehegatten, das verstößt gegen die Zehn Gebote. Da kann sie noch so viele Flugtickets springenlassen!», zischt Carla unversöhnlich.

«Du meinst, nur weil Erikas Mann angeblich damit einverstanden ist, dass sie wilden Beischlaf betreibt, ist das o. k.?»

«Wer weiß, was für eine Abmachung die beiden miteinander haben?», antwortet Carla philosophisch. «Man möchte gar nicht wissen, was in deutschen Haushalten hinter verschlossenen Türen so alles abgeht. Das können wir zwei beide uns wahrscheinlich gar nicht vorstellen.»

«Hauptsache, wir bessern unsere Haushaltskasse heute ordentlich auf! Da kommen schon die Ersten, die dazu beitragen könnten!»

Ich winke den beiden Büchsenschützinnen zu, die mit ihren Möpsen herbeieilen. Soweit Möpse eben eilen können.

«Alles klar bei dir?» Andreas tritt an den Tisch mit den Formularen für die Patenschaften heran und beugt sich zu mir herunter.

«Ja, ich denke, wir müssten ausreichend Kopien hergestellt haben», antworte ich und blättere zur Bekräftigung im Papierstapel.

«Das meinte ich gar nicht. Ich wollte wissen, wie es dir geht! Und ich wollte mich noch einmal für deine Unterstützung bedanken. Es ist toll, solche Menschen wie dich hier im Zoo zu haben.»

«Danke! Ich tue es gern. Außerdem hoffe ich, dass ich in ein paar Monaten auch noch hier arbeiten kann. Die Tiere sind wirklich mein Leben.»

«Das merkt man. Ich wollte ja auch eigentlich Tiermedizin studieren, aber meine Eltern wollten unbedingt, dass ich zuerst BWL studiere», erzählt er.

«Du kannst ja immer noch umsteigen, es ist nie zu spät. Das Lernen fällt nur mit zunehmendem Alter schwerer», schlage ich ihm lachend vor.

«Nein, nein», erwidert Andreas schmunzelnd. «Ich bin eher ein Theoretiker. Der direkte Kontakt liegt mir wohl nicht ganz so. Dabei fällt mir ein: Ich brauche dringend neue Gummistiefel. Meine stinken so extrem nach totem Fisch, dass sich selbst die Seehunde angeekelt von mir abwenden. Irgendwas muss ich falsch gemacht haben. Ich bin eben doch ein Büromensch.»

Die Fischabfälle! Das hatte ich ganz vergessen. Ich beuge mich hastig nach unten und gebe vor, etwas zu suchen, damit Andreas nicht bemerkt, wie ich knallrot anlaufe. Die Sache ist mir sehr unangenehm. Zum ersten Mal seit Monaten führen Andreas und ich ein normales Gespräch, ohne uns anzugiften, und ich habe ihm alten Fisch in die Stiefel gekippt! Bei Licht besehen, ist er eigentlich gar kein so großer Kotzbrocken, wie ich immer dachte. Eigentlich hatte er die

Fischaktion gar nicht verdient. Aber er trägt es mit Fassung. Er geht damit sogar richtig cool um. Wirklich merkwürdig, dass er sich für eine Frau wie Melanie interessiert.

«Tja, ich sehe, ich störe hier nur. Ich gehe dann mal zu den anderen und schaue, ob ich noch helfen kann. Wir sehen uns ja dann später.» Andreas nickt mir kurz zu und geht dann weiter zum nächsten Stand.

Eine halbe Stunde später quillt unser Zoo fast über vor lauter Besuchern. Zum Teil liegt das daran, dass Wochenende ist und wir natürlich auch für normale Tierfreunde geöffnet haben, dennoch bin ich mit dem Ansturm zufrieden. Auch die normale Laufkundschaft hat schließlich Patenschaftspotenzial. Jeder Euro zählt. Dafür haben wir das große von mir organisierte Zelt auf unserer Wiese vor dem Streichelgehege aufgestellt. Davor sind ein paar Buden, an denen man sich nach Patenschaften erkundigen kann. Parallel dazu findet noch eine Tombola statt, wo wir die Flüge von Mels Fluggesellschaft verlosen.

Ich habe Melanie immer noch nicht zu Gesicht bekommen. «Vielleicht drückt sie sich ja doch. Es ist immerhin eine soziale Tätigkeit, das passt gar nicht zu ihr», hat Carla vorhin noch geätzt. Sie lungert zwischen den Ständen herum und wirkt wie bestellt und nicht abgeholt. Jens ist bei einem Kunden und kann erst später dazustoßen.

«Meinst du, ich bin mittlerweile nur noch eine Hälfte, wenn mein Mann nicht an meiner Seite ist?», fragt sie und blickt mich dabei so angeekelt an, als hätte sie gerade in eine Schrippe mit Nussnugatcreme und Thunfischpaste gebissen. Ich versuche Carla zu beruhigen, obwohl ich leider das Gefühl habe, dass sie mit ihrer Einschätzung gar nicht so danebenliegt.

«Vielleicht hast du auch einfach nur zu viel Kaffee getrunken?», schlage ich ihr vor. Das würde ihre innere Unruhe erklären. Es liegt schließlich alles im Auge des Betrachters.

«Habe ich nicht. Ich bin eine glücklich liierte Frau und habe meine Eigenständigkeit verloren. Demnächst hänge ich meinen Beruf an den Nagel und schmiere Jens morgens die Brötchen, bevor er ins Büro geht.»

«Was wäre denn daran so schlimm?», frage ich. Manchmal wünsche ich mir genau das. Das würde all meine aktuellen Probleme mit einem Schlag lösen. Über die ganzen Probleme, die eine Ehe verursachen würde, mag ich gerade nicht nachdenken. Stattdessen klingelt wieder irgendwo ein Handy, und alle Personen im Umkreis von vier Metern beginnen, wie wild in ihren Taschen zu kramen. Diesmal ist es für mich.

«Ja?», raunze ich genervt in den Hörer.

«Rosi? Bist du's?» Mein Magen rutscht mir in die Kniekehlen. Binnen Sekunden verschwindet der komplette Speichel aus meinem Mund. Ich huste und stammele nur ein knappes «Ja!».

Carla beobachtet mich interessiert und begreift sofort. Sie entfernt sich vorsichtig ein paar Schritte von mir und sieht sich unauffällig um. Dann bedeutet sie mir weiterzusprechen.

«Wo bist du, René?», frage ich schnell und füge noch ein «Sch... schön, von dir zu hören» hinzu, damit es glaubwürdiger klingt. Ich bin wahnsinnig nervös. Was ist, wenn er irgendwo auf einem der Dächer lauert und mir gleich eine Kugel in den Kopf jagen will, dieser irre Betrüger?

«Ich liebe dich, Rosi!», haucht er stattdessen ins Telefon.

«Aber wieso bist du denn dann abgehauen?» Ich hatte

mit Carla besprochen, das Gespräch so lange wie möglich in Gang zu halten. «Ich brauche Zeit!», hatte sie mir eingebläut. «Zeit und Hinweise zu seinem Standort!»

Also frage ich weiter: «Können wir uns denn nicht treffen?»

Ich höre, wie René am anderen Ende der Leitung so schwer atmet, als würde er gerade an sich selber herumspielen. Ich schüttele den Kopf, um die unangenehme Vorstellung aus meinen Gedanken zu vertreiben. Nur nichts anmerken lassen! Mein Blick wandert durch die Menschenmenge, und ich entdecke Andreas, der mich wohl gerade beobachtet hat. Er fühlt sich ertappt und blickt hastig in eine andere Richtung. Ich drehe mich um 180 Grad und schaue jetzt genau in Richtung Ausgang. Das Tor ist mindestens zweihundert Meter entfernt. Ziemlich weit für einen Sprint, wenn man nicht in Form ist, aber nah genug, um zu erkennen, wer sich da so alles auf den Weg zu unserer kleinen Sammelaktion macht. Dann sehe ich das Unfassbare. Und mit «unfassbar» meine ich, noch unfassbarer als alles, was mir in den vergangenen Wochen passiert ist.

Mitten im Gedränge steht René mit seinem Handy, und ich kann sehen, wie er mit seinen Lippen die Worte formt, die etwas zeitversetzt bei mir ankommen: «Würdest du dein bisheriges Leben für mich aufgeben?»

Diese Frage aus seinem Mund klingt wie pure Ironie, denn schließlich müsste ich, wenn ich ihn tatsächlich wollte, nicht für ihn, sondern seinetwegen mein bisheriges Leben aufgeben.

Mir läuft es heiß und kalt den Rücken hinunter, und in meinen Schläfen pocht es so laut, dass ich mir einbilde, mein komplettes Umfeld könnte es hören.

«René, ich würde dir gerne eine zweite Chance geben … ich …», stammele ich ratlos.

Ich fixiere Carla und bedeute ihr, dass ich unseren Bösewicht entdeckt habe, doch sie scheint ihn nicht zu sehen. Habe ich jetzt schon Halluzinationen? Warum kapiert sie nicht? Da! Jetzt hat sie ihn endlich im Visier. Langsam, im Tempo einer italienischen Weinbergschnecke, bewegt sich Carla in Richtung Ausgang. Mir stockt der Atem.

«Rosi?», fragt René am anderen Ende der Leitung und holt mich wieder in die Realität zurück.

«Ja?», antworte ich hastig. Oh Carla, beeile dich bitte!

«Ich wollte das alles nur für uns tun. Aber am nächsten Morgen, als ich dir alles erklären wollte, warst du nicht mehr für mich zu sprechen. Rosi! Ich wollte mit dir ein neues Leben anfangen!» Inzwischen japst er fast.

«Ja», sage ich knapp und lasse ihn dabei nicht aus den Augen.

«Rosi? Hast du mich verraten?», schreit René jetzt schrill. Dann höre ich einen dumpfen Schlag, gefolgt von Tuten. René hat Carla entdeckt und sein Handy fallen lassen. Ich sehe, wie er Fersengeld gibt und über die Straße sprintet. Doch da hat er die Rechnung ohne Carla gemacht, und ich werde Zeugin, wie schnell man auf High Heels innerhalb von Sekunden beschleunigen kann. Carla hastet mit geschätzten 80 Stundenkilometern über die Straße. Reifen quietschen, Autos hupen … dann wirft sie sich mit ausgestreckten Armen durch die Luft wie eine Raubkatze und landet direkt auf René.

Binnen Sekunden hat sich eine Traube von Leuten um die beiden gebildet. Praktisch, so kann René nicht mehr entkommen. Carla legt ihm mit geübten Bewegungen die

Handschellen an und verständigt die Kollegen vom Revier. Ich drängle mich durch die Menschenmenge, bis ich die beiden erreiche. Carla, stolz wie Arnold Schwarzenegger in seinen besten Zeiten, hat René fest im Griff. Der steht da, in sich zusammengesunken wie ein armes Würstchen, und wimmert erbärmlich vor sich hin. Am liebsten würde ich ihm im Namen aller, aber vor allem in meinem Namen, eine scheuern. Ich schaue ihn direkt an, und René tut mir sogar den Gefallen und hebt für einen Moment den Kopf. Schon hole ich aus, lasse aber dann meine Hand wieder sinken. Ich empfinde für den Kerl absolut nichts mehr, außer vielleicht ein Fünkchen Mitleid.

«An so jemandem wie dir mache ich mir doch die Hände nicht schmutzig!», sage ich verächtlich, drehe mich um und gehe wieder zurück in den Zoo. Erleichtert atme ich auf. Nun wird doch noch alles gut!

Da ich nicht mit aufs Revier fahren darf, kümmere ich mich lieber im Zoo um das Geschäftliche. Denn auch, wenn wir unser Geld von René wiederbekommen, ist unsere Existenz noch gefährdet.

Ein paar Patenschaften sind schon verkauft, aber von dem Betrag, mit dem wir gerechnet hatten, sind wir noch meilenweit entfernt. Mittlerweile ist auch Mel aufgetaucht und hängt sich an Andreas. Wenigstens hat sie ein paar reiche Geldsäcke im Schlepptau, die vielleicht ebenfalls in den Zoo investieren wollen. Weil wir wirklich jeden Cent gebrauchen können, ertrage ich das Trauerspiel mit Würde.

Mel läuft wie ein aufgeschrecktes Huhn neben Andreas her und gackert unaufhörlich. Wieso schnallt er eigentlich nicht, dass er bei dieser Frau nur ein Punkt auf einer langen Liste sein wird?

«Das ist ja toll, was Sie hier aufgezogen haben!» Wenigstens Pamela und Ingrid Büchsenschütz scheinen von unserem Amateur-Spektakel beeindruckt zu sein.

«Wir wollen Sie natürlich ebenfalls unterstützen!», fügt Ingrid hinzu, und Kate bellt zur Unterstützung kräftig im Takt der Kapelle.

«Wie geht es den beiden denn heute?», frage ich mit einem besorgten Blick auf Moss, die jedoch völlig normal vor sich hin hechelt und wedelt.

Pamela verkündet stolz: «Wir halten uns seit dem Vorfall wirklich strikt an alles, was Sie uns geraten haben! So etwas passiert uns nicht mehr, niemals, gell, mein Purzelbäumchen?» Sie beugt sich hinab zu Moss und täschelt ihr den dicken Kopf.

«Ich bin sehr stolz auf Sie. Ich weiß, wie schwer das ist, aber Sie tun den Hunden damit wirklich nur Gutes!», beeile ich mich zu betonen.

«Ja, das haben wir endlich auch begriffen! Und wir wollen uns noch einmal aufs Herzlichste bei Ihnen bedanken!» Ingrid drückt mir fest die Hand und lächelt verschwörerisch, was ich jedoch nicht so recht deuten kann. Wahrscheinlich erwartet mich später in meinem Büro ein überdimensionaler Obstkorb oder ein haushoher Blumenstrauß in Herbstfarben. Wieso nicht? Unsere Wohnung könnte nach Mels Auszug etwas mehr Deko vertragen.

«Dann genießen Sie noch unser Fest und vergessen Sie nicht, vielleicht auch noch eine Tierpatenschaft zu kaufen!», sage ich. Mittlerweile klingt der Satz jedoch etwas ausgeleiert. Ich weiß nicht, wie oft ich ihn heute schon wiederholt habe. Man soll ja nicht nachlassen, wenn es für einen guten Zweck ist.

Ich schaue zu Andreas und Mel hinüber und habe trotz allem das Gefühl, gleich losheulen zu müssen. So langsam leert sich der Zoo. Um acht Uhr sind auch die letzten Besucher gegangen. Ich bin völlig erledigt und beginne, unsere Einnahmen zusammenzurechnen.

«René ist gefasst und kommt hinter Gitter. Sicher bekommen wir jetzt das ganze Geld zurück, und alles wird gut!», sage ich schließlich zu Andreas, als der sich, endlich mal ohne melaniösen Anhang, zu mir gesellt. Alle Mitarbeiter haben sich im Konferenzraum versammelt, um zu erfahren, wie es weitergehen soll.

«Wie viel haben wir denn schon?», fragt mich Andreas.

«Also, ich persönlich habe Gelder in Höhe von 15 000 Euro entgegengenommen, und die anderen Stände kommen auf 8000, 12 000 und sogar 20 000 Euro. Macht nach Adam Riese einen Gesamtbetrag von 55 000 Euro!», erkläre ich stolz. Das ist bei Weitem nicht das, worauf wir spekuliert hatten, aber viel besser als nichts. Außerdem soll Andreas auf keinen Fall das Gefühl bekommen, dass seine Idee ein Schlag ins Wasser war. Aber meine Strategie geht leider nicht auf, denn Andreas macht ein enttäuschtes Gesicht.

«Ist was?», frage ich besorgt.

«Nein, ich freue mich, dass ihr alle so fleißig wart, aber die ganze Aktion war wohl etwas blauäugig von mir», beginnt er zögerlich. «Es tut mir so wahnsinnig leid, euch das mitteilen zu müssen, was jetzt gleich kommt. In meiner gesamten Laufbahn habe ich so viel Einsatz für eine gute Sache noch nicht erlebt. Gerade deshalb fällt es mir so ungeheuer schwer, euch leider keine gute Nachricht übermitteln zu können.»

Andreas macht eine kurze Pause, schaut zu mir, dann wieder in die Runde, bevor er weiterspricht.

«Sicher habt ihr mitbekommen, dass, Rosi sei Dank, René Heuler alias Weiner geschnappt werden konnte.» Er atmet erneut tief durch, bevor er fortfährt. Es verbreitet sich eine gewisse Unruhe im Raum.

«Herr Heuler ist mitsamt der ganzen Kohle zwar wiederaufgetaucht, aber das reicht leider nicht.»

«Aba wiesö, was isn jetze?!», ruft Erika verwundert aus. «Ist denn jetze nie alles wieda güt?»

«Ich habe mit den Eigentümern gesprochen. Sie sind ebenfalls sehr beeindruckt von unserem Einsatz.» Andreas setzt sich zu uns an den Konferenztisch.

«Und was bedeutet das jetzt für uns?», frage ich, obwohl ich die Antwort eigentlich schon erahne.

«Das bedeutet leider nicht», antwortet Andreas mit trauriger Stimme, «dass es den Willbert-Zoo weiter geben wird. Trotz des Heuler-Geldes und der Patenschaften fehlt uns noch immer eine erhebliche Summe, ohne die wir den Fortbestand des Zoos wirtschaftlich nicht rechtfertigen können. Daher werden wir den Tierpark in den kommenden Tagen auflösen.»

«Wieso das denn? Dann war alles umsonst.» – «So eine Ungerechtigkeit!», rufen alle durcheinander.

«Wie? Zuerst kämpfen wir darum, dass wir unsere Jobs behalten, und jetzt, wo wir es geschafft haben, stehen wir doch wieder auf der Straße!?», rege ich mich auf.

«Ja, das habe ich auch gesagt und die Holländer um eine Fristverlängerung gebeten. Ich war auch bereit, für einige Monate auf mein Gehalt zu verzichten. Es geht hier schließlich um Arbeitsplätze», sagt Andreas weiter.

Wir schauen ihn anerkennend an, doch Andreas holt uns schnell wieder von unserem kurzen Stimmungshoch herunter.

«Leider wurde mein Vorschlag nicht akzeptiert. Die Besitzer fordern eine Summe von weiteren fünf Millionen Euro, und woher ich die nehmen soll, weiß ich beim besten Willen nicht!»

«Heißt das, wir können alle unsere Sachen packen?», ruft Ernest erschrocken. Er ist mit 61 Jahren unser ältester Tierpfleger und war von Anfang an dabei.

«Ja», antwortet Andreas, und seine Stimme klingt belegt. «Es tut mir wirklich leid, dass ich nicht mehr für euch tun konnte. Ich werde aber jedem Mitarbeiter ab morgen früh um acht Uhr zur Verfügung stehen, Zeugnisse und Empfehlungsschreiben ausstellen. Das ist das Mindeste, was ich für euch tun kann. Glaubt mir, ich werde alle meine Kontakte nutzen, damit die besten Mitarbeiter der Welt nicht lange auf der Straße stehen müssen.»

«Danke, Andreas!», schallt es durch den Raum. Dennoch können wir uns über seinen Einsatz nicht wirklich freuen. Schließlich steht unser aller Zukunft ab sofort in den Sternen. Das Einzige, was wir mit Sicherheit wissen, ist, dass wir uns von Eric, Lucinda und Co. verabschieden müssen. Und das wird sicher noch viel schwerer, als wieder eine neue Stelle zu finden.

Alle laufen und schreien wie wild durcheinander. Die einen weinen hemmungslos, die anderen kichern nervös, wieder andere greifen bereits zum Telefon, um ihren Liebsten die Nachricht zu übermitteln oder sich vielleicht sogar schon um einen neuen Job zu bemühen. Ich beeile mich, aus dem Gebäude zu kommen.

Andreas steht etwas abseits mit Mel zusammen. Er starrt nachdenklich in die Ferne, während sie vor ihm hin und her scharwenzelt und auf ihn einschnattert und gackert, als wäre sie auf einer lustigen Stehparty. Ziemlich daneben, wie ich finde. Am liebsten würde ich zu ihr gehen und sie von Andreas wegscheuchen wie eine lästige Fliege.

Andreas scheint es ähnlich zu gehen, denn er versucht ganz offensichtlich, Mel auf Abstand zu halten. Vielleicht ist es ihm aber auch nur im Kreise seiner Kollegen unangenehm zu präsentieren, was er sich da für ein Früchtchen gepflückt hat. Ich beobachte die beiden aus dem Augenwinkel, als wären sie ein Verkehrsunfall: Eigentlich weiß man, dass das, was man zu sehen bekommt, unschön ist, und trotzdem zwingt einen irgendetwas hinzuschauen. Komisch, die beiden haben wirklich null Gemeinsamkeiten. Was will er bloß von dieser Schnepfe. Sie muss ihn doch früher oder später wahnsinnig langweilen! Andreas ist doch dafür viel zu souverän und zu klug! Das geht nie gut! Er braucht jemanden an seiner Seite, der ihm das Wasser reichen kann.

Andreas wirft mir einen Blick zu, und dann fällt es mir wie Schuppen von den Augen. Ich bin in ihn verliebt. Du meine Güte! Ich bin komplett in Andreas verschossen! Je mehr ich darüber nachdenke, desto klarer wird es mir. Der Mann ist einfach wie geschaffen für mich.

Oje. Das ist nun wirklich die absolute Vollkatastrophe.

Jetzt, da unser Zoo vor dem Aus steht, werden wir uns wahrscheinlich nie wiedersehen. Aber vielleicht ist es ja auch besser so. Im Gegensatz zu Mel will ich nämlich keiner anderen Frau den Mann ausspannen. Selbst wenn diese Frau Mel ist.

Ich mache mich auf den Heimweg und freunde mich schon mal mit dem Gedanken an, mir eine billige Wohnung in Wedding zu suchen. Dann könnte Jens mein Zimmer übernehmen. Carla und er sind doch sicher heilfroh, wenn sie für sich sind. Ich werde mir die Schöneberger Gegend künftig sowieso nicht mehr leisten können. Deprimiert schließe ich die Wohnungstür auf. Am liebsten würde ich mich in meinem Elend in mein Zimmer verkrümeln, aber Jens empfängt mich bereits mit einem Gesicht, als sei heute schon Weihnachten.

«Hallo, Rosi!», singt er mir förmlich entgegen.

«Wo ist Carla?», frage ich. Jens ist nicht allein, sondern hat noch einen seltenen Gast in unserer Wohnküche.

«Carla muss noch arbeiten, dafür ist hier jemand anders, der dich gerne sehen würde.»

«Frau Jakob! Gut, dass Sie endlich da sind!» Dr. Hieronymus Nachtnebel, der Arzt, dem die Zoos vertrauen, sitzt höchstpersönlich an unserem Küchentisch.

«Was machen Sie denn hier?», frage ich überrascht.

«Aber Frau Jakob, ich habe doch eine weitaus erfreutere Begrüßung verdient, oder?» Der Doktor lächelt mich so freundlich an, als wolle er mich dazu bringen, meinen Text noch einmal umzudichten.

«Tut mir leid. Nichts gegen Sie, aber ich hatte einen Höllentag!»

«Hat das vielleicht etwas mit der Schließung des Zoos zu tun?», fragt der Doc, immer noch in bester Plauderlaune.

«Ja, allerdings freue ich mich nur halb so sehr darüber wie Sie!», sage ich ein bisschen grantig.

«Nun setz dich doch erst einmal», unterbricht uns Jens. Also nehme ich brav auf meinem Stuhl Platz.

«Frau Jakob, ich bin bestens im Bild. Herr Tannenbach hat mich am frühen Abend über den Stand der Dinge informiert. Dann hat er mich noch auf eine Idee gebracht. Obwohl, um ehrlich zu sein, hatte ich den Gedanken schon vorher, mir fehlte einfach noch der passende Augenblick.» Dr. Nachtnebel macht eine kurze Pause, was mich fast in den Wahnsinn treibt.

«Was haben Sie sich gedacht?», frage ich ungeduldig.

«So sagen Sie es ihr doch endlich!» Jens genießt die Situation sichtlich. Er wackelt aufgeregt mit den Füßen unterm Tisch, was mich nur noch nervöser macht.

«Ich muss dafür doch etwas ausholen. Schließlich ist das nicht so einfach», beginnt er. «Sie wissen ja, meine Frau und ich konnten nie Kinder bekommen. Wo wir uns doch so sehr eine Tochter gewünscht haben. Eine Tochter, genau wie Sie.»

Worauf will er hinaus? Möchte er mich etwa adoptieren?

«Ich habe schon immer gewusst, dass Sie viel Potenzial haben, aber als Sie neulich mit den Möpsen bei mir waren, da haben Sie mich restlos überzeugt. Frau Jakob, ich möchte Ihnen anbieten, in meine Praxis einzusteigen.»

Ich bin baff. Das habe ich zuallerletzt erwartet.

«Aber Herr Dr. Nachtnebel, das geht doch nicht. Ich habe kein Geld, bin meinen Job los, und mein Studium habe ich auch nicht abgeschlossen», wende ich verzweifelt ein.

«Ich weiß, ich weiß. Deshalb habe ich mir gedacht, dass ich Ihnen für die noch fehlenden Semester finanziell unter die Arme greife. Wenn Sie möchten, machen Sie auch noch Ihren Doktor und nehmen mich als Doktorvater. Dann steigen Sie bei mir ein. Solange ich noch fit genug bin, werde ich selbstverständlich in der Praxis tätig bleiben. Aber meine

Hanna und ich, wir wollen uns in drei, vier Jahren so langsam aus dem aktiven Berufsleben verabschieden und die Welt bereisen. Wer weiß, wie lange wir noch gesundheitlich dazu in der Lage sind?»

Ich lausche den Worten unseres Tierarztes, aber sie erreichen nicht den Ort, der für das Verständnis zuständig ist.

«Hallo? Erde an Rosi! Kapierst du nicht, was hier gerade passiert?» Jens wedelt mit seiner Hand vor meinem Gesicht herum. «Er hat dir angeboten, dein Studium zu finanzieren, damit du im Anschluss in seine Praxis einsteigen kannst! Verstehst du? Ist das nicht irrsinnig toll?» Jens ist schier außer sich vor Begeisterung.

«Aber … das ist doch … Wahnsinn», bringe ich stotternd heraus. Ich bin völlig geplättet. Denn ich hätte nach dem Tag mit allem gerechnet, nur nicht mit so einem Angebot. So langsam beginne ich die riesige Chance zu erkennen, die sich da auftut.

«Worauf wartest du noch? Dass er dich persönlich zur Uni trägt?» Jens knufft mich in die Seite, denn noch bin ich den beiden eine Antwort schuldig.

«Aber ich kann das doch nicht annehmen. Das ist viel zu großzügig!»

«Hören Sie, Frau Jakob. Das Angebot ist total egoistisch. Sie sind jetzt schon eine hervorragende Tierärztin. Die einzig würdige Nachfolgerin, die ich mir vorstellen kann für meine Praxis. Aber wenn Sie nicht wollen …» Dr. Nachtnebel wirkt ein wenig gekränkt. Sicher hat er sich meine Reaktion anders vorgestellt.

«Nein!», rufe ich aus. So langsam erwache ich aus meiner Trance. «Ich würde Ihr Angebot gerne annehmen. Unbedingt! Jederzeit! Vielen Dank!»

«Tja, dann ist ja alles klar! Wie man sich immatrikuliert, wissen Sie ja noch, Frau Jakob. Das neue Semester beginnt in vier Wochen. Bis dahin gibt es noch viel zu besprechen», sagt der Doktor, der jetzt über das ganze Gesicht lächelt.

«Ja, ich … dann machen wir das … gerne … danke!», stottere ich und kneife mich verstohlen in den Unterarm. Hoffentlich träume ich nicht nur und wache in der nächsten Minute in meinem Bett auf.

«Ich glaube fest an Sie! Enttäuschen Sie mich nicht!» Dr. Nachtnebel schaut mich mit gespielter Strenge über seine halben Brillengläser an und schmunzelt.

«Ich werde Tierärztin!», rufe ich Jens zu, als die Tür hinter Dr. Nachtnebel ins Schloss fällt.

«Auf dein neues Leben!» Jens hat eine Flasche Prosecco entkorkt und hält mir ein gefülltes Glas hin. «Auf mein neues Leben!», seufze ich.

Ich blättere in meinem neuen Arbeitsvertrag, aber irgendwie kommt immer noch keine richtige Freude auf. Ob ich Andreas kurz anrufe, um mich für seinen Einsatz beim Doc zu bedanken? Lieber nicht. Sicher ist er gerade mit Mel zugange. Da möchte ich keinesfalls dazwischenplatzen. Morgen sehe ich ihn zum letzten Mal. Ein komisches Gefühl.

«Du wirkst immer noch nicht so, als hättest du gerade den Jackpot geknackt. Was ist los?» Jens hat meine schlechte Stimmung natürlich längst bemerkt.

«Ach nichts. Es ist wirklich eine Wahnsinnschance. Endlich kann ich die Karriere machen, die ich mir immer gewünscht habe. Mutti wird stolz sein auf ihr Mädchen», versuche ich mich zusammenzureißen.

«Ich bin auch stolz auf dich. Und Carla lässt ausrichten,

dass sie es auch ist! Überleg doch mal, was für ein ungeheures Glück das ist. So etwas bekommt man nicht alle Tage kredenzt. Aber du hast es verdient! Weil du ein toller Mensch bist und überhaupt!» Jens prostet mir zu und trinkt sein Glas auf ex aus.

«Du meinst, wenn mich sonst schon nur Verbrecher begehren, kann ich wenigstens intellektuell aufrüsten», entgegne ich schnippisch.

«Ach, nun hör doch endlich mit der alten Leier auf. Niemand hat es dem Kerl angesehen, dass er nicht ganz dicht ist.»

«Du hast ja recht. Vielleicht bin ich einfach nur müde. Ich gehe am besten ins Bett. Ich muss morgen noch mein ganzes Zeug aus meinem Spind räumen. Wenn ich mit meinem Job im Zoo und mit allem, was da noch so dranhängt, abgeschlossen habe, dann freue ich mich sicher auch.»

Ich gebe Jens einen Kuss auf die Wange.

«Ja, mach das mal. Ich warte hier noch, bis Carla nach Hause kommt.»

Ich wünschte, so etwas könnte ich auch sagen, denke ich, als ich mich in mein Schlafzimmer zurückziehe.

Finale

Carla hat heute Morgen genauso tiefe Augenringe wie ich.

«Du siehst fürchterlich aus!», begrüßt sie mich und hält mir eine Tasse dampfenden Espresso hin.

«Danke gleichfalls!», erwidere ich gereizt, schließlich habe ich die ganze Nacht über Probleme gewälzt.

«Ich war bis drei Uhr auf dem Revier und habe deinen René interviewt. Ich sag dir, wo hattest du nur deine Augen, als du mit ihm ausgegangen bist!» Carla schüttelt sich angewidert und bestreicht sich die Schrippe dick mit Erdbeermarmelade.

«Das war kein Date, das war ein nuklearer Unfall!», sage ich. Ich will das Thema René endlich abschließen. Im Nachhinein betrachtet, war der Typ doch wirklich eine riesige Mogelpackung, und ich habe mir in meinem Übereifer nur eingebildet, in ihn verknallt zu sein. Wahre Gefühle sehen anders aus. Und fühlen sich auch anders an.

«Das Schlimme an der Geschichte ist, dass wir trotz des ganzen Aufwandes unseren Zoo verloren haben!»

«Aber du hast doch jetzt eine Stelle bei Dr. Nachtnebel. So hat die Sache doch auch etwas Gutes!» Carla schaut mich aufmunternd an.

«Ja, natürlich, das ist wirklich toll ... vielleicht ist es auch einfach nur ... ich habe so lange im Zoo gearbeitet, die Menschen und die Tiere sind mir so sehr ans Herz gewachsen. Ich weiß doch gar nicht, was jetzt mit ihnen passiert», druckse ich herum.

«Tja, das kann mir in meinem Job nicht passieren. Wir

sind immer froh, wenn wir die Verbrecher nach der Entlassung nie wiedersehen», schmunzelt Carla. Dann sieht sie, dass ich wirklich betroffen bin, und fährt fort: «Lass den Kopf nicht hängen. Die werden deine Tierchen schon nicht umbringen. Meine Liebe, ich hau mich nochmal aufs Ohr ... ich bin so was von kaputt! Wir sprechen später nochmal.»

Vielleicht hat Carla recht. Ich bin ziemlich undankbar für das, was da gerade passiert. Meine Mutter hat vorhin fast geheult am Telefon, als ich ihr von den Neuigkeiten erzählt habe. Je mehr ich mich jedoch dem Zoogelände nähere, desto trauriger werde ich. Denn im Gegensatz zu meiner Zukunft ist die Zukunft von Eric, Kassandra, Lucinda und den anderen keineswegs gesichert. Der Zoo wird an die Chinesen verkauft, und wer weiß schon, was die mit unseren Tieren anstellen? Schließlich haben die im Reich der Mitte ziemlich exotische Essgewohnheiten.

Ich entschließe mich, noch eine letzte Runde durch den Tierpark zu machen, bevor ich meine persönlichen Sachen aus der Garderobe hole. Jeder Schritt fällt mir schwer, und ich habe Tränen in den Augen, als ich bei den Tapiren ankomme. Rocco trabt mir fröhlich entgegen. Er weiß noch nicht, dass sich sein Leben in den nächsten Tagen komplett verändern wird. Ich schniefe durch die Nase und krame nach einem Taschentuch. Der kleine Tapir stupst mich mit seinem Rüssel vorsichtig an und knabbert an meiner linken Wade.

«Rocco, nicht!» Ich muss lachen, obwohl mir bereits ein paar Tränchen die Wangen hinunterkullern. Gut, dass Tiere nicht wissen, was Weinen ist. Viele Arten spüren aber, wenn mit einem etwas nicht stimmt. Ich kraule Roccos Borsten.

Kassandra schubbert sich schüchtern an einem Pfosten und grunzt leise vor sich hin. Dann läuft sie zu Rocco und mir und fordert ihre Streicheleinheit ein.

«Ihr Süßen, ich werde euch wirklich vermissen. Ich hoffe, ihr habt es gut, wo auch immer ihr landen werdet!», sage ich wehmütig zu den beiden. Sie blicken mir kurz nach, dann widmen sie sich wieder ihrem Salat.

Da ich sowieso schon verheult bin, entschließe ich mich, die schwierigste Aufgabe auch gleich hinter mich zu bringen. Doch Eric ist nicht allein. Ich schnäuze mir hastig die Nase und versuche, die Heulspuren, so gut es eben geht, aus meinem Gesicht zu entfernen.

«Braver Junge!», höre ich eine Männerstimme sagen. Als ich den Stall betrete, sehe ich, dass Andreas bei der Giraffe ist. Zu seiner Sicherheit steht er vor der Absperrung, alles andere wäre doch etwas zu riskant. Dennoch bin ich überrascht.

«Was machst du denn hier?», frage ich neugierig und vergesse für einen Augenblick, weshalb ich bei Erics Revier bin.

«Ich mache Hausbesuche», antwortet Andreas. Als sei es das Normalste auf der Welt, fährt er fort: «Ich nutze schon von Anfang an meine Position schamlos aus und gehe gerne mal zu meinen Tieren. Einige wissen meine Gesellschaft sogar zu schätzen!»

Ich kämpfe erneut mit den Tränen.

«Ja, schade, dass wir sie nicht retten konnten!», presse ich gerade noch so heraus. «Konntest du denn schon herausbekommen, wohin genau die Tiere gebracht werden sollen? Kommen alle in einen Zoo? Vielleicht könnte man den ein oder anderen ja mal dort besuchen», schlage ich zaghaft vor. Da fängt Andreas an zu grinsen.

«Wieso grinst du denn so?» Ich werde langsam sauer. So eine Gefühllosigkeit!

«Komm mal mit!» Andreas streckt mir seine Hand entgegen, und ich greife wie hypnotisiert danach.

Er zieht mich aus dem Stall hinaus und läuft mit mir, immer noch Hand in Hand, zurück zum Verwaltungsgebäude.

«Was sollen wir denn hier?», frage ich. «Ich will noch nicht packen, sondern mich in aller Ruhe von allen verabschieden!»

«Dafür wirst du keine Zeit haben!», sagt Andreas, der immer noch das gleiche unverschämte Grinsen im Gesicht trägt. Wir betreten gemeinsam sein Büro.

«Du hast ja auch noch nicht angefangen, deine Sachen zu packen!», sage ich überrascht. Alles sieht noch genauso aus wie gestern. Nur eine geköpfte Flasche Champagner verrät, dass Mel zum Trösten da gewesen sein muss. Andreas scheint meinen Blick bemerkt zu haben.

«Die Flasche Schampus habe ich gestern mit den beiden Büchsenschützinnen geleert!», erklärt er.

«Wieso?» So langsam geht mir die Geheimnistuerei auf den Geist. «Was hattet ihr denn zu besprechen?», setze ich nach.

«Wir haben auf die neuen Besitzer des Willbert-Zoos angestoßen», erläutert mir Andreas.

«Ach ja? Ich verstehe nicht ganz. Heißt das, die Chinesen waren gestern hier? Trinken die überhaupt Champagner? Fehlt denen nicht dieses Gen?»

Ich werfe einen Blick auf die Gläser, kann aber nur drei Stück entdecken. Die Damen und Andreas scheinen also unter sich gewesen zu sein.

«Nein, das nicht. Aber wir haben uns schon mal ein paar

neue Namen ausgedacht. Pamgrid-Zoo fanden wir hübsch, vielleicht aber auch Ingela-Tierpark, was denkst du?» Andreas schaut mich forsch an, aber ich kapiere einfach rein gar nichts. Er spricht in Rätseln. Wieso ist der Kerl in dieser Situation nur so verdammt gut gelaunt?

«Rosi, Schätzchen! Versteh doch. Die Büchsenschütz-Schwestern waren bei mir!»

«Ach wirklich? Aber es ist doch hoffentlich nicht wieder etwas mit den Möpsen? Die beiden wirkten gestern Nachmittag ganz gesund!», sage ich hastig.

«Nein, das ist es nicht. Halt dich fest: Pamela und Ingrid haben den Holländern den Zoo abgekauft! Sie sind unsere neuen Eigentümerinnen! Ist das nicht unglaublich! Und das Schönste: Alles bleibt beim Alten. Wir können hierbleiben!» Andreas hat seine Arme um mich gelegt und wirbelt mich einmal im Kreis herum.

«Was? Das ist ja ... ich fasse es nicht!» Ich schlinge meine Arme um Andreas' Hals und möchte am liebsten die ganze Welt mitumarmen.

«Dann wird ja doch noch alles gut!», rufe ich und schaue meinem Chef tief in die Augen. Aber dann fällt es mir wieder ein, und ich lasse ihn hastig los.

«Aber ich muss trotzdem kündigen!», sprudelt es aus mir heraus.

Andreas lässt seine Arme sinken und schaut mich verwundert an. Mir ist, als sei er tatsächlich überrascht und sogar traurig über das, was ich ihm gerade gesagt habe.

«Ich werde wieder zur Uni gehen», sage ich ihm und erkläre, dass ich künftig bei Dr. Nachtnebel auf der Gehaltsliste stehe.

«Das freut mich so sehr für dich. Du bist so eine tolle Frau.

Du hast einfach das Beste verdient. Aber wenn du für den Doc arbeitest, heißt das doch sowieso, dass du uns erhalten bleibst, oder nicht? Wer soll sich denn sonst um Eric kümmern? Der mag doch niemanden außer dich!» Andreas' Miene hellt sich auf.

«Nein, nein, da müsst ihr euch schon jemand anderen suchen.»

«Aber Eric wäre sicher nicht der Einzige, der dich vermissen würde!», entgegnet Andreas.

«Nein, nein, es ist sicher auch besser so. Um ehrlich zu sein, ein bisschen Abstand tut mir vielleicht ganz gut.» Ich schaue Andreas unsicher an.

«Abstand zu wem? Du willst mir doch nicht etwa aus dem Weg gehen?», fragt Andreas und macht erneut einen Schritt auf mich zu.

«Doch, genau das. Diese ganze Mel-Geschichte und unsere Vergangenheit, das ist ... ach, ich denke, das ist alles viel zu kompliziert.»

«Du hast René vergessen ...», wirft Andreas ein und blickt mich herausfordernd an.

«Ach, der ...», sage ich. Mehr fällt mir dazu auch nicht ein, also schweige ich lieber.

«Darf ich dich mal was fragen?», unterbricht Andreas die Stille.

«Ja, klar», antworte ich.

«Glaubst du eigentlich, dass zwischen mir und Mel was gelaufen ist?» Er zieht seine Stirn in Falten und sieht ziemlich streng aus.

«Natürlich. Ich hab euch doch gesehen! Im ‹Chez Notre Dame›, im Zoo nach Dienstschluss, auf dem Benefiz ...» Ich zähle eins nach dem anderen auf. Andreas guckt sehr ernst, und er merkt augenscheinlich, dass ich es ebenfalls ernst meine.

«Na, da hat aber mal jemand ganz gründlich recherchiert! Aber soll ich dir mal sagen, was da lief?»

Seine Stirn glättet sich wieder. «Rein gar nichts. Weißt du, an dem Abend, als wir uns kennengelernt haben, da hast du mich wirklich umgehauen. Nachdem du dich aber dann aus dem Staub gemacht und mich am nächsten Tag erneut vor den Kopf gestoßen hattest, dachte ich nur: Na gut, dann habe ich mich eben geirrt. Dann ist sie wohl doch eines dieser oberflächlichen Hühner, die in Bars abhängen und den Typen den Kopf verdrehen. Aber im Laufe der Zeit habe ich dann herausgefunden, dass du anders bist. Ich wollte dann bei deiner Freundin Mel etwas mehr über dich herausfinden. Aber ich habe schnell gemerkt, dass das nicht wirklich eine Freundschaft war.»

«Du wolltest etwas über mich herausfinden? Was denn?», frage ich.

«Mel hat mich gnadenlos angebaggert und versucht mir auszureden, dass ich bei dir vielleicht doch noch eine Chance haben könnte.»

«Und das hast du geglaubt?» Ich bin fassungslos.

«Na ja, ich wusste es ja nicht. Deine Signale deuteten ja eher in die andere Richtung. Mel hat einsehen müssen, dass sie wirklich nicht mein Typ ist», erzählt Andreas weiter.

«Das hätte ich wirklich nicht gedacht.»

«Und jetzt?», fragt Andreas.

«Ich werde trotzdem mein Studium beenden, wenn du das meinst!», sage ich zögernd und blinzele Andreas vorsichtig an.

«Du weißt doch genau, was ich meine!», sagt er.

«Du meinst, ob wir diese dämlichen Spielchen endlich mal sein lassen könnten?», frage ich mutig und greife nach seiner Hand.

«Das wäre ein Anfang», antwortet Andreas und lächelt wieder. Mein Herz klopft, ich spüre ein wunderbares Kribbeln im Bauch, und eine angenehme Wärme durchflutet mich.

«Weißt du, als die Büchsenschütz gestern hier in mein Büro kamen, um mir zu verkünden, dass sie die neuen Eigentümer des Zoos sind, wurde mir klar, dass man nie aufhören sollte, an Wunder zu glauben. Die Wahrscheinlichkeit, dass so etwas passieren würde, war weitaus geringer als die Wahrscheinlichkeit, dass wir beide über unseren Dickkopf springen ...»

«... und uns endlich eingestehen, dass wir doch ganz gut zusammenpassen?», ergänze ich schnell.

«Ja, Frau Dr. Jakob. Genau das», antwortet Andreas und legt seine Arme um meine Taille.

«Und wieso küsst du mich dann nicht?», frage ich keck.

«Weil du die ganze Zeit Fragen stellst!»

Andreas beugt sich zu mir hinunter, und unsere Lippen berühren sich. Mein Herz macht einen Luftsprung, und tausend Schmetterlinge in meinem Bauch springen Trampolin.

«Wow! Im nüchternen Zustand küsst du wesentlich besser!», bemerkt Andreas, als wir für einen kurzen Moment Luft holen müssen.

«Du kannst es nicht lassen, mich zu ärgern, oder?», frage ich.

«Nein, was sich liebt, das neckt sich eben! Was Süßes?» Andreas hält mir eine Tüte voller roter Geleebonbons hin, und ich muss schallend lachen. Es sind die gleichen Süßigkeiten, die ich vor knapp elf Monaten in einem Kästchen im Wald vergraben habe.

«Danke!», sage ich und schüttele den Kopf. «Ich weiß etwas, was noch viel süßer schmeckt.» Damit schlinge ich meine Arme um Andreas' Hals und küsse ihn innig. Das Leben kann so schön sein! Und ist kein Traummann in Sicht, dann formt man sich eben einen, zur Not halt aus Gummibonbons.

Und was passierte dann?

Erika Sonnebank trennte sich nach all den Jahren von ihrem Mann Günther. Sie kündigte außerdem ihre Stelle als Buchhalterin und gründete eine sehr erfolgreiche Seitensprungagentur.

Carla wurde von Jens schwanger und brachte neun Monate später einen gesunden Jungen namens Carlos zur Welt. Während ihrer Schwangerschaft schrieb sie ein Kochbuch, das zu einem Bestseller wurde.

Mel hat es tatsächlich in die Business-Class geschafft. Dann musste das Flugzeug jedoch in Amerika notlanden. Sie verliebte sich dort in den Chef einer Erdnussfabrik, hängte ihren Job an den Nagel und blieb im Ausland. Leider merkt sie bis heute nicht, dass ihr Mann sie ständig hintergeht.

Nach Renés Entlassung aus dem Gefängnis nahm Stefan Kontakt zu ihm auf. Beide eröffneten eine Firma für Tierfutter, gingen aber nach ihrem Börsengang pleite. Nun halten sie sich mit Hilfsjobs über Wasser.

Rosi machte ihren Doktor in Veterinärmedizin und führte nach Dr. Nachtnebels freiwilligem Rücktritt die Praxis. Andreas blieb weiterhin der Geschäftsführer des Pamgrid-Zoos, der dank der Büchsenschütz-Investition und dem Patenschaftskonzept endlich aus den roten Zahlen kam.

Vielen Dank an

Andy, Katharina, Katrin, Peter und Ulrich
für die Inspiration und natürlich ein Dank
an alle Zoos dieser Welt!